谢勇强 著

图书在版编目（CIP）数据

出函关 / 谢勇强著 . — 重庆：重庆出版社，2023.12
ISBN 978-7-229-18219-9

Ⅰ.①出… Ⅱ.①谢… Ⅲ.①长篇小说—中国—当代 Ⅳ.① I247.5

中国国家版本馆 CIP 数据核字 (2023) 第 234443 号

出函关
CHU HAN GUAN
谢勇强　著

责任编辑：钟丽娟
责任校对：廖应碧
装帧设计：主语设计

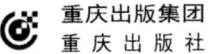重庆出版集团
重庆出版社 出版

重庆市南岸区南滨路 162 号 1 幢　邮政编码：400061　http://www.cqph.com
上海牧神文化传媒有限公司制版
上海盛通时代印刷有限公司印刷
E-MAIL:fxchu@cqph.com　邮购电话：023-61520646
全国新华书店经销

开本：890mm×1240mm　1/32　印张：9.25　字数：275 千
2023 年 12 月第 1 版　2023 年 12 月第 1 次印刷
ISBN 978-7-229-18219-9
定价：58.00 元

如有印装质量问题，请向本集团图书发行有限公司调换：023-61520678

版权所有，侵权必究

目录

一 破寨 "要想剃光头,还得上谢楼" /001

二 完婚 "你爹和你哥不在,你就要当起家来" /011

三 希望 "想给孩子起个提气的名字" /020

四 学堂 "你叫什么啊?" /029

五 规矩 "这规矩可不能乱,乱了就会出大事" /038

六 参军 "我们不怕死" /047

七 奇袭 "真不知道恒修的百宝箱里,到底装了多少法宝" /055

八 逃难 "要抓住那个红风帽的小孩,赏他吃一粒'洋花生'" /063

九 抓人 "现在形势很复杂,不能放松警惕" /072

十 家事 "你当妇女主任了,家里的事谁来操心呢" /081

十一 遇袭 "有人砸乡公所了" /090

十二 分家 "俺和娘说不到一起" /099

十三 军属 "咱这日子过得,不用合作就挺好" /107

十四 升学 "你叔马上就上中学,是咱谢楼的才子了" /115

十五 倒追 "不信咱们打赌,她明天还会来找你" /123

十六 降等 "这条我认账" /131

十七 高考 "孩子,你要走这么远" /139

1

十八 卖血 "我知道你困难,我也不宽裕" /147

十九 分手 "咱们的关系到此为止" /157

二十 介绍 "你这不是胡来么" /167

二十一 舅舅 "去吃顿饭就把我累得够呛" /177

二十二 毕业 "我们这次出函关,不知道会有怎么样的收获" /185

二十三 表白 "一切,好像都在为我们祝福" /193

二十四 实验 "现在就发射,出了事,我负责" /201

二十五 成家 "咱至少买个桌子吧" /208

二十六 逼祸 "不论遇到什么样的挫折,都要顽强地活下去" /215

二十七 返乡 "来了你家,我才知道能穷成这个样子" /222

二十八 看病 "玉米听话不" /229

二十九 丧女 "必须还,这是给我孩子救命的钱哪" /237

三十 耳聋 "仪器准备好没有?" /246

三十一 动员 "去了西安,别人说话我听不懂" /255

三十二 升职 "你让我管人,我做不好,我不愿意" /264

三十三 分房 "这是在欺负我这个老实人啊" /273

三十四 宿命 "奋斗半生,又无奈地进入求生的状态" /283

一

破寨

"要想剃光头，还得上谢楼"

"要想剃光头，还得上谢楼"，谢楼老少爷们都知道这句话。

民国十八年是双喜人生的一个分岔，这一年他失去了三个至亲。

这一年，豫西的老王泰带着他的弟兄们来到豫东"做生意"。消息传来，周围村的人凡是能与谢楼寨里沾亲带故的，都来相投。

谢楼是谢乾阳修成的，双喜听母亲说过，老祖谢乾阳是卖蒸馍出身，却一夜暴富。老一辈人口口相传，都说他在家后院走路绊了一跤，发现有财宝露了头。那时捻军正强，谢乾阳修寨防捻，倾囊而出，他请来当地最好的工匠，用了一年时间，修起了谢楼这座大寨。

修谢楼已耗掉了谢乾阳大半的财富，在大儿子一再请求下，他又咬牙以四千六百两纹银给大儿子捐了榆林知县，却没想到大儿走到潼关就一病不起。谢乾阳迎回了棺材里的大儿，自己也伤心而逝，两人被埋在寨外，地上隆起了两个坟头，遥遥地望着高耸的寨墙。

谢楼寨方圆百里闻名，寨堡有东西两座高大的寨门，寨墙内外均挖了护城河。十岁的双喜最喜欢在寨墙远望，四面风景一览无余。进入八月，正是农忙时分，他站在谢楼寨的东门，却看着人群络绎不绝地向寨门走来。双喜从寨墙上下来，看着老幼从身边走过，双喜觉得热闹，耳边也听到关于"老王泰"的议论，说什么距离谢楼已经不远了，听到有一位大叔感叹："跑反"的人都来谢楼了。双喜好奇什么是"跑反"，眼见着说话的人满脸忧色，他没有多问，跑回家中询问爹娘。

父亲谢祖遗和母亲李氏正谈论此事，奶奶刁氏和哥哥垂儿、垂儿媳妇坐在一旁听着。

谢祖遗说："这老王泰声名远播，被称为豫西三匪之首，行动如风，官府也拿他没有办法。老王泰到了一地，只要对方交出钱粮，便不去为难，如遇抵抗，就要屠村，听说去年他们在阜阳西的李楼鼓寨遇到反抗，寨破后，全寨八百户四千多人一个活口都没留。今年就更加没人敢惹他们了，现在连官兵都要躲着他们，何况咱们这些百姓。"

双喜问："我听进寨的人说'跑反'，是甚意思？"

李氏道："'跑反'就是躲土匪呢。老王泰人多势猛，不知寨主会如何应对？"

谢祖遗说："他已经让寨里的几家人明天去商量这个事。"

寨里的人越来越多，能来的人都是附近村落的亲友，一开始进寨的还能住在屋里和院内。但进寨的人越来越多，后来的人竟是没有可住之地，只能在屋檐下栖身。在谢楼寨主街两侧的七条胡同里，挤着各家行李车辆和拉车的牲口。

一个城寨中挤入了七八千人，超出寨内住户的十倍有余，是从未有过的热闹。

对于老王泰，谢楼寨的寨主谢广宣心中倒是没有多少畏惧，这年头"跑反"对于豫东的百姓来说，不是新鲜事。这里土匪扎堆，早在民国七年，河南督军赵倜就与安徽约定，将两省交界的亳州、太和、陈州、项城、鹿邑等县城划为"治匪"区域，两地共同派兵会剿。可这土匪是越剿越多，如今出名的除了老王泰之外，还有王大辫子、"老洋人""范老二"等多股土匪，此前"老洋人"来袭扰，在谢楼的坚墙之下，无可奈何。只是原来只有四五百人的楼寨里如今涌入几千人，整日喧嚣，几无安静之时。谢祖遗进屋时，他正听着前往丁村打探归来的谢广义讲述，"这次老王泰率部由西而来，先后攻陷了宁平、丁村、卢寨，又袭扰汲水，逼近鹿邑县城，鹿邑县令已派人向省城求援。却不承想老王泰又转向东奔张完集、南丰而来，已有百余村被劫掠，估摸着来到谢楼也就是这几日了。"谢广宣点了点头，见到祖遗进来，他说："贼人势大，咱还要多准备点火药和粮食，你带人在寨墙上轮流值班，夜里也不敢松懈。"祖遗答应了一声，他又道，"现在寨子里涌进这许多人，眼睛放亮些，要确保都是亲戚熟人，不敢混入匪人来。"

双喜跟着父亲来到谢广宣家里，他从没见过寨中有这么多人，他从人与人的缝隙中走过，既觉得新鲜热闹，又有一丝不安涌动，看着高大魁梧的谢广宣和来来往往的人交代，父亲也参与到守寨的讨论中。双喜听着讨论，却不能插嘴。看到谢淑三跟着广宣的弟弟广义进来，双喜眼前一亮，淑三和他的年龄相仿，即便是同样的话题，孩子们也有自己的探讨方式。双喜走上前问淑三："马上就要打仗了，你说咱们能守住不？"淑三斜了他一眼，很有把握地说道："咱谢楼什么时候怕过人，管他什么老王泰、老李泰，只要敢来，咱就用寨子的火炮轰他个屁的。"说完学着戏里将军的道白："只要有我爷在，管教他们有来无回。"两个孩子从院外的柴堆各自挑选趁手的树枝，比画了起来。

虽然一腔心事，谢广宣仍然嘱咐妻子："去煮几个鸡蛋，给双喜、淑三他们吃。"广宣是谢楼的寨主，祖遗的父亲谢广贤是修谢楼的谢乾阳的嫡孙，他对谢乾阳的后人都保持着一份独特的尊重。

谢祖遗遵照广宣的吩咐，安排村里心细的后生在寨墙上值班，在寨口让垂儿带着几个人盘查想要进寨人的来历。广义则带人检查铁炮，备好了火药与铁砂。八月十六日，日头刚刚升起，在寨墙上值班的祖遗见远处烟尘飞扬，便一面让人去给广宣报信，一面呼喊着垂儿将寨门关闭。等广宣带人上了寨墙，老王泰的前哨人马也已到谢楼寨下不远了。

老王泰这次出来，并没有遇到太多抵抗，几乎没有折损，便已收获颇丰。来到谢楼前，南丰寨已双手奉上了八十匹马和六十斤烟土。此前派出的探子回报，谢楼寨易守难攻，等他来到寨前勒马观看，只见两扇寨门紧闭，寨门上布满了包铜的门钉，每扇门上开着四个圆洞，每个圆洞里都伸出一支黝黑的炮筒。在西边的寨楼上，雕着"媲美西嶽"四个大字。老王泰骑马绕着城寨转了一圈，只见寨墙的四个角都修有炮楼。寨墙上人影晃动，寨墙外宽阔的寨海子波光闪耀。从二十岁落草以来，老王泰身经百战，见到谢楼防守严密，心中盘算：这是块不好啃的硬骨头。他让二当家的孙石碾上前喊话，孙石碾高声喊道："谢楼的朋友，我们是老王泰的部队，来到贵宝地，为了万余弟兄的生计，特向你们借一百匹好马，一千元大洋，还望你们不要推脱。"

寨楼上的谢广宣听到这话，不由得气往上撞，看着寨墙外密密麻麻的人，他喊道："久仰老王泰的大名，如雷贯耳，原本应该请您进寨一叙，奈何寨小容不下大神。要钱我们没有，要马，你看北边那有一条练沟河，河里有蛤蟆，自己抓去吧。"寨楼上响起一片嬉笑声。胆大的淑三与双喜窝在寨墙下，听到他的话，淑三和双喜跟着大声笑了出来。孩子们心中想的就是，笑声越大，越能压住老王泰的气势。

听到回话，老王泰知道碰到硬茬了，眼望谢楼的高墙，他询问一边孙石碾的意见，孙石碾分析："要真打谢楼，咱们这边虽然人多，却有枪没有炮，攻坚吃力，而且从南丰已经获利不少，弟兄们也都想休整一下，不如下次再来教训他们。"听到孙石碾的话，老王泰就坡下驴，"谢楼的朋友们，青山不改，绿水长流，这次的账我老王泰记下了，来日方长，后会有期。"他让孙石碾殿后，带着部队继续往东开拔。

看着老王泰的人马绕谢楼而去，谢广宣松了一口气，刚才的话说得虽硬，也是他盘算着谢楼的家底，很难拿出这么多钱。何况就算凑齐了大洋和马匹，村子从此也再难缓过来。毕竟在寨墙上俯视老王泰时，他说话有点底气。

对峙了半晌，寨墙上的人都饿了。广宣让部分人回家吃饭，留下人值守。他没有着急回去，对一旁的祖遗说："这次能够化险为夷，全靠老祖留下的寨墙，但老王泰在这丢了脸，迟早要找回来。这阵子咱们还是要留神，岗哨轮班不能放松。"祖遗正想回话，就听到远处传来枪声，两人对视一眼，广宣说："把人都叫上来。"祖遗应了一声，下寨带着垂儿去各家唤人。

这枪声由远及近，只见几个后生跑到寨海子旁，其中一个人高呼："我们是李砦的，老王泰正在追我们，快开门啊。"谢广宣听着呼声熟悉，定睛细看，是李砦的冲儿。冲儿性子峻急，四里八乡小有名气，却和广宣的兄弟广义交好。广宣也喜欢他这股子"冲"劲。他让打开寨门，放冲儿进来。祖遗提醒："冲儿不算咱谢楼的亲戚，放他进来，恐招祸事。"看到广宣微一沉吟，广义怕兄长畏祸，言道："冲儿如咱兄弟一般，此时节怎能不讲义气。何况咱还怕老王泰不成，他要是敢回来，就让他尝尝咱们炮子的味道。"广宣眉角一挑，"咱谢楼寨的人，几十年来还没有怕过谁，开寨门。"

冲儿是天地不怕的，李砦的人大都"跑反"离村，他却背着土枪和几个后生躲在村旁的高粱地中，见匪人进村，挨家搜抢。远远见一人骑在马上，呼来喝去。冲儿抬枪瞄住，轰地一响，那人哎哟一声，也不知死活。冲儿拔腿便向谢楼跑去。他对地形熟悉，步伐又快，等匪人反应过来，人已经跑到射程之外了。

在马上被射中的正是孙石碾，他正催促手下赶上前面大部队，就感觉自己腿上一疼，土枪喷出的铁砂子钻了进去。他强忍疼痛才没有摔下马。老王泰听说二当家中了枪，拨转马头赶来。追踪的探子来报，看到放枪的人被谢楼的人放入寨中。看着随队的郎中正给孙石碾包扎着腿伤，他咬了咬后槽牙，"此仇不报，我老王泰不要在道上再混了。弟兄们休整一日，明日拿下谢楼寨。"

祖遗在家擦拭着七星剑，这口宝剑还是从老祖乾阳那里传下来的。这一天过得太过跌宕，绷得快断的神经刚刚松弛，又被揪起。垂儿坐在他旁边，"爹，老王泰的人多，咱能挡得住吗？"祖遗摇了摇头："难讲。""为了冲儿，全村人都要遭殃，值得吗？这一步太险了。"

"广宣爷已经决定了。"

双喜突然插嘴："如果冲儿趁夜出寨呢？"

祖遗擦剑的手停了下来，看着刁氏和四个儿子，他决定去劝劝谢广宣。

祖遗找到谢广宣的时候，他正在城门检查土炮旁的火药箱。

"叔，如果让冲儿今夜出寨，是不是明天可以对老王泰有个交代。"

广宣眼睛一眯，又瞪了起来："如果让冲儿走了，咱谢楼的声名可就坠了。"

"那这几千人的性命，就因为他一个人丢掉？"

"咱谢楼寨就没有被打破的可能。"

祖遗的老祖乾阳修了谢楼寨，家道中落后，老大本可中兴门楣，却死在了上任的路上。老大只留下两个女儿。老二广贤只有他一个儿子。他名为祖遗，正是薪火传承之意。但家境衰落，寨主由谢楼寨的另一门中广宣担任。眼见谢楼到了生死存亡之际，他不能不站出来。

"广宣叔啊，咱谢楼寨坚不假，四里八乡逃到咱这里的人，就是对咱的信任，可一旦打起来，就是生死相搏了。你也知道'范老二'在钱店干的事，咱得考虑周全。""范老二"也是当地著名的"杆首"，六年前，他率七八百人在距离谢楼九十里外的钱店劫掠，钱店人放炮还击，寨破后近百人被杀，四百多人被当作肉票儿挟走，钱店衰败。

"祖遗，我活的就是这一张脸。乾阳叔为了谢楼付出这么多，不就是此时的考验？这些年天下不太平，咱们练的乡勇不正是用在此刻？"

见劝不动广宣，祖遗回到家里，让垂儿第二天跟着自己上寨墙。他特别叮嘱双喜："明天估计有一场恶战，枪炮无眼，你可别再向城寨那里跑了。"转头看着妻子李氏，他却不知该说些什么了。李氏是他第二任妻子，第一任妻子没有生育，去世得早，李氏为他生养了四个儿子，操持家务也尽心力。李氏知道丈夫不易，劝他早点歇息，养足精神。可想到明天所要面对的悍匪，祖遗在床上根本无法入睡，便干脆起身，沿着城寨检查各处的准备情况。

第二日一早，老王泰的队伍将谢楼寨团团围住，站在东门外，他让人向寨上喊话："老王泰说了，谢楼只要交出李砦的伤人者，可保楼寨平安，不交人，就血洗谢楼，鸡犬不留啊！"这声音回荡在谢楼的上空，谢广宣听着嘶哑的喊声，看了看一旁的广义，没等广义应话，就说："捻子都攻不进来的城寨，不信老王泰几个土匪能攻进来。"

老王泰早已布置停当，随着他枪声响起，两个团的匪兵向谢楼寨冲去，当他们靠近寨门时，寨门的土炮轰响，冲在最前的匪兵纷纷倒地，这一炮就伤了几十人。匪兵没想到土炮威力至此，不由得往后败退。老王泰早已安排了督战队在后，匪兵不得不再次冲向寨门，又有数十人在炮响后倒下。

见寨门把守严密，老王泰让人泅水攻到寨墙之下。寨墙上站满了手拿大刀、长矛、菜刀的村民和乡勇，在土炮的声势下，居高临下，占得了先机，胆气也壮。寨墙内缓外陡，匪人仰攻极难，往往还没有登墙，便被掷下的飞石击中。

老王泰没有攻城利器，强攻多次无果，傍晚收兵，点验人马，竟然折损了千余人。他和孙石碾商量对策，石碾感叹："谢楼确实难攻，仅这土炮就难以应付。明天我们是否能避开火炮，挑选精兵，架梯攻城？"老王泰连声称好。

翻过天去，老王泰调集大量兵力佯攻，特别又选拔了五百精兵组成"老虎队"，想用准备好的云梯爬墙攻城。但寨上早有准备，几个火药包从上落下，轰然爆炸后，广义低头看着下面，"嘿，把'长毛'的头发都烧光了。"他冲着寨墙下喊道："要想剃光头，还得来谢楼啊。"五百人的"老虎队"几乎全军覆没，让老王泰心疼不已。他对着手下吼道："明日全部兵力同时猛攻，我不信打不下谢楼！谁要是先登上谢楼的城墙，我赏一百块大洋。"天刚蒙蒙亮，如潮水一样的匪兵涌向了谢楼，谢楼如汪洋中的一叶孤舟，在狂澜中又挺过了一天。

祖遗提着七星剑与垂儿走下寨墙，每一天上寨墙前，他都想着自己可能下不来了，但又一天过去了。走在寨中的路上，他听见路边有人感叹"今儿也挪，明儿也挪，挪到谢楼死一坨"，不觉心中黯然。回到家中，双喜问起战势，他说："长毛死战不退，明天还有一场恶战。"垂儿说："那咱多准备几个大的火药包，好好喂喂'长毛'。"

老王泰这边也有些灰心，"连攻三天，损兵折将。难道老子真要在谢楼认栽?"却见孙石碾被人挽着走上前来,"司令,我今天沿着谢楼周边勘察,发现在北寨海子外侧,最东边有一处坟园,园中有几十棵高大的松柏,东寨外靠北有座天地庙,庙后也有十几棵松柏。明日,我们可以让射术精良的弟兄从树上向下射击,谢楼可破。"听他此言,老王泰转忧为喜,立即让人选拔善射百人,当天晚上就在林中埋伏,第二天清晨等攻寨时再上树射击。

八月二十日,老王泰派大队先在西寨门佯攻,吸引寨内注意,等到枪手挨个爬上了树梢,谢楼寨墙的情况尽收眼底,东北城角立刻陷入危机中。谢祖遗在城角被打得不敢抬头,更让他忧心的是,炮声也渐渐地弱了下来。他冒着从头皮飞过的子弹跑进东寨门吼着:"炮怎么不响了?"垂儿正在对着土炮撒尿:"炮膛都红了,火药装不进去啊。"没有了炮火的威胁,涌到寨墙下的匪人越来越多。东城的祖遗和垂儿眼见着贼人蜂拥在脚下,垂儿拿起两个大号的火药包,点着了朝匪人扎堆的地方扔了下去。只听"轰"的一声,大剂量的火药包竟将寨墙炸塌了一块,无数匪人从缺口涌入。眼见寨墙塌了,垂儿红了眼,拎着刀带人冲到缺口处。祖遗在远处看到他砍倒了冲进来的两个土匪,却在一声枪响后,倒地不起。

谢广宣一早就被老王泰佯攻的队伍吸引,在西寨门督战。他听说东寨塌了,心知谢楼难保,对广义说:"你带着淑三去县城,走西门。"不等广义应答,便带着几个汉子下了寨墙去东边支援,这是谢广义最后一次看到哥哥。

老王泰传下令去,谢楼成年男丁一个活口不留。寨墙外他红了眼的手下蚁聚在豁口,接下来的时间,将是连续多日作战后的奖励时间。随着寨门的失守,背水一战的乡勇们沿着城寨内河且战且退,他们的斗志在逐渐丧失,谢祖遗看到有人放下长矛投降,却被涌上的匪人一刀劈掉了半个脑袋。此时的谢楼，已化为修罗场，双方的人绞杀在一起，枪声与喊杀声回荡在城寨。

刁氏在家里已是如坐针毡，听到有人在外面喊"老王泰打进来了"。刁氏和媳妇李氏商量，"这枪声越来越近，祖遗和垂儿又没有消息，咱想法趁着天黑带孩子出寨。"天虽然暗下来，房屋燃烧的火光却耀动着天际，这团火是老王泰憋了多日的一股戾气，全都释放在了谢楼城寨中。随着寨子里能抵抗的人越来越少，大火就越发炽热与肆意。李氏拉着四岁的晋启，抱着年方一岁的铧三，对双喜说："你跟紧我和奶奶，别落下了。"又让垂儿媳妇照顾好只有三岁的兴云。出得门来，她们被逃命的人群裹挟着，向西寨门涌去。

谢楼寨中的东西大路直通东西两个寨门。火势已经从东边开始向西蔓延，广义带人接出淑三，打开西寨门，夺路而逃。西门本是老王泰佯攻之地，东门已破，众匪争功，也都往东门涌去，这也给了广义等人机会。等到刁氏与李氏随人群涌到门口，已经被匪人发现，子弹向寨门这边袭来。刁氏没有裹脚，行动便利，李氏却是小脚，看着婆婆跑在前面，跟不上步伐，眼见婆婆跑远，她和垂儿媳妇却被子弹的呼啸声吓得又带着孩子退回了寨内。双喜见母亲慌张，便拉着她，招呼弟弟一起，返回自己的房屋旁，躲在磨坊内，他们大气也不敢出，在恐惧中等待着自己的命运。

二

完婚

"你爹和你哥不在，你就要当起家来"

外面喊杀声渐渐弱了下去，随着脚步声响，磨坊门被踹开。几个匪兵冲进来，见到李氏、垂儿媳妇与几个孩子，有一个人抡起手中的大刀就想动手，被一旁的刀疤脸拦住了。刀疤脸说："这几个孩子还小，咱杀了一天，水米未进，留下这俩婆姨给咱们烧水做饭吧。"就是这刀疤脸一念闪过，李氏他们幸运地生存了下来。

谢楼寨内已不适合再驻扎了。老王泰带着部队移师谢小庄，虽然最终攻破了城寨，但他也不是最终的赢家。他的队伍也被打残了，点检人马，折损了四千多人，其中很多是老弟兄，队伍已经无力再继续掳掠，只能返回老家休整。他让人将俘获的孩子按年龄进行划分，十岁以上的带走，十岁以下的留下。双喜还有两个月满十岁，他怕被带走，说自己六岁，因为个子矮，也没有被怀疑，比他大两岁的谢学志身材高大，虽然说自己九岁，还是和几十个孩子一起被带走了。

刀疤脸没有难为李氏，她在谢小庄烧水做饭，在老王泰撤军后，才带着孩子们返回了谢楼。

谢楼仍是血与火交织之地。回家的路上，李氏看到寨内寨外、地上水中都是倒下的尸体，老王泰带走了伤员，对于战死的人，他没有运走，也没有掩埋。李氏、垂儿媳妇带着双喜来到了他们的"家"，主屋已经被烧毁了一半，隔着一条路的磨坊幸免于难。院内倒着三个尸体，却都不是谢楼的人。家里的粮食囤在冒着烟，这让李氏有了一点希望，"说不定还能救出来点。"她找了根棍子，把冒烟的粮食拨掉，没想到只一拨，火苗便冒了出来。她拨去一层，火就向下烧一层，一直把粮食垛子烧了个干净，没有给她剩下什么余粮。劫后余生的庆幸，在烧毁的老屋前化为了新的绝望。垂儿媳妇已经忍不住哭出声来，李氏对着焦黑的粮食发呆，眼前所有事都只能是她自己来拿主意了。

家里有三个人没有音讯，婆婆刁氏一直没有回来，谢祖遗和垂儿生死不知。逃出村子的人开始陆续回来了，只要看到回来的人，李氏都会去询问家人的下落，她还托人去婆婆的娘家刁小庄打听，都没有消息。李氏对于丈夫和大儿子的生还已不抱希望，她把双喜叫到身边，对儿子说："你爹和你哥不在，你就要当起家来。"双喜虽小，看着母亲的眼睛却没有回避，他使劲地点了点头。

从外面回来的人，但凡年龄大一点的，身上没有不带伤的。谢楼寨仍在"垂死"的边缘，如果没有外力，它甚至无力重归日常。村庄里开始弥漫着尸体腐烂的腥臭味，幸存之人无力收整，他们如何生存都是时刻需要面对的难题。

这一天，村里来了二十多人，每人左臂都套着一个白色袖章，上面都有一个红十字的标志。他们明显训练有素，掩埋队负责将寨子内外横陈着的尸骸掩埋；放赈队则带着旧衣与数担小米，放粥济民；对于受伤者，也都施药包扎。双喜听见，他们自称是红十字队的，但谢楼的幸存者们宁愿叫他们"活菩萨"。红十字队医赈兼施，为已经濒死的谢楼寨注入了一丝活力，由于死者太多，担心疫情发生，红十字队在寨外挖了深坑，将这些躯骸一起埋了进去。那些活着时以命相搏的对手，死去时都无声地躺到了一起。

直到寨内外的死者都已经被掩埋，李氏也没有看到祖遗和垂儿的遗体。婆婆刁氏的遗体在寨外两里地的荆棘丛中被发现，显然是她在黑夜中为了逃命，钻了进去，却被困其中，并最终死在了那里。李氏不知道婆婆死前经过怎样的挣扎，她仔细将婆婆的身子清理干净，入土安葬。谢楼全村没有一个家庭是完整的，就是离谢楼二里远的申营村，也有十七家就此绝户。

人都埋了，村里却闹起鬼来，翔儿最信鬼神，他对双喜说："现在村东头说村西头闹鬼，村西头说村东头闹鬼。谢晋林说他正吃着饭，放馍的馍篓子都被鬼端走了。"双喜说："这整天里饿得吃不饱饭，哪有工夫怕鬼，鬼要来了，我一棍打断它的腿。"谢楼寨破前，祖遗家共有十一亩地，他还将住房旁边的地开辟成菜园。如今家里没有牲畜，李氏与双喜生怕错过秋小麦的种植，李氏与垂儿媳妇在后面扶着犁，双喜在前面拉。

为了看地，双喜在地里搭了茅草庵子，晚上他与翔儿一起看地。翔儿比双喜大了二十岁，论辈分却是侄子辈。有一天天阴，晚上双喜让翔儿去地里看看，要是没人偷庄稼就回来。翔儿去地里看着没有人，回头来走了半天还看不到草庵子。他再走看到一个坟头，这坟头他认得，"这不是姚庄姚头他老婆的坟吗？"冷气从翔儿后背窜出，他叫着，"叔！你在哪儿？"他怎么叫也没有人回应，又走了一会儿，发现又回到了刚才的坟前。他心想：这不就是人说的鬼打墙吗？心惊肉跳的翔儿

013

也不叫叔了，先是大叫"双喜！"后来干脆开始大骂双喜，骂不动了，他只能蹲在那等着，一直到天蒙蒙亮了，他看到远处的树梢，才分辨出方向——自己的屁股一直冲着草庵子，却面向着另一边骂。"真是古怪"，翔儿这时也不敢再往草庵子处走了。他看远处灯火闪耀，就向着灯火处走去。原来是姚庄卖蒸馍的，黎明时分就起来准备，翔儿看到的就是厨房蒸馍的火光。等他吃了蒸馍回来，给双喜说了自己一夜的经历，埋怨双喜也不答应一下。双喜说奇怪，自己一点喊声都没听见。有意思的是，隔壁看庄子的谢乾三过来，说听了翔儿一夜鬼叫。

第二天晚上，翔儿说："今天你去地里看看吧，我是不敢去了。"双喜走了过去，也看着没有人。他正准备回转，听见翔儿喊："叔啊，你旁边是个人吗？"双喜扭头看了一圈，说没有人啊。翔儿又喊："就在你旁边啊，不是人，那是鬼吗？"吓得双喜撒腿就跑，跑到家一想，"这小子是昨天我没答应他，报复我呢？没被鬼吓死，也会被人吓死。"

第二年，是个丰收年，谢良才把家里种的红薯都送到镇上去卖。双喜问他为什么不留一点，他说："都说今年丰收，因为庄稼都是血水里长起来的，不能吃。"

七月，谢楼终于迎来了好消息，被老王泰部队抓走的谢学志回来了，更令谢楼人意外的是，和谢学志一起回来的还有"刀疤脸。"谢学志被抓时年方十一岁，但他长得牛高马大，有个外号叫"大个子"，他被抓后，被分给孙石碾担任勤务兵。孙石碾受伤后行动不便，谢学志和刀疤脸一起照料孙的起居。学志手脚勤快，端茶倒水之外，连打洗脚水和倒尿盆的事也是他负责。他来到双喜家，讲述自己被掳走后的经历，"我一直想抽空跑掉，可老王泰的人对我们管得严，行军时必须走在队伍里，如果离开队伍稍远，他们就会鸣枪警告，看你再往远走，就开枪打你。有侥幸想跑的人就被打死了，我哪里还敢溜号。"他跟着队伍一直到豫西,离老王泰的老营还有二三十里路时,路边就有不少女人在路边张望,"匪人出门都说是去做生意呢,女人们见到熟人就问自己家的那口子回来没,如果一再被回'你家的在后面呢',她们就明白家里人是回不来了,开始在路边嚎起来了。"谢学志喝了口水,感叹了一番。双喜问:"你是咋跑回来的呢?"学志回应:"先别说咋跑回来的,有你更想不到的稀奇事。""啥事稀奇?""这老王泰算是地道的土匪吧?可他回到豫西没多久,就被招安了,一转身,就成了建国军的师长了。"

学志这话,让双喜眼睛都快瞪了出来。这个杀人不眨眼的匪人怎么就成了正规军的师长了呢?这也是谢学志想不明白的。原来在民国十九年,冯玉祥、阎锡山与蒋介石的中原大战一触即发。这年的三月,冯玉祥委任河南的樊钟秀为第八方面军总司令。樊钟秀本就是绿林出身,当年也有个绰号叫"樊老二"。在用人上,他也是"不拘一格",将老王泰的部队整编成为第一军。老王泰也由此成了第一军第二师的师长。

蒋介石许诺十五万大洋,请樊让开许昌,让自己进攻冯玉祥所在的郑州,被樊所拒。老王泰所守的临颍遭遇蒋部三个师进攻,激战多日后退守许昌。樊钟秀遭遇了蒋介石飞机轰炸,中弹身亡。他的部队群龙无首,老王泰在临颍和许昌北遭遇蒋介石的中央军,斗志全无的部队被击溃。

兵败如山倒,老王泰的残部往南阳撤退的路上,谢学志觉得逃跑的时机来了,他慢慢地落在队伍后面,感觉没人注意,向着另一方向就跑。隐隐听着后面有人叫他,他心想不妙,想加快脚步,但后面人已经赶了上来。他回头一看,是刀疤脸。刀疤脸问他:"你这是去哪儿啊?"

被抓后,学志与刀疤脸相处多日,知道此人早已厌倦了无休止的打打杀杀，也知道他仍是孑然一身。他驻足转身，对赶上来的刀疤脸说："我准备寻路回家去，在一起这么长时间了，承蒙大哥一直照顾，咱不如一起回谢楼，你救了我，家里人必然有重谢。"刀疤脸虽面相凶恶，却也不想再过土匪的生活，他思忖自己在谢楼并没有开杀戒，加上与谢学志相处也投缘，便带着他，返回了谢楼。

李氏见到刀疤脸，身上感觉被雷击一样，半天动弹不得。谢学志这边兀自在和双喜说话，见到她来，便迎上来说："这次我能回来，全靠这位大哥一路照顾。"李氏正不知道怎么应对，那边谢广义听说了消息，与谢学志的家人一同，将刀疤脸迎到了自己的屋内，用好酒好菜招待。酒过三巡，谢广义对刀疤脸说道："你是老王泰的人，谢楼的账我们也要算算吧。"刀疤脸的肚中酒此时都化成了背上的冷汗。眼见着身边围着几个后生，他知道自己这次是难逃一死，索性放开了吃喝。饭后，谢广义让把人捆了。刀疤脸到底是多年在老王泰手下，他梗着脖子，大喊道："破谢楼时俺没有杀人，这次还送了一个人回来，你们谢楼人不敢去找老王泰，却知恩不报，这样杀俺，俺不服！"谢广义见村里人都围了过来，便道："你救了学志，这恩当然要记得，但放了你，谢楼几千个亡魂都不能答应啊。你说你没有杀人，破寨那天，每一个攻进寨子的，都是我们的仇人。我们谢楼恩怨分明，学志过来，你有什么放不下的事告诉他，我们尽量帮你完成。"学志走过来，跪下给刀疤脸磕了三个头，起来已经是泪流满面，却说不出话来。刀疤脸倒是硬气，惨然道："既然选择刀口舔血，就不该再想着再过种田的日子，俺也没什么交代的，你要是记着俺的好，以后每年烧点纸钱，我也不算是孤魂野鬼了。"说罢闭目再不言语。谢广义让人在万人坑旁又挖了一个坑，将刀疤脸活埋了。谢楼全村的人都来看，看着一锨一锨的土逐渐埋了刀疤脸，李氏对双喜说："咱家不能忘了恩，回头你和学志都要来祭奠一下。"

民国二十一年，鹿邑遭遇饥荒，前一年的阴雨将庄稼都淹了，每斤小麦价格翻了四番。虽然县上设置了平粜局，从各地采购粮食，以期平抑粮价，但只是杯水车薪而已。国闻通讯社报道："鹿邑本境经股匪扰五月之久，庐舍为墟，粮米尽罄，鬻妻子以延生。二区朱恺店，三区老鸦店，五区宁平镇，六区泽民镇，八区桑园集，均立人市，年幼妇女每人不值十文，十一二岁幼童仅易千文，孩提婴儿抛弃遍地……某妇买一馒头，留小姑为质，卖馒头者索钱不得，小姑谓我宁不值一馒头，一卖烧饼者代偿馒头账而换得此幼女。"

家里余粮已尽，在宅子后面有五棵老榆树，这五棵榆树是李氏和双喜最重要的口粮了，他们就要靠这几棵榆树度过几个月的时间。李氏先是将榆钱做成榆钱饭。榆钱吃完了，他们就吃榆树叶。当榆树叶也吃完了时，他们就只能吃榆树皮了。榆树皮也是需要看紧的，李氏和双喜轮流值班，晚上都要有人留在树下，看着自家的榆树皮不要被外人偷了去。

双喜病倒了，一开始是发热，然后是发冷，冷热交攻之间，他连出门的力气都没有了。家里请不起郎中，眼瞅着双喜渐渐地虚弱下去。到了第十天，双喜看着母亲与两个弟弟都围在他身边，他想说话，却说不出口。看着李氏张嘴说些什么，声音却越来越小，人影似乎也开始向后倒退。垂儿媳妇从娘家借来了小米粥，给双喜灌了下去。不知是米粥的功效，还是自己的生存意志，双喜在鬼门关走了一趟，又转了回来。几周后，他已经能下地干活儿了。

一开始，还是由李氏掌犁，双喜在前面牵牛。很快，双喜一人就能犁地了。别人一天能干的活儿，他得两天干完。从天明到天黑，他不歇脚地干着。这个十几岁的孩子没有玩耍和闲聊的时间，他沉默寡言，却逐渐成了干农活的好手。一家人仍然很难吃顿饱饭，时局也更败坏了下去，民国二十七年，日本第十军团由亳州西来，一直打到了鹿邑县城。五月初四，日军攻占鹿邑，谢楼的人也都处于惶惶之中。王天恒就在这个时候，上门来和李氏商量双喜的婚事。

  双喜很早就定了娃娃亲，亲事定在了相距一里路的王庄，王天恒和媳妇有个独生女儿，小名叫"臭儿"。王天恒在王庄是个"能人"，他家里地不多，自己在鹿邑给人扛活，那家只剩下一个老太太，他就当上了管家，老太太去世后，他才又回到王庄。臭儿的母亲很喜欢踏实的双喜，每次赶集时都要买些吃食给他。两人之间男女有别，交流多有不便。她总是来到双喜干活儿的地头，却不喊他，等着双喜看到她时，便把才买的吃食放在地上再离开。可惜这个含蓄的女人身体不好，臭儿十六岁时，母亲一场病没有转好，人就不在了。偏偏王天恒是个风流的性子，媳妇去世没多久，就又娶了本村的张寡妇。臭儿刚刚没了娘，家里就多了个后妈，两人针尖对麦芒，从此没有安静的时候。王天恒无力调停，想着赶紧把臭儿嫁出去，家里也能安静下来。

  王天恒对李氏说："现在局势不稳，日本人打了过来，听说张县长弃城而逃，日本人在县城，把黉学大殿里存放的书都放火烧了。"李氏叹息道："真是造孽啊，我还听说日本人进攻县城的时候，迫击炮先是一炮轰倒了县城东南城角的魁星楼。他们得到情报说，县上的弹药库在老君台，于是炮打明道宫的老君台，你说神奇不，连发十三炮都没炸响。有老君爷护佑，我看他们啊，待不长。"

  王天恒说："老君台可是李老君升仙的地方，那儿留着他的打将钢鞭哩，咱们这些肉身凡胎还是小心一些，如今兵匪横行，神魔乱舞，俺庄的天成在屋子里被人打死了，家里被翻得一团糟，没人报案，也没人敢管。"

李氏深有同感："前一阵村东头的大户谢立淮被绑票后拷要钱财，虽然家里给了钱，可他伤太重，人回来没多久就不在了。他的丧事在村里连办七天，每天我都见他儿兴隆打着招魂幡，女儿戴着全孝从村西头走到村东头'报庙'，每晚乐器班子都要吹一个时辰。儿女事后再表孝心，人到底是不在了。"

王天恒点头称是，"双喜也二十了，我对臭儿实在是不放心，要不然就把孩子们的亲事儿办了吧。我请人看了，初十就是个好日子。"

李氏说："这世道，让孩子们早点成家，也安稳一些。但这距离初十没有几天了，是不是太匆忙了些？"

王天恒把早就想好的话来应对："兵荒马乱的时候，哪有这么些讲究呢，更何况，算命的说如果错过初十的吉日，对两家不利啊。亲家母，这事就这么定了吧。"

听了他这话，李氏也就应下了。

乱世下的两个人连婚礼都没办，就成了家。着急嫁女的王天恒没要彩礼，同样没有给女儿准备嫁妆。五月初十，双喜请人赶着牛拉的太平车，车上用席子扎个顶棚，放了一条板凳，把臭儿迎回了家里。双喜一路的话不多，生活压在他身上的担子有些过于沉重，家里又多了一口人，刚过芒种，收罢了麦子的他盘算着如何抢种大豆、高粱与红薯。更何况，他还不知该怎么和已成为媳妇的女人说话。虽然没有交流，臭儿反而感觉到这个男人值得信赖，当母亲刚去世，父亲就迫不及待地迎娶后老娘进家门的时候，她就感觉自己已经是王家的外人了。而现在，她有了自己的男人，这让她重新有了家的感觉。

三
希望
"想给孩子起个提气的名字"

王天恒的预感在随后几天被证实了。五月十二日,国民党炸了花园口大堤,黄河改道东南流,豫东成了一片泽国。要感谢老祖建造城寨时,精心地施工。大水漫到距谢楼两里地的练沟北时,被沟南的水坝挡住了,谢楼只有一部分低洼处被淹,但全村庄稼全部被淹在了水下。

双喜从小就在谢楼寨河游泳,他找到学志和学聪,商量着三人一起捕鱼。谢学聪的父亲在谢楼破寨的时候不在了,家里还有妹妹和母亲,又和双喜对脾气,两家此前一起耕种,牲口也在一起共用。他们一起买了个大网,三个人一起去捕鱼。这黄河下来的鱼性与双喜此前在谢楼周边捕的鱼都不一样。一网下去,先抓了几条鲤鱼,三人无不欣喜。第二网下去,却拉上了一网蛇来,谢学志从小怕蛇,腿有些发软,三人赶紧把蛇抖掉。接下来半天,再也网不到大鱼了。

学聪说:"打鱼这个靠天吃饭,黄河的鲤鱼似乎看不上咱们几个啊。"学志平时就是个活泛人,说现在发水,看水势急忙间也退不下去,各地都需要生活物资,不如几人在水上给人运货。

三个年轻人说干就干,凑钱买了小船,黄泛区交通不便,他们的运输小生意倒是不缺少客户。每天里往返运货,也有了一些收入。

谢楼人都在困难中想着出路,一些人想到了谢楼寨破的时候,很多人来不及将家中的银钱带走,还有传言很多人在老王泰杀入寨中时,无处可逃,便将银钱都扔进了寨河中。谢楼原本就有老祖暴富的传说,颇有人想撞大运,几个水性好的后生下河,真就在河底捞起了一块银圆。这下更多人下河"捞财"了,双喜和学聪运输之余,也都在寨河里潜水寻觅。这天下午,他和学聪来到寨河边,两个人都跃入水中,在东北寨河河底寻找,双喜摸到一把兵刃,浮上水面一看,竟然是父亲的七星剑。这柄剑从老王泰围谢楼时,谢祖遗就一直带在身旁,平时也甚是珍惜。双喜上岸后,捧着七星剑,心中百感交集。一旁的学聪也认得这柄剑,对双喜说:"听说老王泰被日本人杀了?""你从哪儿得到的消息?""上次赶集的时候听来的,说他召集旧部在河北抗日,在两狼山与日军遭遇时被俘。日本人搜出他的证件,知道了他身份,把他头砍了下来,挂在北平市的城头。"对于这样的悍匪,双喜也早知报仇的难度,但每每想到奶奶的惨死、父亲与兄长的死不见尸,他心中总是半晌恨意难平。如今这个屠寨的仇人已死,却是因抗日死在日本人手里,他感觉到一种复杂的情感,对这个杀父仇人,仍有恨意,却竟然隐隐有了一些敬意。

双喜几人的小船运输生意越发有了起色,他们人勤快,办事扎实,货物总是能按时送达,订单逐渐多了起来。这天,他们接了一单运送食盐与洋火的单子。这一单运的是"大盐"的生意,商家都很大方。谢楼这里,有钱的人吃的是"大盐",没钱的人吃的是"小盐"。"小

021

盐"就是硝盐，虽然比大盐便宜，双喜却听说这盐是从墙上刮下来的，味道苦涩，但凡手里宽松一些的人家，都宁愿买贵的大盐。学志的父亲毛傻听儿子说这生意有做头，也动了念想。他自告奋勇，也要一起上船去送货。双喜看学志劝不住父亲，想着小船坐不下这么多人，便说李氏身体不适，他正好在家陪伴，嘱咐学志与学聪带好毛傻。毛傻五十多岁，实操经验全无却很自信，在船上要自己来撑篙。他对儿子说："掌舵还是要沉稳一些的人来，你们太年轻，需要我压阵才不会出岔子。"黄泛区的水流多变，驶出几里地，眼看着在毛傻手忙脚乱的操作下，小船就向着水流中露出头的一棵杨树撞了过去，毛傻左右摆弄着长篙，眼见着转不过方向，忍不住叫出声来："学志快来帮我，这看起来可要糟糕……"学聪和学志在一旁边扶着装着洋火和盐巴的木条箱，边聊着村里的闲事，等听到毛傻的呼喊再看，小船已经距离杨树不远了。学志站起身来，抢过父亲手中的长篙向水中急点，小船改变了一些方向，却仍然没有避开。学聪几步来到船头，用手来推树，小船也只是稍稍减缓了一点速度，便与树撞在一起。三个人连同货物都翻到了水中。学聪和学志水性都好，两人在水中把船正过来，又捞起木条箱上船。打开木条箱，箱子里的盐早已化入水中，洋火也已湿透。看着木条箱里的货无法挽回，三个人都变成了苦瓜脸。等见到双喜，几人一盘算，这一趟损失，把此前挣的钱全部赔出去了。双喜的心情从天上砸到了地下，见毛傻和学志不提自己承担损失，追责这话他也说不出口。他们将此前赚的钱拿出，又将小船卖了，给客商赔偿了损失，只剩下运盐的木条箱堆放在了双喜的家里。

　　生活刚露一线光就又被掐灭了，双喜有着一家人要养，他不怕累，甚至不知道什么是累，有着一把子好力气，和从十岁就开始训练出的顶尖的种庄稼的能力。他对田野里哪些野菜可以吃，哪些野菜不能吃都一清二楚,他相信有自己在,家人就不会饿死。

双喜种地的本事,村里的人都清楚。得知他的情况,"老马"谢立方这天下午找上门来。这老马是带着儿子一起来的。老马特意提了一盒点心,进门看到李氏就拱手作揖,"老婶子好啊,这阵子都没见了,身体还好吧?"李氏见来了客,便把老马往堂屋里让,一边叫臭儿倒水。老马坐下后,把点心放在桌子上,"这是给铧儿和镰儿带的。"他接过臭儿送来的瓷碗,喝了一口问:"双喜兄弟呢?我有事和他商量。"

李氏看到在一旁玩的铧儿和镰儿眼睛盯着点心,对两人说:"双喜估摸着在寨河附近,你俩去找你哥回来,说立方哥找他。"铧儿不舍地看了一眼点心,拉着弟弟跑出门去。双喜回来时,老马看着他进门就站起身来迎上前去,拉住双喜的手,"兄弟,听说你跑船遇到了麻烦,我赶忙过来看看。"猝然遭遇老马的热情,双喜有些不知所措。老马却早已准备好了说辞,"老哥哥知道你现在肯定困难,你知道俺的年龄大了,儿子还小,家里的地眼见就要撂荒,又到了秋种的时节了,所以今天特来请老弟相助啊。"老马长着一张令人信赖的四方脸,中等身材,走路迈着八字步,是谢楼的大户,他为人周到细致,又不停买入农地,所以这几年来家里有近百亩的地。他早想找个扎实的长工,也一直在细细地筛查人选。现在,他认为时机来了,便主动找到了双喜。

老马提出的条件是家里的三十亩地交给双喜租种,收成三七分,双喜占三成,他占七成。种子、地和牲畜都由老马负责。在双喜面前,老马对儿子兴仁交代:"你要多跟你双喜叔学着,他让你干啥,你就干啥,听见么!"兴仁低头答应着。对于双喜来说,老马给出的,也是没有选择的选择。更何况,臭儿已经怀孕了,马上又要多一个人吃饭了。

兴仁第二天一早就来请双喜到自己家里去,老马已准备好了满满一碗的面片,和双喜一起吃着,边商量着何时开工播种,双喜说就今天吧。吃罢了饭,他就来到了田边,兴仁就与他一同下地。老马就在一旁看着,他对双喜的农活非常满意,那边兴仁紧跟着双喜,直到老马媳妇来叫吃午饭,他才敢直起腰来。

给老马干活儿,双喜没有什么可抱怨的,他觉得分成有些低,可是他除了力气,也不需要再摊别的成本,他哪里还有什么议价的筹码呢?老马也做得实在是无可挑剔,农忙时,老马带着媳妇,加上兴仁和儿媳妇一起上阵。每天吃饭时,他都拉着双喜回屋吃饭。双喜没法推脱,除了这三十亩地,他帮着老马把别的地的活儿也都干了。等到分成的时候,他只是分到了三十亩的三成,分到的粮食,对于双喜一家而言,也仅够糊口。

民国二十九年正月二十三,臭儿生下了儿子,对于这个在十一年前伤筋动骨的家族而言,这个孩子意味着新的一轮的循环开始了。双喜看着襁褓里的儿子,兴云问:"叔,想好给孩子起个啥名字了吗?"双喜说:"想给孩子起个提气的名字。"李氏在一旁说:"那就叫龙儿。"

"嗯!那就叫金龙。"

谢楼地处豫皖交界地带,这里可谓龙蛇混杂,自从日本人占了鹿邑,一年之内四次袭扰郸城,最近一次只是距离谢楼二十公里。那是金龙出生前的一年,臭儿虽然已经怀孕六个月,仍然随着村里人"跑反"到田间。因为王天恒从郸城逃出来的人那儿了解到,日本人不仅抢掠了粮食和牲畜,还杀了四十多人,谁都不敢冒险在家里待着。

在田里,王天恒给双喜讲起了当前的形势,"这小日本占据了鹿邑县城,国民党迁到了秋渠集。听说共产党也派人过来,咱这地方就没法安生。"双喜马上就要当爹,虽然日子苦,却觉得有着盼头。而黄泛区大水退去后的土地,也给了这个庄稼人更多希望,"一年黄水十年富",只要把种子种下,肯定是好收成。

人祸之后，还有天灾。两年后，当又一场夏末的水灾让谢楼人此前的耕耘都付诸东流时，他们加急地种上了荞麦和绿豆，这样在寒冬到来之前，就能收获一些。

在李氏和双喜又开始吃野菜和树皮的时候，金龙病了，他小小的身体已经气息奄奄。眼看着不行了，李氏说："我看孩子不行了，扔了吧。"要放弃自己的儿子，臭儿舍不得，她说："听说南丰的高功辰医术高明，请他来再看看吧。"李氏叹了一口气，"大人都快活不下去了，还管得了孩子吗？"双喜还是去请来了高功辰。高功辰看了金龙的病情，开了三服药。臭儿按照他的药方抓药，给儿子喝下去，金龙的病情好转了起来。等从地里收了绿豆，全家都舍不得吃，磨了面都让金龙吃了，才两岁的孩子不知道自己的幸运，却从此对所有绿豆味的食物都难以下咽。只要闻到这个味道，他就有呕吐的反应。他哪里知道，这已经是家里省出给他最好的食物了。

金龙的身体好了起来，垂儿媳妇的身体却撑不住了。这个女人幸运地躲过了谢楼的那场杀戮，但屠村的惊吓与丈夫的死带给她不可逆的精神伤害，一开始她总是在半夜惊醒。慢慢地她陷入无意识的癔症状态中，她经常茫然地站在家门口的老榆树下，似乎在等着什么人回来。她死去的时候只有三十二岁，死亡对她反而是一种解脱。给垂儿媳妇下葬让双喜伤了脑筋，虽然大水已经消退，但谢楼寨周围的地只要向下挖一米，水就从地下渗了上来。将垂儿媳妇的棺材抬到墓地旁时，墓穴里已经渗满了水。双喜招呼学聪、学志等人一起抬起棺材，放进了墓穴。棺材半浮着，双喜招呼几人用抬棺的木杠将棺材压进了墓穴，另外的人将土填了进去。

回到家里，李氏和双喜商量："家里孩子多，原本就照顾不过来，垂儿媳妇这一走，兴云也需要人照料，他今年十五了，腿脚又不好，咱就给他把婚事办了吧。"兴云帮着李氏磨面时，磨盘滚落时轧伤了腿，从此走路就有些瘸。兴云婚事定的是邻村一家姓王的姑娘，家里父母双亡，只有一个姐姐也已出嫁，年岁还比兴云大了两岁。李氏就是看中她比兴云大，也好照顾兴云。

李氏说，兴云既然成家了，得给他盖个新房。这是双喜预料到的，也是他最愁的事。垂儿媳妇下葬，已经砍倒了家里最好的两棵树，丧事后的喜事，急切间也没有那么多好料。母亲已经吩咐了，他还是动手在堂屋旁盖起了西厢房，盖房的木料不够，椽子没有合适的好木料，双喜只能找了一些树枝代替。兴云媳妇过门后，对别的都满意，就是看到弯弯曲曲的细椽子，嘴就撇了下来。她抱起金龙，指着细椽子笑道："俺叔真能凑合。"一旁的双喜听见了，他只装作没入耳。除了对椽子稍有烦言，兴云媳妇并不多事，她喜欢抱着金龙上寨墙去玩。嫁给兴云一年后，就生下了一男娃。

过年时，大年初一双喜带着兴云和弟弟来到祖坟祭祖，带着除夕夜蒸好的大馍，跪在刁氏的坟茔前，双喜点燃纸钱，嘴里念叨着："奶奶我们都来看你了，给你拿的大馍你尝尝，你放心，兴云也娶亲了。"双喜给每位老祖的坟前也都烧了纸，一家人这才把大馍带回家去，给孩子们分享。

回家后，臭儿给双喜说："从嫁过来，看你的棉袄棉裤都露着套子，咱给老马说说，开春在三角地种上点棉花，我给你做件新衣服。"拜年时，双喜说了这个想法，老马很爽利地一口答应。在收棉前，臭儿心里已经计算了千万遍。直等到九月收棉后，她将这些棉花通过轧花、弹花、放线、浆洗、织成了粗布。将粗布在集上卖了，再买回棉花，再做成粗布。感觉粗布量足够了，她先做出一套棉裤棉袄，富余出的布料又给双喜做了长衫和短衫。这段日子，臭儿每天都要忙碌到深夜，金龙陪着母亲，困得两只眼皮直打架。等看到母亲将新衣服给父亲穿起来，他也觉得父亲从未有过的精神。

李氏住在堂屋的东房，她看见从堂屋西房走出来的双喜一身新衣，脸上却没有一丝笑意。"你穿了新衣服，其他人怎么办？"看着臭儿也跟着出来，她对儿子说，"你这小媳妇不行啊，光管着自己，你三弟、四弟没有成家，她就不管了吗？这将来还有规矩了吗？你得教训教训。"

在母亲的命令面前，双喜不敢打磕绊。他挥起拳来，冲着臭儿的胳膊就捣了过去。臭儿吃痛，哭叫着跑出门去。双喜抄起院子里的半截棒子在后面追。一旁的邻居谢良珠听见哭声，过来正看到双喜将臭儿打出门来，忙上前抱住双喜，把他手中的棒子夺了下来。双喜见有人来劝，也就顺势收了手。

李氏把全家人叫到一起，她对臭儿说："当媳妇要守规矩，没了规矩，家就要乱。咱们一家人一个锅吃饭，做什么饭都要先问问我，这次做衣服你就自己定了？"她看着双喜，"管好你媳妇，除非是你想分家，过你们的好日子去。"双喜忙道："娘，哪能分家呢？家里就是您做主。"

这事就这么揭过去了，臭儿还是每天晚上继续纺布，金龙跟着娘，帮娘数着纺下线团子的数量，娘不睡，他也不睡。他听着娘边纺织，边哼着曲儿："日间挑水三百担，夜间挨磨到天明，听娇儿把娘一声唤。夜夜愁苦伴无眠，十六年多少个噩梦惊醒在夜半，粗布枕被苦泪淹发黏，看人家日子美满乐无限，孤苦人，受煎熬度日如年。"这曲儿凄凉悲苦，臭儿哼着哼着，泪水流了下来。炕上的双喜本来已经睡了，听见声响，听臭儿继续哼着，"春风习习不觉暖，夏日炎炎仍是寒。秋叶落地泪片片，冬日愁苦如冰山。一年四季都在盼，只盼得大河改道小河干。只盼得星儿稀月儿圆，花开花落枝叶残。"他听着心里也觉得今天动手有些狠了，却不知怎么安慰，见妻子深夜还在布机子上织布，便也起来帮忙。他原本不会织布，跟着臭儿打下手，到天明时慢慢地也能上手了。臭儿见丈夫体贴，心里的愁怨也感稍稍释怀。

四
学堂

"你叫什么啊？"

　　王天恒将女儿嫁出，第二年便和张寡妇生了儿子，双喜和臭儿边纺布，边闲磕牙，说到丈人，双喜说："你娘刚死，他就将寡妇迎进门，倒像是两人算计好了的。"臭儿一直有这个怀疑，却不好说出口，见双喜这么说，更是不敢再往下想。

　　虽说对父亲另娶不满，心中还是记挂。过了一阵，臭儿回娘家时，王天恒正在闹病，他要吸水烟，吸完一袋，便叫臭儿把烟灰磕出来，用针挑着喂他吃了。吃烟灰是王天恒独特的习惯。臭儿在旁边帮他换上第二袋，问最近身体咋样。天恒咳嗽一声，吐了口浓痰，"最近腿脚老是感觉冰凉，请了郎中，开了药吃了，也没见好些。"张寡妇见臭儿来，也不打招呼，便带着儿子彪儿出门去了。臭儿见父亲脸色发灰，想到高功辰医术精深，便去南丰，将他请来了。高功辰给王天恒号了脉后，沉吟半晌，写了药方。等臭儿送他出门时，对她摇了摇头。

王天恒的病一天比一天重了，双喜和臭儿都住在王庄这边照顾他。他已经无力爬上床去，仍然一直说脚凉。做饭时，臭儿把砖放在灶里的火中，烧热了夹出来用布包起来，放在父亲的脚边。

王天恒排行老三，老大走得早，二哥和四弟带着儿子小孬来看看他，当着兄弟的面，他对臭儿说："我知道自己快不行了，你们种地需要牲口，家里的牛就留给你们吧。"他对一旁的媳妇说："这头牛你不要争。"臭儿没想到父亲没有把牛留给儿子，双喜看了看张寡妇，她倒是没有闹的意思，他又看看天恒的二哥和四弟，老四嘴张了张，欲言又止。双喜知道当地的规矩，臭儿已经出嫁，是不能继承财产的，看老四没有反对，他就应下了。

王天恒离世的那天，雨下得正密。照顾父亲的这段时间，臭儿一直想问他母亲的死因，可是她到底是忍住没问，看着父亲咽气，她忍不住放声大哭。虽然对父亲不满，可他这一走，本来就感到委屈的自己，娘家还能靠谁呢？双喜忙着在屋里将丈人入殓，他听见屋外有啪嗒啪嗒的声响，也没有在意。等早晨雨停了，他才发现牛圈里的牛不见了。双喜在院子里大骂："谁知道是哪个小舅子偷走了牛。"这一语双关，听的人都知是在骂谁。老四一听脸上挂不住了，上前说："他姐夫你别骂了，肯定是小孬，我叫他给你把牛牵回来。"

老四家穷，虽然在三哥面前没有异议，终究是不舍得将牛就这么给双喜。儿子小孬知道父亲的心意，他趁着雨大，将牛牵到了村西藏了起来。他回来对双喜说："这牛是王家的，给谢楼牵走不合适吧。"现场王庄的人便有出声附和的。岳父灵前，双喜也不想自家人闹起来，给外人看笑话。他脸涨红了起来，却一声也说不出。见场面僵住，老四出来打圆场，"这样吧，咱们这儿的规矩是如此，但三哥此前也有交代，那就把咱家的驴子给双喜，如何？"双喜心中不满，却是在王庄地面上，无奈只能答应。等老四将驴牵来时，却是一头小驴。臭儿更觉不平，她给天恒哭丧的声儿更大了。

虽说只得了一头小驴，仍是家里唯一的牲口了。一家人都舍不得用它，在房的东侧辟出一个小间养着。驴儿性子活泼，这天双喜出门，李氏去拾粪，家里只有臭儿和金龙。金龙去喂驴儿草料，却忘了关门，等他发现时，小驴已经跑出了院门。金龙忙叫母亲，两人一起去追驴。小驴不紧不慢地跑着，却不听臭儿在后面的呼叫，村里有人看到娘儿俩在追驴，也没上前帮忙，都是笑呵呵地看着。终于两人分头，把驴堵在了一条小巷，驴儿冲着金龙跑来了，金龙双手摇着，嘴里也学着母亲呼哨着，想要拦住它。驴儿到了金龙面前，却突然一个转身，后蹄一蹶子踢了过来。金龙的额角狠狠地被击中，血滴淌下了眉梢，但他满脑子想的都是不能让驴跑掉，立刻爬起来继续伸手拦着。臭儿从巷子的另一边过来，两人合力才将小驴牵住。

家里多了一头驴，让双喜多了一线希望。他不愁力气，也不缺对于土地的理解。三弟铧三已经十九岁了，铧三没有和他一起种老马的地，而是单独租种了谢良贤家的地，同样是三七分成，这样家里又能多分一些粮食了。四弟镰儿和臭儿与兴云媳妇一起在家的周围开了菜园，兴云种自家的地。李氏天不亮就提着筐子，拿着粪耙子在村子里捡粪，她是村里唯一一个捡粪的小脚女人。天亮前，她就回到家里，将捡来的粪倒在自家的粪堆上。就是去赶集买菜时，李氏也挎着粪筐，虽然双喜一直劝母亲少干点活儿，但她与儿子一样，有着闲不下来的性格。

民国三十四年，知道日本人投降后，李氏对双喜说："这天下要太平了，咱们把铧三的婚事办了吧，他年纪不小了，也需要人管了。"

铧三比双喜外向，在村里朋友也多，他喜欢和朋友一起推牌九，李氏仅有的几块银圆，藏在罐子里，都被他找到，推牌九的时候输掉了。

031

李氏心中喜欢三儿子，舍不得打，又管不住，头疼不已，给儿子娶了媳妇，自己也省了心。

给铧三说媒的人多，李氏仔细地问各家的情况，最后定了陈庄的一个人家。成亲前一天，李氏担心铧儿还要跑出去推牌九，她让双喜把床搬在铧三的门前，她谁也不放心，当晚自己就睡在床上，将门把住。

迎亲当天，铧三用小轿把陈氏接回家里，陈氏是带着陪嫁来到谢家的，看着抬入家门的八仙桌、枣木柜和灯台，李氏的眼睛都笑弯了，她得意自己给儿子选了一门好亲。陈氏高高的个子鹅蛋脸，放着天足没裹脚，当她对李氏甜甜地叫声"娘"的时候，李氏更是笑得合不拢嘴。李氏难得地在家里摆了宴席，双喜负责接待来客，八凉八热的菜品摆满了桌子，金龙被分配到村里女人们坐的一桌，村里女人们不比男人们胃口小，每道菜一上桌就被一扫而光。一道甜饭让女人们意犹未尽，她们撺掇金龙，"你去给你四叔说，再要一碗来。"金龙也觉得没吃够，找到他四叔，镰儿是婚礼的总管，这也是他第一次肩负起这样的"重任"，正忙前忙后协调，听见金龙的要求，摆了摆手，"去去去，现在哪有工夫？"铧三给每桌敬酒，酒是酩馏子酒，新郎总少不了被灌酒。双喜看着三弟被灌得醉态浮现，觉得这些年一家人的苦都值得了。

晚上睡觉前，臭儿对双喜说："三婶走路一阵风样的，娘看她时，眼睛都带着笑。"双喜说："她说话轻声细气的，娘自然欢喜，你呀，也学着点。"臭儿感到有酸意涌了上来："看她带来的嫁妆，自然是我学不来的了。恐怕这才是娘爱她的原因吧。"

人最怕比较，看着三婶受宠，又想到自己的身世，臭儿心中翻涌，无法平静。她说："咱村的保小学堂开了，老马的小儿子都已经去了，咱也把龙儿送去上学吧。"双喜嗯了一声，臭儿还在等着他说，耳边却传来了沉沉的鼾声。她感觉一旁的儿子似乎在抖动，便给儿子把被子盖得严实了点。第二天早上吃了饭，金龙还说自己冷，臭儿想起夜里他抖动，一摸额头，有些烫手，她让儿子在家里歇着别到处跑。到了下午，金龙似完全没事了，说自己不冷了。可转过天去，他早上又开始发烧。臭儿有些担心了，李氏说："这怕不是疟子鬼闹的吧，得让龙儿躲着它。在它没附身的时候，让它找不到才行。"臭儿知道谢良贤喜欢在外抓鹌鹑，就让金龙跟着他"躲"出去。谢良贤天还不亮就起来，在棉花地里把网支起来，让人在另一边慢慢撵鹌鹑，鹌鹑飞不起来，进网就被抓住了。金龙跟着在他身后，眼看着鹌鹑就要进网，身上却抖了起来，他跑回家躺在床上。李氏看了说："今儿没躲掉，还是被抓住了。"连着躲了几次都不见效，李氏又出一主意，说可以试着把疟子鬼送给别人，"听人说，看到路上有人路过，就趴地上磕个头，疟子鬼就到那个人身上了。"臭儿带着金龙到村外的野地上，看有路过的行人，就让金龙在地上偷偷地磕个头。显然，疟子鬼并不接受这种鸡贼的转嫁方式，金龙还是抖着回到家里。

连着几天折腾，金龙的精神头儿明显不济，双喜回来说，还是去找高功辰吧。高功辰这次没开中药，说金龙这得的是疟疾，他让双喜买了西药奎宁。吃了奎宁，金龙很快就康复了。奶奶提出的两种方法复杂却全无用处，金龙难免会对奶奶这位家中权威的方法论产生怀疑。

保小学堂开了，是谢楼的一件大事。8月日本投降后，国民党鹿邑县县长翁文庆率县机关从石槽迁回县城，并于当年推进保甲户口复查澄底，谢淑三在村里有广义的支持，县里又有侄子谢兴师的呼应，当仁不让当了保长。老马的小儿子也进了学堂。

臭儿忙了一夜，给金龙缝好书包。听见母亲呼唤时，金龙正光着屁股在谢楼寨墙上刨茅草。吸吮茅草根的汁水，是谢楼小孩子们共有的"甜蜜"时刻。

臭儿叫儿子下墙来,告诉他要去上学,她准备了一布袋杂粮,给金龙穿上衣服,两人一起来到学堂。

学堂就设在谢楼寨东门外的天地庙内,庙内中间三间是神殿,前面六间是教室,左边三间,右边三间,中间有过厅,过厅的地板上平放着一块石碑,石碑上刻着谢楼人捐款修建的村北一里半路外,练沟河上谢大桥的修桥故事和善人捐款明细。神殿后是老师的住处、伙房以及道士戳儿一家三口的住地。村里人专门给戳儿拨了十几亩地。戳儿每年都把灶君爷的画送到各家各户,过年时,村里人都往庙里送馒头和包子等祭品。学校外面是两层的火星阁,一楼塑着火星爷的神像。火星阁旁是大操场,每年正月初七这里办庙会,有戏班子来唱戏。庙的北侧有一片松柏林,当年失谢楼时,这里是老王泰找到的软肋。而今,庙里的学堂则寄托着谢楼人的希望。

走进学堂这一刻,似乎因为仪式感而具有了脱胎换骨的功效。在此前,金龙还是个光屁股的娃娃,而现在他要坐在书桌后,成为一个读书人了。

金龙进到学堂里,看着十几个学童已经坐在屋里。臭儿把布袋递给先生,说了些客气话,金龙便坐到长板凳上,他将臭儿订好的毛边纸大字本拿了出来,看着别的同学已经持笔写字,便有样学样地也把笔拿出来,研了墨,跟着同桌的兴建一起写,兴建写一横,他也写一横;兴建写两横,他也写两横。兴建扭头看他在跟着写,便道:"写字先要老师打仿才行。"金龙抬头,看到教书的段先生正微笑地看着他。

"你叫什么啊?"

"我叫金龙。"

"大名呢?"

"没大名。"

"那就给你起个大名,你是兴字辈,兴利除弊,叫兴利如何?"

"好的,先生。"

段先生在金龙的大字本上写了仿:一二三四五金木水火土天地分上下日月鸣金鼓谢兴利记。这样,金龙有了自己的大名,他在老师写的字上用另一张纸仿写。

第二天早上,兴建就来找金龙一路去上学,路上看到树上的鸟窝,两人便只想着上树去掏鸟蛋。两人玩得忘了时间,正在树上攀着,双喜路过时,抬头看到。把金龙叫下来,问他为何没去上学,金龙不敢说谎,也想不出理由。知道他旷课,双喜黑了脸。他抡起巴掌就在儿子屁股上啪啪打了两下,虎着脸让儿子快去上学。在兴建面前被打了屁股,金龙的脸搁不住,来到课堂外却不进去,在天地庙的一块石碑上躺着,用草帽遮着脸。兴建下课见他躺着,去揭开草帽,却见到草帽下正流泪的脸。兴建嬉笑着,"咦,咋哭鼻子了?"被戳中了痛处,金龙一跃而起,和兴建打成一团。段先生听着外面喧闹,出来将两人叫进课堂,又写下了"来来来,来上学,去去去,去游戏",几个字,让学生们仿着写字。下了课,他特意把金龙叫住,领他到自己住的地方,和他一起吃面。段先生白胡子白头发,是从安徽逃过来的,说是在那边还是个大乡绅。谢淑三先在村里给他找的空房,后来便搬到天地庙,将天地庙的六间房辟出三间来当教室。和先生一起吃饭,对金龙是个鼓励,他不逃学了。段先生教的课程也不成体系,既有"呼噜噜,呼噜噜,半夜起来磨豆腐,一直磨到大天亮,做成豆腐真辛苦。吃豆腐,吃豆腐,价钱又便宜,养料又丰富"这样的顺口溜,又有讲述"九一八"日寇入侵的历史。对于金龙来说,一切都是新鲜的。

每天中午,都是家境较好的学生请老师过去吃饭。金龙却不敢提这个事,自己家里吃的都是杂面的馍,连菜都没有。每次到中午下课时，他就离先生远远的，一句话都不敢说，生怕段先生问他。班里满共二十几个学生，谢淑三和老马这样的大户人家都请了不止一次。金龙从怕先生提、怕同学提，到自己没法回避了。这个问题成了他的心病，每天到中午的时候，他心里就打鼓。

请先生吃饭，成了金龙最大的烦恼，为此他撒了一生中第一个谎。晚上，他对父亲说："明天中午段先生该到俺们家来吃饭。"双喜对臭儿说："先生来吃饭，就把家里的母鸡杀了吧。"臭儿又拿出家里存着的仅有的小麦，牵着小驴绕着石磨，将小麦碾压，再用箩筛筛出细粉。即便筛不下去的麸子，臭儿也用石磨反复碾压，磨了五次之后，她确认大多数麦子都已成为面粉，才开始下一道揉面的工序。看着家人忙碌，金龙感觉明天就能甩下心里的包袱了。

第二天一早，金龙背着书包向学校走，发现寨门紧闭，寨门两边还有人持枪站立，一些早已被挡在寨门前的人都没法出寨。看着兴建也在人群中，金龙把他拉出来问咋回事。兴建说不太清楚，就知道是昨夜有部队进寨驻扎，只能进不能出。金龙心里如同着了火一样，这要是出不去寨，怎么请老师吃饭呢？

一脸愁容的金龙回到家，双喜问："咋回来了？"金龙说寨门被封了。看着儿子没精打采的样子，双喜说你在家里等着，我去看能出去请老师不。金龙赶紧点头，眼睛里充满了期待。

双喜走到寨门口，见守门的人穿着并非军装，如果不是手中的枪支，便与平民无异。对于寨子、寨墙，寨河的深浅，他都了如指掌，他走到多年前轰塌的那段寨墙前，虽然经过了修补，这段寨墙仍明显矮了一截。双喜爬上了寨墙，再溜下寨河的边缘。寨河与寨墙的交界处是一个缓坡，他蹚着寨河水，走到寨门外侧，然后向天地庙走去。

等段先生结束了上午的课，双喜邀请他去家里午饭。他们进寨门并没有被拦着。可是段先生看到拿着枪的岗哨，脸上还是有些变了颜色。金龙见到父亲和段先生来到家里，松了一口气。母鸡早已炖好，香气从灶台不断钻入他的鼻孔，金龙担心父亲如何能出寨，也担心他是否能将先生请来。饭菜端上了，段先生却明显心不在焉，他有一搭没一搭地和双喜说着话，金龙注意到，先生夹菜的手竟然不自觉地抖动着。

段老师走了，他没有再去上课。

五
规矩

"这规矩可不能乱,乱了就会出大事"

金龙第一次的学业戛然而止。谢淑三对人说,段先生向他辞行,说是什么要去亲戚家避一避,"也不知道避什么?"

谢淑三其实知道段先生为什么走,他自己也有些慌了,只是对外要做出镇静的样子来。这次队伍进寨前,他一点消息都不知道。等这支神秘的队伍走后,他向联防队打听,得知联防队并没有在谢楼的行动。"那么,这支队伍就只能是共产党了。难怪段先生要辞行,他原本就是从邻省逃来的大户。"

谢广义听了淑三的讲述后,让儿子不要慌张。自从谢楼寨破以来,他带着两个儿子逃出城寨,此后的每一步都踏得稳重。如今,即便经过连年的灾祸,广义家已经恢复了元气。在谢楼,他们是少有住瓦房的,为了安全,他在房屋周围砌起了两米高的砖墙。"有汪疯子的部队在,鹿邑翻不了天。"这两天,兴师的夫人正在他家做客,他特别交代淑三，把家里的留声机拿到屋外放，让谢楼人见识一下，也安抚一下人心。"接下来，你要抓紧征丁，县上催了好几次了。"

金龙和兴建一起去谢淑三家外看留声机，从匣子里放出来的音乐，让他们感觉到稀奇。而更吸引人们目光的，是谢兴师那个穿着旗袍的媳妇。旗袍对于村里的人们过于稀罕，金龙听大人们感叹、议论着大户人家的生活，"也只有兴师能娶这么标致的媳妇，人家是到县城里去上学堂的人。"看了西洋景儿，回到家里时，却看到双喜和臭儿都沉着脸。双喜说："明天我和铧儿把家里存的粮食，拉到集上去卖了，先交了壮丁的钱。"

自从谢淑三作为保长开始催收壮丁费用，双喜就发现自己对家庭的规划，赶不上变化了。家里有他与铧三、晋启、兴云四个男丁，四个人都不认识字，看着谢淑三拿出账本，指着他们要缴的数额。双喜看着毛笔写的数字，这字认得他，他却不认得这字。他向淑三提出异议，说兴云腿脚不好，不能算一个丁额。淑三哪里肯依，四个人都是按照足额来认缴。

随着催缴的频次加多，双喜一家积累的钱粮上缴不算，还多了欠缴的费用。刚刚感觉有盼头的日子，又是乌云满天。没钱缴费的大好就被谢淑三拉了壮丁，大好和双喜是一个曾祖，大好被抓走了，对于双喜也是个警告。

当双喜再次拉着粮食去集上卖，往回走的路上，碰上了谢良珠，谢良珠问他："老实人，今天卖了多少？"

双喜拧着眉头，"卖的不够缴啊。"

谢良珠瞅了瞅周边没有人，凑上前说："这样不行啊，今天收钱，明天又收钱，哪些该收，哪些不该收，咱又不知道。都是他谢淑三自己在说。"

"可不是吗！咱不认字不说，县里也没人，不知道哪些费用该收，哪些不该收。"

"不行咱去告他，今晚叫上晋保和谢欢去你家商议一下。"

"啊？"

"就这么定了啊。"

谢良珠与谢晋保、谢欢晚上来到了双喜家，这些青年都为谢淑三不停加码的壮丁费用所苦。双喜与三弟、四弟听着谢良珠的主张，越发感到这个钱缴得冤枉。他们的情绪很容易就汇集到一起，达成了共识，每个人都找来自己认为最信任的伙计。等到第四次开会的时候，双喜也给学聪和学志说了，学聪怕淑三家势大，觉得惹不起。学志有过此前老王泰队伍中的经历，也不愿生事。虽然他们没来，开会时，双喜的堂屋里还是坐满了一屋人，连院子里都站着人。

谢良珠点了一下人数，这次来了七十二个人，他清了清嗓子，"大家安静下，自从谢淑三当上保长后，就仿佛要给谢楼寨扒层皮，他这种没完没了的壮丁费、联防费，大家迟早缴不起。"他的开场引起了一片响应，谢欢更是叫着："家里都揭不开锅了，丁费一点都少不了，还咋活呢？"谢良珠接着说："谢淑三是给国民党收费，去国民党那边告他肯定告不赢，咱就去共产党那儿告他。"他拿出了一张纸晃动着，"这是状纸，我已经在上面按了手印，还有谁愿意一起告，就一起联名。"铧儿抢着上前，按上了手印，谢晋保和谢欢等签了名，双喜让谢良珠替自己签了名，他按上了手印。

除了几个怕事的，谢楼的年轻人几乎都参与了联署，谢良功这边签了名，转头就扎进了谢淑三的家里，把开会的情况都讲了一遍。谢淑三听完就跳了起来，"反了他们了，我这就带人去把联名的人全都抓起来。"谢广义摇了摇手，说："整个谢楼的后生都签了名，法不责众，与其把人都抓起来，不如找个出头的下手，他们在双喜家开会，我们就拿他来开刀。按说他的父亲祖遗和广宣哥关系也好，淑三你和他小时候关系也好，没想到如今竟然和我们作对。"他对谢良功说："良功啊，从我广宣哥起，谢楼寨的规矩就是我们定的。这规矩可不能乱，乱了就会出大事。既然这会是在双喜家开的，让良罪从联防队来，你们一起去给双喜个教训，咱们来个杀鸡儆猴。领头的人老实了，别人也翻不了天。"他转头对儿子说："淑三，你给良功拿二十块大洋，这次要辛苦他了，等事成后再拿三十块大洋。"

谢良功从谢淑三手中接过了大洋，立刻笑得弯下腰，淑三说："自从我当保长，就没有收过你家的费用，这次你要办得好了，以后少不了你的好处。"他转过头对广义说："双喜和俺一般大，小时都一起玩，不都叫他'老实人'吗，没想到是他扯旗闹事，看他还能翻了天？"广义还有些犹豫："你们都是一起长大的，不要把人逼得太紧。"淑三却满不在乎，"有兴师在联防队，咱在谢楼能怕谁？"

谢良功住的距离双喜家不远，他与联防队的谢良罪回来，躲在自己家里，等夜深了，他们在双喜的堂屋西边引燃了火，看着火着起来了，便分头跑。

这一周来，双喜既兴奋又累，每次开会都到深夜。虽然开会时他很少说话，但他觉得这总是有了希望。金龙也旁听了会，虽然他的眼睛不停打架，但也不去睡觉。他知道，大人们在谋划一件大事，会议的气氛让年少的他也感到激动。他们睡得都很沉，茅草房着火后，火星子落在双喜的床上，却是臭儿先发觉的。双喜和金龙头朝东睡着，臭儿在床上头朝西睡着，看到起火，她忙用脚去蹬双喜。双喜虽困，被蹬后的第一反应就是抄起身边一直放着的棍子。见是家里着了火，便把被褥抱出房间，叫三弟与四弟扑火。

隔壁的谢良贤也已经吆喝了起来,"失火了,失火了!"醒来的人们帮着双喜一家救火。等火扑灭时,堂屋三间房已被烧毁一间半。双喜和铧儿商量,这事肯定和谢淑三有关。铧儿说:"刚才听声音,最早喊救火的是谢良贤,可来救火的人里,我没看到谢良功。良功和谢淑三一家一直走得很近,会不会是他干的?"镰儿在一旁也说:"刚我听见隔壁良益议论,他起夜的时候听见有声响,隔着门看到两个人影进了良功家。"

双喜的困意全被怒气冲散了,他想去良功家找人,李氏劝住了儿子,说万一怀疑错了,这就难相处了,不如她先去看看。李氏拿着拾粪的筐子,先来到谢良功的房子,再绕着屋子转了转,没有什么动静。又来到了谢良贤家,她听见牲口房旁边的草料小屋里有声响,便走进院子,推开了小屋的门,里面堆满了草料。李氏探手在草料里摸,却摸到一个脑袋。她和"脑袋"都吓了一跳。"脑袋"往外就跑,李氏看清了,正是谢良功。小脚的她知道追不上人,忙回去给双喜说了。双喜问明方向,从家里提起了七星剑追了出去。

跑出寨门,追了一里路,双喜看到了前面的谢良功。谢良功身高一米八,双喜只有一米六出头。虽然身高体壮,谢良功的胆气却不壮,烧了双喜的房子后谢良罪和谢良谋回了联防队,他也不敢在自己家里住,跑到谢良贤的草料房躲起来,藏在草料房里不舒服,正活动身子却被李氏发现。

谢良功原本就跑不过双喜,听双喜在背后一声喊,回头一看他手上有剑,心先怯了。再跑一段路,眼见双喜追近,他干脆一屁股坐在路边,边喘着粗气边对赶上来的双喜说:"叔啊,我跑不动了。"

双喜押着人往回走,见到谢良珠和镰儿出寨门来接应。良珠说:"原本我们就要去区政府告谢淑三,不如把他押到区政府去审。"双喜说好,镰儿只有十六岁,接过双喜的七星剑,说他负责押着谢良功。良珠逗他说,人要是跑了怎么办?"敢跑?跑我就劈了他。"看兄弟的虎劲,双喜和良珠忍不住笑了起来。

区政府设在丁村,许区长接待了双喜和良珠,许区长中等身材长方脸,他听着良珠说了双喜家被烧的情况,又看了联名的状子,对他们说:"谢淑三乱收的费用必须退给大家,谢良功烧了双喜的房子,罚他赔修房费用之外,再请戏班子连唱三天大戏,你们看怎么样?"良珠和双喜都说好。许区长又对谢良功说:"这次不处理你,你不要心存侥幸,回去不要再给谢淑三卖命了。"谢良功连连点头,"不敢,不敢了。"

许区长与双喜他们一道回到谢楼,让谢良功去给谢淑三说退钱的事,谢淑三没打磕绊就拿出三百五十块大洋,退给了大家。谢良功又请来戏班子,在村东的天地庙热热闹闹地演满了三天。除了谢楼寨的人之外,邻村的人都来看戏,开戏前,许区长站在戏台上,给大家讲了这次谢良功请大家看戏的原因,"他烧了双喜的屋子,这是他给双喜赔罪。"双喜坐在台下看着戏,觉得许区长就是包公再世啊,把自己和村里人的冤情审得明明白白的。

许区长走的时候,谢良珠和双喜都去送他。许区长提醒两人,虽然谢淑三退了钱了,但要小心他的报复,两人都点头。

有了这次交往,区小队再来谢楼的时候,就住在双喜的家里了。一次深夜,还偷偷送来一名伤员。双喜先把伤员藏在磨坊,后来觉得磨坊距离自己房子远,干脆安排在厨房。双喜看着伤员躺在柴堆上,点着油灯,还不时写着什么。他觉得这个伤员可能是个干部,也不敢多问。这干部养了十几天的伤,临走跟李氏说:"感谢婶子照顾,我一定会回来看你。"

李氏的心一直悬着,伤员走了,却还留了十几条枪在家里,谁都知道这枪有多烫手。双喜打探到区小队的位置,一天夜里和三弟、四弟把枪送了过去。可过了几天,区小队的人过来住,临走又留下了几杆枪。这可怎么办?双喜直挠头。

大雨天帮了双喜的忙,连着几天雨把东边院墙淋塌了,双喜和铧儿一道,将这几杆枪都砌进了墙里。区小队的成员路过时,也没有再放枪支,一位战士夜里擦枪走了火,枪声回荡,双喜觉得整个村子的人都能听见。可接下来的几天,仍然没事发生。越是这样,李氏越发觉得不安,谢广义和谢淑三不可能不反击,他们在等待什么呢?

他们都在等谢兴师,自从知道许区长来到谢楼,谢广义便让谢淑三去找谢兴师报信,他没有打磕绊就同意了谢良功说的赔钱和演戏要求,出了钱就把院门紧闭,不再外出。

谢良珠找到双喜,有人从联防队报信,说这几天谢兴师就会带人回来抓人,让他先躲几天。双喜正闹肚子,郎中开的七服药他才吃了第一副。听说了谢兴师要回来,他和谢楼那些联名告状的男人从下午就"跑反"到野地里。他们一夜没睡,谢兴师这一夜却没有回来。第二天他们又在外待了一晚上。等到第五天时,双喜实在是跑不动了,他对兴云说:"当年土匪来了,咱们跑反,日本鬼子来了,咱们还跑反,没想到把小日本打跑了,现在谢兴师这个龟孙要回来,咱们还要跑反。"他没有再"跑反",只想在家里睡一个安稳觉。

谢兴师就在这天晚上回来了。

谢兴师带着人踹开双喜的家门时,他正躺在床上。双喜和照顾他的兴云根本来不及跑,就被谢兴师的联防队员按住了。一共被抓住的有五个人,谢淑三对侄子说,干脆把他们拉到西门外,都毙了得了。谢兴师正要点头,一旁的南丰乡长申翠如说话了,他说共产党的许区长现在就在南丰,这边枪一响,恐怕惊动老许。他看了看谢淑三,指着双喜说:"这个人和老许走得近,不一定将来对咱还有用处。"

谢兴师对谢淑三说,"叔,既然他们让你出了三百五十块大洋,就让他们用三百五十块来赎人。"他对谢良罪说:"你看着他们,不能放走了。"谢良罪带着他们回到竹楷店,就关在联防队的屋子里。晚上,他来到屋里,扔给双喜一包烟。

双喜接了说:"我不吸烟。"

"叔,今晚让你睡哪儿还不知道呢,万一让你睡树上你咋办?递上这盒烟,不一定就解决了。"

谢良罪转过头对一旁的兴云说:"你们家藏着区小队的枪,兴师都知道,我也想放你和双喜叔,让家人交过来两支枪,就换你们两个人。"兴云还没答复,双喜接过话头,"没枪。"

谢良罪见他这么说,便道:"那就等着用钱赎人了。"

双喜被抓走后,臭儿与金龙也不敢在家待着了,他们跑到村西的谢兴敏家里躲着。兴敏住的地方旁边挨着寨河,寨河里的青蛙直到深夜仍在鸣叫,金龙觉得夜里的蛙声瘆人,如催命一样,让他心里发毛,根本不敢入睡。他害怕又有人来抓他和母亲,更担心父亲的安全。

得知了三百五十大洋的条件,铧三就开始在村里动用他所有的关系凑钱,此前要回来的三百五十元有一些还没给人退,他打了招呼,都用来赎人了。他与镰儿在村里人缘好,这次双喜又是为了大家争权益而被抓,用了十天时间,竟然凑齐了三百五十块银圆。铧三揣着钱就赶奔竹楷店,竹楷店的联防队员说谢兴师正在镇西行军,他便向西去找。

谢兴师认识铧三,他勒住马,让人把双喜和兴云带上来。十天过去,铧三看到哥哥满身尘土,他和兴云一人背着三四支去掉枪栓的枪支,双喜来时走路一瘸一拐的。铧三将钱袋递上,谢兴师让人清点了,

045

确定是三百五十块一块不少,却道:"原本让你们用两支枪来换人,当时两支枪市值三百五十块大洋,现在的市价已是四百块了。这样,你这次带一个人回去,等凑齐了另外五十块,再来带第二个人,我说话算话。"

谢兴师如同猫捉老鼠一样,带着嘲讽的微笑看着铧三。猝不及防的铧三目瞪口呆,双喜叫着兴云的小名,"字儿,你年轻,先回去。"兴云说:"不行,你的病没好,脚又成了这个样子,叔你先回去,别担心我。"在行军的时候,双喜的鞋里进了一粒小石子,但联防队不允许他们停下来。石子在鞋里面,把脚都磨烂了。直到兴云把那盒藏着的烟递给一个小队长,他才得到允许,将鞋子里的石子摘了出去。看着铧儿与双喜要往回走,谢兴师取出五毛钱给双喜,"叔,咱们父辈都是当年一起守谢楼的人,这些天你都没吃好,回去买点吃的。"双喜人在屋檐下,说道:"兴云腿不好,你不要再难为他,我们这就凑钱去。"

六
参军

"我们不怕死"

双喜和铧儿回到家里，看到兴云没有回来的兴云媳妇，一屁股就坐倒在了地上。如今的兴云媳妇，已经有了两个孩子，看到丈夫没有回来，情绪几乎崩溃。

双喜回来，金龙感到轻松了一点，这几天躲在外面，家里也没人做饭，他有一顿没一顿地凑合着。父亲归来，全家人心里还是安定了一些。但剩下的五十块大洋，确实凑不出来了，一家人再也找不到能借出钱来的人了。

每一天，双喜都在煎熬着，他宁愿自己被扣在联防队，而不是现在这样只能听天由命地等待。没想到十天后，兴云居然跑回了家里。原来，联防队在陈小寨遭遇了游击队的伏击，兴云趁乱跑了回来。双喜对兴云说："家里还是危险，你到南丰表哥的染坊那儿躲躲。"兴云答应了，收拾了一下就赶紧出了门，奔着南丰而去。

谁都不知道，谢兴师与谢淑三还会不会再来。双喜让铧儿把谢良珠找来，商量下一步。谢良珠判断这事谢淑三还是不会善罢甘休，他问双喜："你外甥傅恒修现在是十一区的区长，不如我们去找他？"

傅恒修，绰号傅大炮，论辈分是谢乾阳的重外孙，他母亲嫁到王皮溜镇陈小砦村，双喜管她叫姐，每次回来上坟，都要来双喜家坐坐，两家不时走动。傅恒修家里富裕，也算书香门第。他一九三八年投笔从戎，先是参加了国民党军队抗日作战，在一九四五年于河北邯郸起义，调任鹿邑县大队后，与鹿淮太县委书记兼县长张笑南的相遇则让他坚定了自己人生的方向。抗战胜利后，他返回鹿邑，他父亲变卖家里的四十亩土地，换回了三百八十块大洋，张笑南前往界首购置长枪三十支、短枪三支、子弹八百发，拉起了一支三百人的队伍。国民党悬赏五千元大洋缉拿他，可他每次都能化险为夷。就在民国三十六年二月，张笑南率县大队配合豫东纵队第一次解放了鹿邑，活捉并枪毙了县长孙敬轩，开仓赈济贫民。傅恒修通过侦查提供情报，让张笑南全歼了王皮溜镇的一支联防队。张笑南就在王皮溜镇召开大会，宣布任命傅恒修作为鹿邑县第十一区区长。傅恒修组织十一区区队，很快从六个人发展到了几十个人。

傅恒修家里是大户，他闹革命，先是管他爹要钱，后来钱不够了，就让他爹卖地，然后用这些钱到黑市买子弹。

他被悬赏前，就已经将自家的细软装箱，带到谢楼来，暂时藏在双喜家院内菜园北边的草丛中，还把一条俄罗斯的毛毯也沉在菜园的井里。他来家里时，双喜没在家，臭儿和他说话的工夫，金龙和傅恒修的儿子在菜园里扔土块玩，金龙无意中将土块扔到了箱子上，"咚"的一声，吓了两人一跳。两人又扔了几块，又听见"咚"的一声，吓得两人跑进了屋内。

臭儿炒了两个菜，自己不能上桌，金龙小，却是主陪。金龙不知道待客的规矩，心里想，"我吃几口馍，再请客人叨菜呢？"傅恒修见金龙吃了好几口馍，还没有让他。反过来让金龙，"叨菜，叨菜。"

过谢楼的祖坟时，傅恒修看着一根繁茂的松枝被雪压断了，对送他的兴云说道："你看这松枝已断了尾段，如同老虎口，加上人们为了抄近路，从田里走出一条小路来，这斜着的小路正好冲着虎口。恐怕你们家不过二十年就会死三口人。"他只是随口说说，兴云却听进去了，第二天，专门把小路挖了一道沟截断了，只要他有时间，就过去看着，不让人再走。

双喜弟兄三人与谢良珠联系村上的后生，一下聚集了十二个人，他们七月初一同去王皮溜旁的程庄找傅恒修的时候，他正摆弄着手里的三八大盖，嘴里嘀咕着："这枪是好枪，怎么就是打不响呢？"傅恒修国字脸，眼睛不大，却精光四射。见到双喜等人来到，他站起身迎了上来："舅，你可是稀客啊。"听了双喜与铧三讲述了自己的遭遇，他说："你们要参加区队，我肯定欢迎，不过你们也要做好心理准备啊，干革命就是要做好牺牲的准备。"傅恒修介绍，就在今年三月，沈鹿淮县县委和县大队在郸城西南罗楼村遭遇偷袭，县委书记刘波涛和十多名战士牺牲。"我们不怕死。"双喜说。傅恒修见他态度坚决，便又说："从现在的形势来看，革命胜利必然是属于我们的，就在上个月，张笑南刚刚打了个大胜仗，消灭了三百多个敌人。你们可以先去领武器，然后接受一下训练。"说是发武器，傅恒修这里总共只有三支枪，还有两支经常哑火，十二个人每人发了一颗手榴弹，有几个人还给发了杆红缨枪。双喜拿着手榴弹，都不知道是该揣在怀里，还是别在腰间。

傅恒修还在摆弄着三八大盖，他把枪栓退下来，让人拿来麻绳给撞针后的坐盘缠紧，然后上一颗子弹，枪口朝天，一扣扳机，"啪！"一声脆响,傅恒修高兴,又连发两枪,全部都打响了。他这一试枪,引起了附近国民党县保安团的注意,那边的马队就开始向这边突进包围了。哨兵一报告,傅恒修立刻要求所有人开始突围。这边双喜等人刚刚学习了怎么扔手榴弹,立刻就要投入战斗,心理上完全没有准备,完全不知道该怎么办。傅恒修手下有一支美式步枪,他让人顶上信号弹,对着桥头连开几枪。保安团一看信号弹亮起来,以为遭遇了主力部队,不敢迫近,只是在身后放枪。傅恒修让新人先撤,他挑了两个枪法好的队员殿后。双喜和铧儿跟在傅恒修的身边,神情很是紧张,傅恒修似乎已经对身处险境习以为常,他从容地开着玩笑,"哈哈,我们行军,他们这还给咱放礼炮送行呢。"几人耳边呼啸着的都是枪声,听了他这话还是忍不住笑出声来。傅恒修说:"这次碰到的是保安团主力,他们一直想找咱们独立团的主力,咱们就和他捉迷藏,大家先各自分散,等着我集合的信息。"

双喜和铧三回到谢楼,发现谢良珠、谢晋文等人先后回来了,很幸运没有人受伤。但自从回来以后,同去的谢晋文和欢儿就两眼发直,好几天都没有从惊吓中缓过来。欢儿把手榴弹交给双喜,说:"这革命太吓人了,我还是在家种地吧。"谢晋文也不再参加双喜组织的训练。

双喜和铧三、镰儿没想着退出。可有人想劝劝他们,老马又一次登门了,自从双喜决定参加革命,就去给老马说不再租地干活儿了。老马心里舍不得他这个好把式,不止一次地来劝他。听说谢晋文和欢儿退出的消息,他又来劝双喜了。"兄弟,刀枪无眼啊,你们这一家子把脑袋别在裤腰带上,家里人可就遭罪了。还是安心种地吧,淑三那边,我也劝劝他们。咱们兄弟俩怎么都好说,以后收成就按照四六,或者五五分都行啊。"双喜摇了摇头,"老哥,我原本就想安心种地,但你也看到了,我这个老实人都活不下去了,我不走回头路,革命就革到底。"

过了一些日子，双喜听说傅恒修在安徽双沟集的市集出现，登高演讲，先报了自己的名号，讲了共产党的政策，同时传递了集合的信息。兄弟三人便前往寻找，在双沟集的附近找到了傅恒修。面对上次部队被打散，傅恒修一脸轻松，说这样的经历他已经多次遇到了。

"我曾经装过瞎子，见到敌人就迎上去，他们反而不注意。还有一次，我要过一个哨卡，碰见一个卖花生的推着车，车上放一个笸箩，我去把花生连同他的棉袄和小车都买了，把枪放在笸箩下面，推着小车、穿着破棉袄。碰到有人盘查，眼看着要翻笸箩，我把枪从笸箩下拔出来。把对方打跑了才脱身。"双喜发现，傅恒修喜欢将宿营地就放在距离敌人近的地方，这样敌人警惕性低。他艺高人胆大，也不怕部队被打散，打散了也有办法再重新召集。

傅恒修把区队的人召集到一起，他身边站着一人，双喜此前没有见过。傅恒修介绍，这人就是独立团团长张笑南。张笑南这次来是准备对汪疯子的联防队进行打击。

原来，汪疯子的装备是整个鹿邑保安部队中最好的，他二叔是国民党驻守西安的胡宗南部的少将旅长，很看重自己的侄子，不仅在装备上支持，而且还多次回来对汪疯子的部队进行训练。这种经历让汪疯子对自己的实力非常自负。他将一千多人的部队驻扎在闫河滩的村中，此地三面环水，只有西面有路通向村外。汪疯子知道傅恒修的区队在附近活动，但他对几个"土八路"根本不放在心上。

闫河滩距离王皮溜只有四里地，傅恒修一直在关注着汪疯子的动向，他向张笑南汇报了情况。张笑南决定亲自去现场侦查。只见他换上了一身破旧的衣服，又在脸上抹了一把泥灰，就从刚才渊渟岳峙的军人变成了一个地道的老农。他绕着闫河滩转了一圈，笑着对傅恒修说:"汪疯子这是把军队驻扎在绝地上啊,他小瞧咱们,咱们就给他一个教训。"他集合独立团做出了布置,要求一连从西面佯攻诱敌,三连在闫河滩外出的小桥处阻击。他带着二连和四连从侧后方迂回突袭。他与四位连长对表后,要求中午十二点整发动进攻。傅恒修对地形熟悉,被张笑南安排随着二连突袭。一说到汪疯子,双喜就想到了自己在谢兴师那儿受的罪,他和三弟四弟都渴望着这次战斗。

枪响时,汪疯子的部队正在开饭。听了哨兵的汇报,汪疯子调兵还击。一连佯攻的几名战士在村中机枪与卡宾枪的密集火力下倒下了,剩下的人向后退去。汪疯子见对方果然不经打,便指挥手下追击。联防队的注意力都集中在西面,张笑南带着两个主攻连从侧后水面较窄处搭起了便桥。双喜大气也不敢出,看着独立团的战士们身形矫健地跑过便桥,他们也紧跟在后面。几位投弹手在七十米外投出的手榴弹,在敌人最密集的地方炸开了。双喜他们估摸着自己扔不了这么远,他们几个人都配了长枪,但子弹不多,一人两颗手榴弹。一直迫近到三十米左右,双喜才拉绳,将手榴弹投掷了出去。

在小桥处埋伏的独立团三连接应一连,压制住了追击出来的敌人。汪疯子的部队被前后夹击,立刻就乱了。陷入包围的汪疯子只能在谢兴师与几个水性好的亲随保护下,从南侧泅水逃跑。这一战汪疯子的一千多人只逃出不到三百人。这一战缴获了机关枪六挺、长枪、卡宾枪七百多支,手榴弹一千五百多枚,子弹三万余发。双喜兄弟可从没见过这么多的武器,他们一直在战场上寻找着谢兴师,可惜没有抓住人。他看到张笑南脸上却没有喜色,而是对傅恒修说:"可惜让汪疯子漏网了,回头还是要总结一下战斗部署的疏漏之处。"双喜低声对铧三说:"乖乖,打了这么大的胜仗,庆功都来不及呢,还要总结。"铧三说:"恒修说过,张团长是在延安现场听毛主席讲过课的,那真不是一般人。"傅恒修把缴获的一把轻机枪交给铧三,这下铧三喜坏了,他把机枪当作宝贝一样,天天擦拭。镰儿问他:"三哥,你说这机枪和嫂子,你更喜欢哪一个呢?"铧三先是犹豫了一下,然后作神秘状说道:"附耳上来,我悄悄告诉你。"见四弟真的把头探了过来,他弯起食指,在镰儿头上狠狠地敲了一下。

八月,刘邓大军突破黄河天险,千里跃进大别山,途经鹿邑。正规军来的这段时间,联防队、保安团在鹿邑都不敢妄动。傅恒修的区小队得到难得的修整。双喜兄弟也继续加强军事训练,双喜做农活是好把式,作为战士也很沉稳扎实。相比较而言,铧三的机敏与干练在众人中更加突出,也让傅恒修对他寄予厚望。在两位兄长的带领下,镰儿也有明显进步,他交友也更加广泛,在区小队里朋友多。与双喜和铧三有机会就回家不同,镰儿喜欢和各路朋友出去玩耍。双喜和铧三都劝他,虽然区小队所处的紧张氛围稍稍缓解一些,但战时还是要谨慎些。但对于兄长的劝诫,镰儿没有放在心上。知道鹿邑县城西关逢集时热闹,他与朋友乔装后冒险进入鹿邑县城。他晚上回来绘声绘色地给双喜和铧三讲他在集市上的感受,"都说试量狗肉当年刘秀都吃过,这次终于尝到了,果然闻到狗肉香,神仙也跳墙啊。""你知道这有多危险吗?"双喜正要发火,镰儿如同变魔术一样,从胸口掏出一个油纸包裹,只见他将油纸一层层打开,随着香气一起出现在双喜和铧儿眼前的,是一只香喷喷的烧鸡。镰儿弯下腰来,把烧鸡高举过头:"两位哥哥不要生气,我特意买了只孔集烧鸡,孝敬你俩。"见他滑稽的动作,双喜和铧三有气也发不出来,拿这个弟弟一点办法也没有。镰儿笑着说道:"前有张团长便衣探城防,后有谢晋启夜送烧鸡。"铧三正色道:"张笑南团长是为了解放鹿邑,冒着生命危险完成上级交付的任务,一路上三次与敌人遭遇,面对枪口,从容应对,才化险为夷,并在深夜十二点爬上了城墙,绘制出了城防图,让部队得以了解敌情,顺利拿下县城。你是在鹿邑敌人屡次遭遇打击后,去县城里吃喝,这样对比合适吗?"镰儿扮了鬼脸说:"我这不是开个玩笑吗?""开玩笑也不行,这样严肃的事情不能说笑。"见三哥话语逐渐严厉起来,镰儿也收起了笑容,再也不敢多说一句。铧三语重心长地对他说:"咱们兄弟既然参加了革命,就要多学习。你看恒修,他是张笑南发现和提拔的干部。跟着他,你总是能学到新的东西,他通过地上的脚印就能判断敌人的去向,看着天上飞的麻雀,就能判断敌人的聚散。咱们区队看着总能化险为夷,其实哪里有那么多的奇迹呢?这是他的天赋,也是他善于观察和学习,才能在拉锯战中寻找到转眼即逝的战机。"

七
奇袭

"真不知道恒修的百宝箱里，到底装了多少法宝"

十月，国民党新五军展开扫荡，豫皖苏军区主力部队转移，谢淑三又冒了出来，他在村子里讲自己看到的新五军的队伍，"新五军厉害得很哪，那小钢炮油光锃亮，枪也好得很。"汪疯子与谢兴师的联防队又开始活动，区小队的人总是听到坏消息。谢良珠对双喜说不想干了，"听说宁平区的区长被抓住后，先是被砍断了脚筋，再被押到鹿邑县城砍了头。哥，我这阵子每天夜里睡觉都半夜惊醒，梦见自己也被抓住。这一天天的，媳妇也劝我，不想孩子没了爹。"他把枪交给双喜，说啥也不愿意再去区小队了。臭儿问双喜："你怕不？""怕个屌？不革命，也被他们整死了。""你知道不，我四爸的儿子小孬也革命了。""他个孬孩当年偷走咱的牛，咋也革命了？""他和四爸吵架，被打了一顿后，只穿了一条裤衩出走。半路碰到刘邓行军，他要求当兵，就加入了部队。""四爸又要担心了。""可不嘛，小孬他哥王仲山也参加了县大队。

055

咱们家是一门忠烈啊。""呸！咱是一门革命。"

针对新五军扫荡，傅恒修执行张笑南提出的"化整为零，巧与周旋，在运动中争取胜利"的策略。十一月，侦察员报告，新五军一个连的兵力在陈刘庄附近"清剿"。傅恒修带着区小队不远不近地尾随在后面，连续跟了两天都没有找到战机。双喜等人早已经适应了这样的战斗节奏，他们如同潜行的猎豹，就等待着猎物打盹的时机。饿了，就吃几口黑豆面饼；渴了，就喝几口凉水；累了，就在田地里趴着眯一会儿。这个连在陈刘庄住了一晚，第二天一早出发后，突然天降大雾，可见度骤降。傅恒修就在等待这样的机会，听见他一声令下，双喜、铧三与镰儿等人同时扣动了扳机。枪声回荡在雾气中，即便是国民党的王牌新五军，猝然遇袭也乱作了一团。他们沿着枪声的方向胡乱放枪，甚至架起迫击炮射击，但都是无的放矢。双喜他们在傅恒修的带领下，边打边退，等到中午大雾散尽时，他们已经安全撤离。回到驻地，铧三很兴奋，他对双喜说，"咱都能和新五军掰腕子了，而且整个区队无一人伤亡，我至少干掉两个。"双喜笑道："你的机枪一响，我就看前面倒下了不止两人呢。"他见三弟有了战绩，比自己有战功还要高兴。

傅恒修指挥下的区小队，越打胆子越大，越打战术越奇。他把铧三、双喜等人叫到一起商量，说他准备去打营子寨。"现在敌人势头正盛，我们需要团结和争取更多的群众加入革命，咱们去找营子寨的地主刘洪远，把他的粮食分给穷苦人。"营子寨距离鹿邑只有六里路，地点也超出了十一区小队的辖区，他的这一大胆的想法，让双喜捏了把汗。他说："解东江和汪疯子现在都在到处寻找咱们，咱们这么大的动作，肯定会招来敌人，而且行动超出了辖区，是否需要通知别的区小队协调行动？"傅恒修说："咱就是要利用敌人这种'灯下黑'的心理，才能出其不意，攻其不备。"

果然，当区小队摸黑进入营子寨时，刘洪远和他的家丁完全没有准备，就都被解除了武装。清晨，傅恒修让双喜等人去把邻村的贫苦百姓都叫起来，来营子寨领粮食。区小队正在分发粮食时，侦查员来报告，看到远处烟尘滚滚，出鹿邑县城奔着营子寨这边而来，判断应是解东江的联防队。他布置双喜带着镰儿，组织领了粮的百姓出寨向东转移，自己带着铧三等队员在寨西，依托有利地形阻敌前进。

从鹿邑县城出来的，正是解东江的联防队，他判断能在县城附近行动的，肯定是张笑南独立团的主力部队，便派出了千余人的队伍。此前多次被张笑南沉重打击的解东江也不敢行进太速，本着稳扎稳打的方针，一路向前。他们渐渐抵近营子寨西，听见的是傅恒修的一声"打"，声音和他的枪声同时发出，联防队冲在头里的军官应声从马上落下。铧三机枪清脆的声音也随即"哒哒哒"响起。"中埋伏了！"这是解东江的第一反应，他在自己手下眼中看到的都是恐惧。虽然己方有千人之众，但不知寨中虚实，又感觉"独立团"似早有准备，解东江自己率先掉头逃跑，其他人见他一跑，生怕自己落在后面，都跟着退了下去。

傅恒修打退了解东江的人马，也带人撤出了营子寨，去追双喜。

到了四羊寨时，他听到有枪声响起，抬头就看到不远处，双喜与镰儿在前面跑，后面有几十人在追着，一边追还一边放枪。双喜和镰儿边跑边躲藏，很是狼狈，形势也很危险。傅恒修看到这几十人的后面，有更多人拥了过来。他很快作出判断，前面的这几十人应该是地主武装，正好与双喜遭遇。远处是汲水方向，应该是汪疯子从什么渠道知道了区小队的行踪，带人前来夹击。此时如果恋战，一旦解东江也带人返回，区小队就要面临腹背受敌的危险。傅恒修灵光一闪，他让身边区小队的人一同高喊:"弟兄们,我们是解司令联防队的人,不要误伤了自己人,你们身后才是独立团的土八路呢,咱们一起打他们。"

正在追击双喜的几十人回头一看,"可不是吗?光顾着追前边,身后差点被抄了。"他们掉过头去,开枪迎击。追来的果然是汪疯子的部队,一见有人开火,便也开枪还击。两边乒乒乓乓地对射了半天,才发现是大水冲了龙王庙。而此时,傅恒修已经带着区小队悄悄离去多时。

让双喜没想到的是,镰儿在这次惊险的巧胜后,又去了趟鹿邑县城。这次他和铧三都觉得,四弟不是爱吃爱玩这么简单了。两人将镰儿拉到一间屋子里,仔细地"审问",铧三说:"今天你说不出为啥老去鹿邑,就别出这个屋子。"镰儿见两位兄长目光灼灼地盯着自己,便说出了实情,他此前去县城时,认识了一位姑娘,两人一见钟情,"哥呀,我现在一天不见到她,晚上就睡不着觉呢。"原来如此,双喜和铧三对视了一眼,不由得一同笑了。整个"审问室"里紧张的气氛也松弛了下来。铧三说:"县城里情况复杂,你总这么跑,难免惹人怀疑,更何况现在形势这么紧张,你往返之间都很危险。"镰儿说:"哥,我会注意安全的。"铧三知道此时再劝四弟,他也听不进去,于是说道:"我和二哥不阻止你去县城,但去的次数不能太频繁,去之前必须告诉我俩。"镰儿连连点头。铧三瞥见哥哥准备张口,便使了个眼色,双喜看见了,没有再说话。两人走出屋子,铧三对双喜说:"哥,我知道你还想劝,镰儿现在正上头,给他说什么,估计他也听不进去。你性子直,万一说不到一起,他搞不好还会拧着来。咱俩最近都盯着点,等他凉一些,咱们再劝。"双喜点了点头,却忍不住叹了口气:"唉,老四胆子越来越大,却没有想到其中的凶险,他要是有你的一半,咱能少操多少心。"

铧三和双喜私下讨论时,说他最佩服的就是傅恒修,"真不知道恒修的百宝箱里，到底装了多少法宝。不管遭遇多大的困难，他似乎都有办法解决。越是在危急关头，他就越是冷静。论辈分他叫咱俩舅呢，论能耐咱可得跟着他好好学。"相比较于正规军的战法，张笑南和傅恒修都是能将游击战机动灵活的特点，与他们对当地熟悉的优势结合的高手。这天，傅恒修带着铧三、双喜等二十多人行动，晚间就在何楼村的地主何老财家里借住。小队原本准备天亮就出发，可天还没亮，放哨的双喜发现远处烟尘大起，一支有着吉普、卡车的国民党军队向着何楼村开了过来。他连忙去向傅恒修报告。傅恒修一听就知道对方这样的配置绝不是自己这支区小队能抗衡的。何楼村附近没有什么可以藏身的地方，现在转移也根本来不及。面对既不能战，也不能退的危局，他飞速地想着对策，区小队的人都围在他的身边，等待他做决定。一排长说："区队长，你带着同志们先撤，我来断后。"铧三在旁边说："咱们这装备，估计不够人家塞牙缝的。而且咱们两条腿，也跑不过吉普和卡车啊。"

双喜看到有汗水顺着傅恒修的额头滚落，心中焦急，自己却想不到什么应对之策。突然，他看到傅恒修眉头舒展开了。只见傅恒修双手一按，现场立刻安静了下来。"既然他们来了，我们就要招呼好客人。"傅恒修把何老财叫过来，对他说："老何，今天我们区小队都要当你的长工，一起接待来客，咱们要让客人满意，出了什么岔子，你可要兜着。"何老财赶紧赔着笑回复："哪能出什么岔子啊？"

国民党军队进村后，进入各家解决早饭。傅恒修等人对来到何老财家的军官招待得格外殷勤，军官连夜赶路很是疲劳，忙着吃早饭。铧三紧跟着何老财"服侍"着，傅恒修交给他的任务就是，注意何老财的一举一动，寸步不离。有他盯着，何老财不敢轻举妄动。另一边，双喜在马房帮着给马上料，他听到路过的两个国民党兵闲聊，一个说：

"也不知道那几个受伤的弟兄能跟上队伍不？"另一个说："军情紧急，长官也顾不得他们了。"他们言者无心，等国民党部队离开后，双喜把这个信息告诉了傅恒修。傅恒修听到后说："既然还有客要来，咱就不着急走了。"他派铧三到村口，让见到国民党士兵就迎进何家大院，自己在院中做了布置。二十个受伤的国民党伤兵来到何楼村口，便被铧三请到了何家大院内，院内的三张桌子上，已经摆上了酒菜。傅恒修说道："前面离开的军爷特别交代，让好好招待几位老总，俺们略备了一点粗茶淡饭，不成敬意。"伤兵一路走来，早已经饿得前胸贴后背，他们坐下吃得正香，耳听得一声大喝："不许动，我们是共产党游击队，缴枪不杀。"抬头只见刚才笑嘻嘻的傅恒修已经持枪在手，威风凛凛地站在他们面前。发现自己的身前身后都被区小队包围了，伤兵们哪里还有反抗的斗志，都举起了手。区小队绝处逢生，大家背着缴获的枪支，铧三和双喜都觉得，只要有傅恒修领导，再艰难的困境，也会有办法解决。他们钦佩的眼神忍不住就老向着傅恒修那里看，傅恒修似乎知道他们在想什么，走过来说："这次走了一步险棋，还是前期的侦查不到位，只要有一个环节出现疏漏，可能咱们二十几个人都要交代在这里，也可能正是如此，敌人才没有想到我们敢这么做。胆大和心细都要有，没有胆的人，没法革命，但光是胆大，做事不缜密，也会功亏一篑。"

年底，傅恒修接到命令，离开队伍去开一个紧急会议，他把区小队的指挥权交给一排排长代理。区小队驻扎在郓城西北角的村子，一排长放出了岗哨，和铧三一起聊着当前的形势。自从娶了媳妇，加入区小队以来，铧三的成长最明显。铧三媳妇很会操持家务，她在窗上贴上自己剪成的窗花，她织出的斜纹布在集市上更容易卖出去。有这样的媳妇，铧三也很知足。在她的劝说下，铧三早已远离了推牌九，只是半年的时间,如今已晋升成为区小队的二排长。一排长问他:"你听说没有,月初丁村的王书记和李区长都被还乡团杀害了。"铧三说:"丁村就在我家旁边,听说有三十几人遇害,现在的形势真是太紧张了。"一排长感叹:"不知道主力部队什么时候能回来,打击一下敌人的嚣张气焰。"正说着,一哨飞跑回来报告,有敌人向村子过来了。一排长让一哨赶紧通知大家准备战斗,话音未落。二哨又飞奔而至,"报告,敌人已到村边了。"村头已经响起了枪声,一排长对镰儿说:"来不及展开了,咱们带人分散突围吧。"他带人从村西头向外突围,铧三骑了一匹马,带着自己人向另一边突围。黑暗中,流弹不时从头顶飞过,铧三低着头,让双喜和镰儿紧跟着自己。他们听着西边枪声大作,双喜说:"那边是敌人人多。"跑了一阵子,跟着铧儿的镰儿说:"哥,俺跑不动了。""拽着马的尾巴。"镰儿拽上马尾巴,踉踉跄跄地在后面跟着跑。双喜听见后面敌人追得近了,就停下来放两枪,再接着跑。他们边打边跑,看到前方有村子,双喜松了口气,他招呼兄弟进村。进村后敌人担心被偷袭,挨家搜索又耗费时间,他们就有时间找地方隐藏和突围。三人商议分头突围,便各自从村中遁去。

铧三先回到了谢楼家中,他听见南丰方向枪声密集,正是许明所在五区区小队基地驻扎的地点,他听着间歇炮声的时候,知道进攻的肯定不只是联防队,联防队没有这样的火力配备。枪炮声不绝于耳,谢楼的寨墙都在随之颤抖,双喜和镰儿都没回来,他对在家的媳妇、臭儿与母亲说,此时在家不太安全,先各自分散。李氏不愿意离家,让孩子们出去躲一下。见母亲不愿走,铧三让媳妇陪着母亲,与臭儿一起走出了村子,他悄悄对臭儿说:"你给我哥说,我去把机枪藏到媳妇家的棉花地里,然后去大奶奶的舅舅家那里躲一下。"大奶奶是李氏之前,谢祖遗的第一任妻子,她虽没有孩子又去世得早,但两家人一直

061

有着走动。臭儿点了点头,看着铧三低头猫腰,向着陈庄的方向走去。距离谢楼南不到一里路的坟地就是国民党部队这次进攻南丰的迫击炮阵地,可以看到子弹和炮弹的痕迹不时划过夜空,臭儿从没见过如此猛烈的炮火,黑暗中明暗闪烁的弹痕都如同对准的是她与家人,让臭儿一阵阵心悸,她加紧脚步,向着自己娘家走去。

区小队被打散,老三已经连续几天没有回来,双喜一直感觉心烦气躁,偏偏正谈着对象的老四又与母亲闹起了别扭。双喜告诉母亲四弟在谈对象,李氏特地托人去县城打听,知道镰儿交往的女孩是县城一个保长的女儿。全家都不赞同,李氏尤其反对,她对儿子说了狠话:"你和你哥在闹革命,你要是非找保长的女子,这事肯定成不了,以后不许你再找她,你再去我就不要你了。"李氏在家一直说一不二,可是她哪知道恋爱中的人最是叛逆,她的话出口,把镰儿的脾气激了起来。"娘,你就是不要我,我也要找她。"说罢,他就冲出院子。看着娘被气得要追出去,双喜赶紧去劝:"镰儿才二十岁,您消消气。"等他转过头来再找镰儿时,已看不到四弟的踪影。

八
逃难

"要抓住那个红风帽的小孩,赏他吃一粒'洋花生'"

当谢乾三来告诉双喜,说铧三被联防队抓住时,就如同一个炸雷在双喜耳边响起。乾三是谢淑三的邻居,两人经常走动,今天谢淑三告诉他,说谢兴师传来消息,铧三被抓住了。乾三与双喜同龄,两人关系一直不错,听到消息后,出门就来找他报信。双喜的第一反应就是立刻带着枪去南丰救人。可是冷静下来后,他知道单枪匹马去救人与送死无异。臭儿从娘家回来,向他转述了三弟的话,这话现在想起来,是这么不祥。双喜让臭儿去南丰打探一下三弟的下落,自己则往双庙大奶奶家走去了。双庙的舅舅和舅老娘见双喜进家门,先哭出声来。原来铧儿躲到他家来,当地还乡团盘问的时候,舅老娘都说是自己的儿子,但还乡团本村的人挨家进行甄别,说出铧儿是外村人。听说人已经被押到南丰,双喜的太阳穴在突突地跳动。自从加入区小队以来,他从没怕过死,也有多次队伍被打散的经历。但每次有傅恒修登高一呼，他们就又聚在一起，这让他对战斗的韧性充满信心。可现在他最看重的三弟被抓住了，他一直觉得三弟肯定会比自己更有出息，他年轻、开朗，很快就从一众人等中冒了尖，当上了排长。如果可以，他愿意用自己的命去换三弟的命。父亲死得早，对于三弟，他感觉自己既是兄长，又是父亲，这让他的心也更加沉重。

臭儿知道和双喜一起看田的翔儿后来娶了媳妇，媳妇嫁过来时带着的儿子叫"傻说"，"傻说"就在南丰的联防队。她去找到"傻说"，"傻说"确认："谢排长确实被关着，审他的时候，我特意去审讯室那看了，他们用弹壳夹着谢排长的手，手都夹烂了，谢排长什么也没有说。听说这两天就要转到鹿邑去。"

臭儿一直在联防队院子外远远地候着，她不敢走得太近。就在她已经不抱希望时，铧三被人押着走了出来。铧三穿着长袍，长袍的下摆被他提起来将手裹着，一队人押着他走。臭儿没敢上前，眼瞅着铧三被人押着走远。

谢楼的冬天，寒意渗人。听到臭儿的讲述，双喜也打探到傅恒修的消息，他出门寻找队伍，出门前提醒臭儿警醒，随时注意周边的情况。臭儿和李氏在准备着午饭，金龙戴着一顶红风帽在院子外玩耍。臭儿见快要开饭了，就出院来叫金龙。在院门口，她远远看到大概五十米距离外，谢良贤家的门口站着五六个人，其中就有村长谢小林，剩下几个人都是生面孔，明显不是谢楼的人。这几个人正在比画着说些什么，只见谢小林冲着臭儿这边一指。那几个陌生人的眼光就看向这边，并向这边走来。

臭儿的心咯噔一下就提了起来，她想到双喜对她的提醒，判断时间已经来不及再回家，便拉起金龙就往西边跑，同时冲着院子里喊了一声："娘，快走！"臭儿跑了十几步，看到邻居谢良益，对他也嘱咐了一句："你赶快喊一下老太太，让她们快跑。"谢良益年纪大，没有听清，问道："婶子你说啥？"臭儿哪儿还来得及再细说，她带着金龙跑进了谢良益的家里。

过了一会儿，谢良益回到家，他踟蹰了一下，对臭儿说："婶子，我不能不对你说，那几个人放出了话，说一个戴红风帽的孩子被一女的带走，要抓住那个红风帽的小孩，赏他吃一粒'洋花生'呢。金龙兄弟有危险，我们弟兄三家就这四间房，藏不住啊，他们估计很快会搜到这里，我不是撵你们走，但在我这儿不安全。"臭儿知道谢良益为难，可自己也不知如何应对。谢良益稍一思索，说："院门肯定不能走，只有从西边夹缝，翻墙到良绍院子去。"在他的帮助下，臭儿与金龙翻过墙头，来到谢良绍院子。听到响动的谢良绍见是她俩，也不敢将两人迎进屋。他低声说："婶子，我这儿也不安全啊，你想，如果他们在良益家搜不到人，唯一能来的就是俺这儿。若是你们从俺家出去，就到了另一个胡同，他们就不好找了。"臭儿点头说："俺娘俩这就走。"良绍媳妇脱下儿子的瓜皮帽，给金龙戴上，良绍又找了件破棉袄，披在金龙身上。臭儿娘俩出了门，顺着胡同，走进一个高大的门楼，这是谢立淮的三进院落。谢立淮家的老太太听了臭儿的讲述，立即道："就藏在我家，要是有人来了，就说金龙是我外孙，你是我闺女。"两人一直躲到晚上，兴隆出去探听后，回来说联防队已经离开了村子。臭儿让金龙先留在谢立淮家，自己回家去探看。进了院子，只见李氏在院子里枯坐，一旁是兴云的儿子棍儿和女儿小毡，家里的东西都被翻出来扔了一地，却不见了铧儿媳妇陈氏和字儿媳妇，李氏见臭儿进来满面寒霜，"你光管自个儿，俺们老幼在家你都不管了？"臭儿解释说情况紧急，在外喊了，确实来不及进院子通知。李氏根本不听媳妇解释，"现在铧儿媳妇和字儿媳妇都被抓去了，你说咋办？"臭儿委屈得没有说话。两人这边正说不到一起，只见铧儿媳妇和字儿媳妇湿漉漉地走进了院门，这下两人喜出望外，忙迎了上去。原来，两人被联防队带到了南丰，在那里被几个人吓唬，又拖到河水里冻着。让两人说出双喜三兄弟的下落，还问家里是否藏着枪，不说就淹死她俩。两人在水中冷得牙齿格格作响，却都说自己平常都在家中，哪里知道男人们的去向。联防队见问不出什么线索，就将两人放了回来。

眼见两人浑身湿透，却总算是平安归来，李氏狠狠瞪了臭儿一眼，"要是她们有什么三长两短，我和你没完。去把龙儿接回来吧。"

双喜回家路上就听说联防队来抓人，看到家人无恙，感到万幸。他没有找到傅恒修，如今全家都处在危险中，必须先送家人出险境。他知道弟兄三人同时参加区小队，早已成为联防队的眼中钉。双喜说："县大队的王金山受伤后回咱们村养伤，这次就被抓走。既然联防队已经来了一次，就可能再来，陈大姐送龙儿先去他姑那里躲几天。"双喜一直喊铧三媳妇陈大姐，李氏已经从恐惧中冷静了下来，她把全家人叫到一起，"家里不安全，棍儿他娘，你带着孩子去李庄，找字儿他姥爷家躲一下。陈大姐，你带着龙儿去大周庄，去他姑娘家躲一下，我和龙儿他娘看家。"

陈大姐带着金龙出门，路过李窑桥头时，看到一片麦地的麦草都被踩平了，麦草上都是血迹。金龙问她："婶子，这儿是杀人了吧？"她嗯了一声，拉着他的手，加紧了脚步。

金龙的大姑住在大周庄，她在失谢楼时因为已出嫁，逃过了一劫。当金龙来到她家门口时，先看到的是她土房不远处突兀的教堂十字架的尖顶。大姑见到陈大姐和侄子来家，非常惊诧，"这个时候你们也敢来啊？"听到金龙讲述他和母亲惊险的逃亡，她吓得张大嘴半天合不拢，等她缓过神，忙去厨房煮了几个荷包蛋，让陈大姐与侄子先填一下肚子。她让姑父去甘蔗窖里，拿几根甘蔗来给金龙吃。姑父周尿儿那边答应了几声，却并不行动。陈大姐知道甘蔗窖里的甘蔗是他们秋天储藏，就等冬日里卖的，拦着说："别忙了，已经吃好了。"周尿儿见她拦着，顺势也就坐定了。两人在大姑家提心吊胆地藏了两日，大姑家人多房少，住在一起实在是不便。大姑的大儿子与儿媳就与牲口同住在一间房里。金龙看着姑父和大儿媳每日都做祷告，大儿媳祷告时就跪在牛屎堆上。他觉得新奇，大姑告诉他，姑父他们信的是天主。

婶侄第三天回了谢楼。两人回到家里时，双喜已经把生活必需的物品收拾停当，绑在一辆独轮车上。

双喜深知，必须有妥善的安排，秘密将家人带离谢楼，而所去的地点也不能太遥远，便于自己既能在区队作战，又能适当照料家庭。当他听说，原来的民兵队长"洋闺女"也想逃难离家，就找"洋闺女"商量，去安徽太和县投奔他的一个朋友。洋闺女一辈子没有结婚，和同村的张寡妇在一起过日子，这张寡妇的儿子被拉壮丁抓走了，哭瞎了双眼，全靠洋闺女照顾。两人在谢楼生活艰难。双喜考虑，太和县距离谢楼五六十里。

两家人在夜半悄悄出发上路。走出去十二三里路，天还没亮时，路过双喜在小崔庄的二姨家。李氏叫姐姐开了门，讲明情况，二姨赶忙给一家人煮了一锅面糊糊，每人热乎乎地喝了一碗，继续赶路。

一上午时间，走到了金龙大姨家，吃罢了午饭，臭儿给大姐交代，双喜这阵子就要两边跑，估计要常来打扰。大姨说："这还用说么，吃饭歇脚就过来。"再出发时，七岁的金龙已经累得走不动了，双喜找了根绳子，拴在独轮车头，给儿子说："你在前面拉着车走啊。"这下金龙又有了精神，在前拉着车子。再走一阵子，精神头过去，就变成车子拉着他走了。

天还没黑时,一家人已经来到了太和县林大庄,双喜和洋闺女找到屯儿和芽儿两兄弟,说一家人逃荒来借住。两兄弟家是几间草房,他们把洋闺女安排在自己家的空房,又在隔壁邻居那里找了间空房,让一家人住了下来。

李氏惦记着家里,对儿子说:"这家里没有个人也不行。"双喜安慰她:"娘,我给谢良益交代帮着看着点房子,我也会常回去瞅瞅的。"这安慰对一个恋家的人而言,作用并不大。李氏临走的时候,把家里石榴树上结的石榴都用棉絮包好了,她还想着长熟了给孙子摘呢。她念叨着:"家里的驴子也没牵出来,这可咋照料呢?"双喜没有牵着驴,是担心驴太显眼,被人关注。金龙何尝不想家啊,那里他一直养着的四眼小黑狗也没被双喜允许一起带着,"四眼狗正怀着小狗,也不知道怎么样了。"一家人各自怀着心事。双喜见安顿停当,对儿子说会常来,便往回赶了。

一家人住了三天,陈大姐在这边惦记丈夫安危,说想回去看看,李氏和臭儿都劝她过个时候再等等,她说天天心里揣着火,实在是住不安宁。见劝不住,两人都叮咛她千万小心,陈大姐答应了,也往谢楼而去。

出门万事难,李氏她们没住多久,芽儿的邻居就说她们住的房子要用,把几人往屋外请。外面刚刚飘起了雪,臭儿希望等雪停了再搬,但芽儿冷下脸,并不通融。臭儿盘算着,附近有个荒废了的庵子,便去芽儿那儿要来些豆秸秆,铺在庵子地上,一家人搬到庵子里。庵子四处漏风,也不是久居之地。臭儿一直在留意林大庄的住户,庄子有一条贯穿东西的大路,靠东又有一条南北路。两条路的丁字形交叉口有两间空房。这两间空房是庄里的大户小军家建的房子,建好后算命先生看了说犯路冲,不利房主居住,他说住进去的人,轻则破财,重则丧命。这样的凶宅小军家没人敢住，就一直空在那里了。臭儿请芽儿去小军家里问询，看是否能借住，那边立刻就允了。这两间凶宅也让一家人终于有了安稳的栖身之地。

双喜再来时，看到家人安顿妥当了，很是欣慰。他送来了一些粮食，还告诉母亲和臭儿，还乡团到家里来了几次，把院子里地都翻开了，连牲口房的地都被翻了一遍。"还乡团把咱家的石榴都摘走了，驴也牵走了，可恨的是，把我渔网上的铅坠子都割走了。"金龙一直巴巴地盼着石榴熟了吃呢，听说石榴都被摘走了，心疼得不行。李氏反而要来安慰他："咱家树还在呢，等明年再结了果，都给龙儿吃。"

有双喜送来的粮食，就不至于断顿。他给臭儿交代，为了避免怀疑，还是要出去讨饭；又因为怕讨人嫌，要饭不能在本村讨，只能到邻村去讨饭，臭儿在前，李氏在后，把金龙夹在中间，防范他被狗咬。三人一人手里拿着根打狗棍，胳膊上挎着小篮子。臭儿叮嘱金龙："咱去讨饭，对外别说是一家人，这样可以多要半个馍。"

这天，金龙在"凶宅"门口，看到有个要饭的在隔壁讨饭，邻居给他一把生面，他显然饿极了，接过来塞到嘴里就吃了。等要饭的来到"凶宅"门口讨饭，金龙说："俺也是个要饭的，没有什么给你。"回到屋里他对臭儿说："娘，还有人向咱要饭呢。刚才邻居家给他一把生面粉，他立即就放嘴里吃了，我看他应该饿了好几天了。"臭儿站了起来对他说："儿啊，你咋不早说呢，咱虽然没啥吃的，但这人显然是饿得紧了，咱还是应该给人点吃的救急。"

陈大姐迟迟没有回来，双喜每次来的时候，也不太愿意说太多。在金龙看来，父亲更沉默了。他不知道父亲遇到了什么，对他来说，当下最重要的，还是填饱肚子。春末夏初到麦收前，这一二十天春荒的日子总是最难熬的。林大庄有个和金龙同岁的孩子叫小年，两人能够玩到一起。他爹大年带着他和金龙,还有另一家的两兄弟大口和小口,去麦田里"打老飞"。所谓"打老飞",就是麦田里的小麦混有大麦,大麦比小麦长得高,成熟期也比小麦早几天。在田埂上看见有大麦,金龙他们就跑去把麦头掐掉,回来放到篮子里。这种行为会踩倒田里的麦苗,也最被麦地的主人所厌恶。大年都是带着四个小孩去林大庄西边,穿过林桥镇再过一条河,那边没有认识他们的人了,才开始行动。大年背着袋子,找地方躲着,四个小孩散开去寻找。回来把摘下的大麦在簸箕里搓一搓,麦粒放在锅里煮了吃。金龙跟着大年,也是担心被人看到了挨训,他用柏树枝子盖在篮子上,等搓麦粒时,柏树的碎叶子没有弄干净,煮出来的粥,带有柏树叶的那股子怪味,闻着就有点恶心。金龙也只能带着恶心吃下去。

"打老飞"解决不了全家人的饮食,臭儿又买了些棉花籽,她把棉籽放在石臼上砸,把棉花壳砸掉,把棉花籽砸成泥一样,放在锅上烤成薄饼,再用水煮后,一家人分着吃。这味道只会更难吃,咽不下去屙不出来,但对于这家人来说,先得活着。

终于挺过了春荒,林大庄秋庄稼长势喜人,尤其是黄豆长得好。到了秋天,有农户没来得及收,就碰到了连阴雨。豆荚崩开后,许多黄豆掉到地上都发了芽。芽儿看到豆芽苦了脸,丰收变成了歉收。对于臭儿和金龙来说,去地里捡黄豆芽,既可以当饭又可以当菜,豆芽长成了小豆棵,他们还是去捡,直到豆棵实在无法再吃,这才作罢。

金龙一直盼望着父亲能来,这天他一出村口,连着打了几个喷嚏。他回家给臭儿说:"娘,俺大爷今天可能要来。你看我连着打喷嚏。"没有征兆,他出门到地里又打了五个喷嚏,回家就看到双喜站在臭儿旁边看着他。臭儿笑着说:"小孩子说话灵啊。"

双喜来了,家里就不会挨饿。这是金龙盼望父亲的最大理由,更何况，他还会带着金龙去打鱼。他将家中的渔网重新配了坠子，虽然不如以前的铅坠好，但也凑合能用。双喜会织网，织出的渔网他会用猪血"血"一下，这样水不侵网线。他让金龙看谁家支锅杀猪，就拿着小盆去等着，等人家收完了血，猪身上还在一滴滴地滴血时，金龙就上去接着。只要有人家杀猪，特别是过年的时候，杀猪的人家多，金龙都去等着，小半盆的猪血，就足够他"血"网用的了。

天还不亮，双喜就带儿子出了门，金龙负责在河里"下窝子"。他拿着小盆，盆里和着麸皮和糠混合着的饵料，把饵料团成小疙瘩，看到河里没有水草的地方，有鱼在泥中拱出的浑浊水花，就丢在那里，在岸边插根棍子作为标记。金龙最期待的就是看着父亲挥出网的那一刻。渔网从双喜手中撒开，变成一扇美丽的弧形，轻飘飘地落入水中。

天亮时，金龙就把捉住的鱼拿到集镇上去卖。双喜接着网鱼。等到中午时分，他会带着新捉住的鱼去镇上找金龙，卖掉换点钱，再买粮回家。鱼能卖，双喜一家都舍不得吃。卖鱼要趁着新鲜，金龙虽小，也能感受到钞票贬值的速度。这天他早上没有把鱼卖出去，到下午人来买鱼给的都是小票。等双喜来的时候，看他收的都是小票，说现在小票都不能用了，要票面额度大一些的，金龙挠着头，对于一个八岁的孩子来说，如果市场今天和昨天不一样，中午又和开市不一样，可真是难为他了。

每次在卖鱼前，金龙就去集镇打听粮食价格，心里有了底，再去粮行对比。卖了鱼他就赶紧拿钱去相对便宜的地方买粮，稍微晚点，可能价钱就又变了。

九
抓人

"现在形势很复杂，不能放松警惕"

双喜抓鱼在林大庄也有了名气。村里的保长招待县城来的官员吃鱼，就有人多嘴，说逃荒的老谢有网呢，就住在小军家的"凶宅"里。保长让把双喜叫来，在庄里网鱼。这片水面都是庄子里的村民养的鱼，双喜知道是人家的鱼，又没法说不。金龙看着双喜一脸的别扭，双喜对保长说："俺撒网可一般了。"说完就无可奈何地撒出一网去。这是金龙这辈子见过父亲撒得最差的一网，网在落水时仍几乎是一坨，他的耳朵里都听见渔网落水的扑通声。不承想这一网竟打了三条鱼，双喜完成了任务，忙低头带着金龙离开。

住在小军的房子里，出入难免碰到小军家的人，小军他爹颇识得几个字，他每次见到双喜，都天南地北地找双喜聊。这天，他给双喜讲了个故事，说家北边几十里的红河旁有个村庄，村里有个童养媳，这个孩子总是受苦，她做罢了饭刷锅后，总是把剩下的热水向红河里倒。

谁知道红河里有条龙,这热水烫着了龙,龙就顺着淝河拱了几十里,拱到林大庄来了。双喜听完小军爹的故事,打了个哈哈,说俺就是个逃荒的。回到家里,他对金龙说:"看来这老头怀疑我了,咱以后要更注意了。"

双喜过来的日子,总是想着给家里多干点事,看着家里没柴了,他就带着金龙,挎着篮子,带着耙子去搂柴。明明看着地上没有柴,金龙看着父亲左搂一把,右搂两下,一会儿就搂了一篮子。金龙说:"大爷咱回去吧,篮子装不下了。"双喜回复:"篮子没娘啊,有多少能装多少。"天黑时,他把实在装不完的柴草和装不下的柴堆在地上,第二天再去取一次。

从林大庄回去找区小队,双喜也注意隐藏身份,他扮成卖油的,挑了个油挑子。油挑子里的油是买了棉籽后,到林桥西边的油坊榨的油。他带着金龙一早就去排队,排到天黑才轮到自己。金龙一天都没有吃饭,他对父亲说:"俺饿了。"双喜眼看着已经排到了,摸了摸他的头说:"饿过了,就不饿了。"上了榨油机,双喜一直盯着最后一滴往下滴的油。掌柜的不耐烦地说:"差不多了。"双喜指着说:"这还滴油呢。"掌柜的说:"都这样,快拿走吧。"就是被嫌弃,双喜仍然舍不得那一滴的油。

待了半年,熬过春荒,洋闺女就和瞎寡妇回去了,金龙问父亲:"我和娘什么时候能回家?"双喜告诉他,现在区队经常被打散,往往谁也不知道其他人在哪里。走到村子边的时候,都要反复侦查,不敢轻易进村,担心万一是敌人占据的地盘。"有一次,我往村里瞅,看到村里也有人瞅我,先把我吓了一跳,仔细看过去,身影熟悉,是一排长,进了村,我俩还没说话,就都开始流泪。"在这种低气压下,只有自己人才能交换信息,甚至连傅恒修自己也对整体战局不清楚。双喜说前阵子仗打乱了，打着走着，往北走了一百多里路，都打到鹿邑北、商丘的西南角去了。对于国民党的大部队他们不敢碰，都是和联防队纠缠。"说是往那边打，实际上是被撵过去了。结果在那边联系到了大部队的人，让我们立刻钻回来，说我们在那里打，对那儿的整个部署有影响。"双喜说完还感叹一句，"大部队的打法，和咱区队的打法就是不一样。"

双喜离开后，金龙在林大庄里转，听到村边两间房里传出了读书声，想到自己念过半年的书，他不由得围着房子转着、听着。他的举动引起了教书先生的注意。先生出来问他是不是想读书，他使劲点头。先生让金龙带他去见臭儿，劝她让孩子读书。臭儿说："我们是逃荒的，家里缴不起学费。"没想到先生说："你们家的束脩，我不收了。"没想到逃荒时节，又有机会读书，金龙自然倍加珍惜。

可是他的第二次学习生涯又一次被中断了。民国三十八年一月，淮海战役告捷，终于不用每日里担惊受怕了，李氏先返回谢楼，之后臭儿和金龙也踏上了回家的路。

臭儿带着金龙还是先走到李氏大姐那里歇脚。大姨奶奶忙前忙后准备饭菜。母子俩吃着饭，臭儿问大姨："也不知道三叔现在怎么样了。"大姨奶奶没有回答，用筷子紧着给金龙夹菜，"龙儿这一年多受苦了啊，你看瘦成什么样了。"金龙一边吃一边也问："就是啊，不知道四叔咋样了。"大姨奶奶还是没有接话。直到两人吃罢了午饭，她方才说出，铧三和镰儿都"走了"。

"走了？"虽然对铧三之死已有心理准备，但怎么会还有镰儿，这个才二十岁的小伙子，怎么就"走了"呢？没有任何缓冲，臭儿母子俩就从返家的欣喜直接跌入失去亲人的沉重打击之中。母子俩一路走着，一路哭着走进了谢楼。当他们走进自己久别的院门时，双喜正在低头做着木匠活儿,这个小个子男人几乎一刻都停不下来,劳动对于他而言,反而是一种放松。看到臭儿和金龙,他不用再向亲人隐瞒这自己早已知道的消息了。

铧三是如何牺牲的,牺牲在哪里,双喜仍然没有打听到,从各种信息判断,人是肯定不在了。而镰儿之死,则是因为一场阴差阳错。

镰儿离家出走后的几天,一个女的来到谢楼,找他的朋友谢晋林,谢晋林赶集没在家。她把一封信放到了谢晋林家里。等谢晋林回来打开这封信,见信上写着:

晋林大哥,有急事,快来
谢晋启

谢晋启是镰儿的大名,谢晋林拿着信,想着镰儿能有啥事啊?他知道镰儿正在热恋,自己估摸着是和对象有矛盾了。他没着急去,也没有给双喜说一声。这也许是镰儿最后的生机。

镰儿与保长的女儿谈对象,不仅在自己家里有反对的阻力,和女孩相处时同样感到了不小的压力。家里没钱的他总感觉到自卑,于是夜里他就带着人去查店,想要挣点外快。可偏偏那天他撞上了十一区专门查店的负责人,被抓了起来。此时傅恒修已经不再担任十一区区长,镰儿被抓起来以后,以违反军纪的罪名被军法处置了。

镰儿很疼爱金龙,过年家里没有钱买炮,他总是为金龙捡来别家没响的炮仗。金龙还记得他刚当班长的时候,带着十几个人过谢楼,身上背着一长一短两杆枪的样子,神气十足。

看金龙哭得厉害,双喜还要开导儿子,"这件事一时也说不清楚,咱们谢楼的农协干部大刘,不就是因为回村的时候,判断不了进村的是区小队还是联防队,说自己认识联防队的人,而被误杀的吗?咱们这里局面太复杂。"他同时给臭儿和金龙说,回来后要去看看陈大姐,"为了咱家,她可受苦了。"陈大姐从林大庄返回后,不慎被联防队抓住,遭遇了酷刑。

谢楼解放了,县大队、各区队都要整编编入刘邓部队,傅恒修任刘邓部队某团的参谋长,要随部队南下。双喜明确表示不愿意南下了,团长以为他是有畏难情绪,专门找他谈话:"老谢,现在的形势,后面没有仗可打了,你不要害怕。"

"害怕?我从参加革命那天起,就没有害怕过。我的哥哥和两个弟弟都不在了,剩下我一个,家里还有老娘。老三至今死不见尸,我还有家仇未报,没法南下。"

作为参谋长,傅恒修没有参与团长对双喜的谈话,他理解双喜,他也面临过抉择。傅恒修的岳父岳老华也是地主,曾被当地农协会长斗过。民国三十六年他跟随还乡团回村,参与杀害了那位农协会长。等到民国三十七年,岳父带着儿子去找傅恒修,想在女婿的羽翼下逃避惩治。两人出现在傅恒修面前时,傅恒修已经知道了他们的所作所为,他不冷不热地打着招呼,吩咐警卫员:"要照看好他们啊。"他的警卫员没有听出"照看"的言外之意,热情地招待着岳老华父子。区小队驻扎地有戏班子唱戏,岳老华也去听戏了。傅恒修回来不见人,大发雷霆,让警卫员立刻把人带回来。其实岳老华靠在戏台旁边的围墙那儿,也是心不在焉地边听戏,边想着女婿的真实态度。让专人陪着自己,态度却又没有家人的热情,让他感到一丝不安。等警卫员再次将他带回区小队时,傅恒修向警卫员强调了纪律,不允许两人再擅自出行了。他原本想将岳父交给其所在区队来处理,没想到,几天后他们行军时,突然遇到国民党联防队,敌众我寡,双方交火前,傅恒修咬牙下了命令，让把两人就地枪毙。

为了这事，媳妇一直没法原谅他，两人只要说到这事，就得吵翻天。仓促之间，他必须在亲情和整个区小队的安全之间做出选择。这种紧急的处理方式，如今想起来，也是没有标准答案的。而双喜的两位至亲，参加了自己的小队后先后遭遇不测，又都是自己的亲戚，他实在没法在这个问题上发表意见。

两人闷头吸了一响烟，傅恒修拍了拍双喜的肩膀，"家国之间，一向难以两全，我毙了丈人是为了革命，三舅牺牲也是为了革命。我们都亏欠自己的家庭太多，我这就要南下了，你留在家乡，也不是不革命了，照样可以为革命做出新的贡献。"

双喜离开了部队，回到谢楼，并被选为农会会长。自从谢楼被解放，寨子里的人都在传"推背图上有句话，三十八年迎八路"。大好也在这个时候回来了，大好被拉了壮丁后，一直在国民党军队中，他对双喜说，自己当到了少尉排长，在淮海战役中还在握着机枪射击时，被人从背后抱住俘虏了，被遣返回乡的他背着铺盖卷，铺盖卷上还放着军大衣。听到村里人传推背图的话，大好给双喜说，"现在谁还说民国啊，都说是公元纪年呢，今年是一九四九年了。"大好带回来几十张自己在国民党部队拍的照片，这照片是个稀罕东西，金龙看到相片里的人物，忍不住用舌头去舔光滑的相片，结果把人物都舔花了，让大好心疼。大好他爹三老头子不争气，把家里的房子和地都卖了，大好回来后也没地方住，就住在双喜家里。三老头子经常来双喜家的地里偷菜。李氏骂他小老头子不是东西。三老头子笑嘻嘻的，下次还来偷。不仅是大好，谢楼乡的李乡长和宋钱粮也都在双喜家吃饭。

双喜当上农会会长后碰到的第一件大事，就是抓谢兴师和谢淑三。联防队溃散后，谢兴师回到了村子里。李乡长让宋钱粮去找谢兴师，就说是帮助解决村里账目的问题,谢兴师一来便束手就擒。谢广义和谢淑三听说了消息,谢广义又一次逃向鹿邑县城,谢淑三挎着粪筐跑出了谢楼,他一直在村南的坟地转圈,观察村里情况,就是不回去。野地不好抓捕,双喜找到谢乾三,让他去安抚谢淑三,引他回来。乾三出村去,谢淑三见了他就问村里情况。乾三说:"我看都正常。"谢淑三在外转了一天,听乾三这么说,就放下心返家。一进村到家里,就被早已守候在此的双喜带人抓住了。

晚上吃饭,双喜对李氏说:"娘,晚上加个菜吧,顺利抓住了谢兴师和谢淑三,听说逃到鹿邑的谢广义也被抓住了。"李氏听了便说:"那我明天就去鹿邑,谢广义在鹿邑县里认识的人多,他可能知道铧儿是怎么死的。"双喜劝母亲:"县上抓住了他,肯定要审的,你怎么见得上呢?你一个人去,也不安全啊。"李氏非常坚持,第二天一大早,一家人都没起床,她就迈着小脚向县城走去。在鹿邑监狱的门口,她被值班人挡在门外,无论她怎么说都没用。

等李氏一身疲惫地回到家里,臭儿已经接了陈大姐回来。李氏最疼这个媳妇,看着陈大姐,又想到了老三,眼泪止不住流,"我苦命的儿啊,你可是遭罪了。"陈大姐想到如今和丈夫已阴阳永隔,这要比身上的创痛更让她心碎。

两人正抱头痛哭,回来的双喜说出一个惊人消息——谢广义越狱了。臭儿在旁边插嘴:"听说还使用了美人计。"双喜喝了一声:"现在形势很复杂,不要乱传小道消息。"

第二天中午吃罢了饭,臭儿刚出去,就又一路小跑着回来了。"我和乾三媳妇聊天,她说看着谢广义的媳妇带着一个包裹出村了。去的方向应该是耐中集,她在那里有亲戚,我赶紧回来给你说一声,我这就跟过去吧?"双喜摇摇头,"耐中集离谢楼二十里,你是小脚,走去不便,还是劳烦陈大姐去侦查一下。"陈大姐答应了,她在耐中有亲戚,通过亲戚一打听,说最近是见过广义媳妇来。陈大姐回到谢楼把情况一讲,双喜带着几个民兵赶了过去。冲进门去,谢广义就在屋里藏着。他逃出来后,在远房亲戚这里躲着,正在想着下一步怎么走,就被双喜抓了。

双喜带回谢广义,在家和臭儿分析,"这事不简单啊,怎么就能让谢广义从县里逃出来呢?现在形势很复杂,不能放松警惕。"双喜最近和家人聊天的口头禅就是"形势复杂",当上农会会长后,他就感到了复杂性。他压低了声音给臭儿说:"那天,我回家,一掀帘子,宋财粮就冲我开了一枪,我喊了一声'是我',结果他又开了一枪。"臭儿听得背上汗都浸了出来,双喜在她耳边悄声道:"你也要多长一只眼啊。"双喜作为农会会长,既要宣传共产党的政策,又要带着人分田分地。他把被定为地主成分的谢淑三、谢广义、谢兴师、谢立淮、谢良贤的地都分给了村里的穷人。谢良贤没有作恶,留下了前院的房子住,后院就分给了洋闺女和瞎寡妇。天地庙的戳儿也分了土地,自己耕种,不再伺候庙里的神仙了。大好分到了两亩地、一间房。他还是不种地,哪里有集就去哪赶集,南丰是单日逢集,他就两天去一次,还在那里认了个寡妇当干娘,这寡妇比他大了二十多岁。没过多久,他把寡妇娶回了家。双喜看着觉得不像话,"大好啊,你这算咋回事呢?你比我还小五岁,等你老了,是你来伺候她呢,还是她来伺候你啊?"大好难得的正经一回:"哥,我也想找个没结过婚的大闺女,但是谁愿意找我,谁看得起我吗?"他看着一旁看热闹的金龙说,"我可是金龙干爹,我要是富了,都应该给你娶一房媳妇的。"说得小金龙脸通红。大好媳妇很会说话,见到双喜就叫哥,见到臭儿叫嫂子,两人也不好再多说。

一天夜里,谢小庄的一个大户走进了院子,双喜见他肩上背着半布

079

袋粮食,就知道他想干吗了。他立刻发了脾气,让这大户把粮立刻拿走,大户想把粮放下说两句话,双喜根本不让他放下地,将他赶了出去。第二天群众大会,双喜点了大户的名:"你想拿着粮食来贿赂我?找错人了。"

十
家事

"你当妇女主任了,家里的事谁来操心呢"

  双喜和谢良益商量,请他作为学董,教书先生从谢楼里找,谢良益说:"按说谢兴师读过洋学堂,最适合,可是他现在被关着。"他们请谢晋卿作为教书先生,找了谢淑三的牲口房,用其中三间作为学堂。金龙与村里的二十四个孩子一起入了学堂,这已经是金龙第三次上学了。

  李乡长没多久就调走了,他走后,宋钱粮也被政府辞退了,上次枪击的事让双喜心有余悸。等他把谢楼理顺了,上面看重他打过游击,又有工作能力,把他派到西南二十里的毛寨作为工作队员负责组织群众开展土地改革。双喜家里只有一床被子和褥子,他就把被子拿走了,臭儿和金龙晚上只能两人盖褥子。

  毛寨这一带可是土匪窝子,双喜来了以后发现,乡政府都不敢单独办公,他将两个乡政府合到一起办公。其中一个乡的乡长这天到村里办事,回来的时候天已经黑了。他来到村外,看到村口有几个人聚在一起嘀咕。他吆喝了一声:"你们干啥呢!"这群人里有人站起来冲他开了一枪。听见枪响,双喜带着工作人员集合起来,同时民兵也出了村子,这帮人还没有进毛寨,双方就交上火了。那些人见偷袭不成,就散到了高粱地里,民兵想要追击,双喜拦住了,"现在天已经黑了,他们跑到高粱地里,人在暗处,咱们进去只会挨黑枪。"大家知道他有经验,就没有追击。双喜安排民兵与工作人员轮流值班,以保证安全。

　　双喜在毛寨正忙,他的"后院"却起了火。谢楼乡的干部选举,候选人蹲成一排,每人背后放着一个碗。选举人决定选谁了,就在他的背后碗中放一粒黄豆。臭儿没到场,但有她的碗,韩乡长还顺便写上"王仲兰"三个字。结果选妇女主任的时候,臭儿的碗里票数最多。韩乡长宣布王仲兰的名字时,台下的金龙都不知道这名字就是自己的娘。谢晋卿给现场看热闹的金龙说:"还傻看啥,你娘当选妇女主任了,快去找她来。"得知自己当上了妇女主任,臭儿对儿子说:"长这么大了,也不能老叫臭儿啊,王仲兰这名字也不错,就叫这个吧。"她给李氏分享这个好消息,不料李氏脸一板:"不成,双喜去了毛寨,你又当妇女主任了,家里的事谁来操心呢?"仲兰说:"在村里做事,不会耽误咱家事的。"李氏倒是把心里话说出来了,"女人就把自家事照料好,不要在外面抛头露面。"仲兰心里憋屈,她去找来双喜。面对儿子,李氏一点也不松口。见说不动母亲,双喜反倒来劝仲兰,"娘的年纪也大了,家里事全靠你,咱就不当这个主任了吧。"仲兰无奈,只能"卸任"当了一天的妇女主任。

　　仲兰和婆婆住在北边堂屋的两边,抬头不见低头见的,郁闷中她来到西厢房,陈大姐见她来,安慰道:"你这次当选妇女主任,说明村里人都很看重你呢!"这一说,仲兰的泪落了下来,"娘是对我一直有想法,要是她对我有对你的一半就好了。"陈大姐也叹了口气,"我也知道娘对我好。"她顿了顿,"虽然你和娘在闹仗,咱家总算是走过了最难熬的日子了,接下来日子肯定会好起来的。"她的声音温柔平和,如同春日的暖阳,想到过去的困难,仲兰的情绪逐渐平复下来。看着仲兰止住了哭,陈大姐又说:"这两天,我也准备回家看看我娘。"听她这么说,仲兰看向她,却不知道该怎么问。陈大姐直视着仲兰的眼睛,点了点头。

陈大姐回娘家去后的三天,她娘一个人来到了谢楼,见到李氏,却什么也没有说。两人相对无言,喝了会儿水,老太太就说要回去了。李氏与她心照不宣,强留她吃了中午饭,送别了老太太,李氏叹了一口气。陈大姐就这么离开了谢家,她喜欢这个儿媳妇,可是铧儿已经不在了,她也没有理由再留人,更何况儿媳还为了家付出了这么多,她也希望儿媳能有个好的归宿。

对于金龙来说,回谢楼之后的日子,比起安徽逃难的生活来,如天壤之别。四眼小花狗饿死在院子里让他难受了好一阵子。小孩子的心思又怎能一直忧伤,等他抓住一只麻雀,便欢乐了起来。养的时间久了,麻雀不用关鸟笼门,也能自己飞进飞出。上学不易,他尤其珍惜,双喜把家里的大方桌搬到教室给他当课桌。在学堂的墙上,谢晋卿贴着用纸叠的"至圣先师孔老夫子牌位",他让学生们先给牌位磕头。孔夫子牌位上面悬挂着一幅书法,上写着"紫气高北斗"五个大字。

谢晋卿从《论语》开始教起,再教《中庸》和《大学》,他发现金龙的记忆力不错,就在背诵内容上给他加量,每次加一章或两章的内容,一直加到他背书的时候打磕巴为止。老师的考验并没有让金龙感到压力,他觉得这是一种信任与挑战。不过别的同学可不这么想,谢富斌他爷爷谢良益是私塾的学董,谢富斌却不爱学习,因为逃课吃了父亲几次好打,上课时他就等着下课去掏鸟蛋。因为每天书背不会,手心没少挨板子，挨了打他就骂老师。老师让他背书，他等着老师习惯性地拿着书扭转脸去，便飞也似的跑出教室，边跑边骂："谢晋卿，我靠了你老娘！"

谢楼建立儿童团，金龙担任儿童团团长。作为团长，金龙给小伙伴们都封了官，从营长、连长、排长到班长，封到谢兴语这里，他想不出官职了，"就封你做伙夫吧。"每天晚上，他在寨里空地把同村的孩子们集中，也像大人一样地训练。跑步时他喊着一二一。不过他这个团长齐步走的时候，左右脚总与大家的打别，他练了几天都换不过来。谢楼的大人们在旁边看着都笑。双喜说："你垫一下脚就行。"金龙学着垫脚，垫了一步，自己走成了顺拐，把大家都笑岔气了。

谢楼村东头与村西头的孩子们不时地约着打架，金龙和兴建、兴语等人和东头的富斌、学旺，玉臻等对打。打的时候孩子们把鞋子脱了，把土装进鞋里作为武器相互投掷，往往一场"战斗"结束，"战场"上就多了十几个泥猴。十几个泥猴一到寨河里去游泳，上岸后，谢玉臻对金龙说，今天又要挨打了。谢玉臻与金龙都喜欢游泳，谢良贤担心又屡禁不止，干脆在儿子的屁股上用毛笔画了一个圈，每次回家先脱裤验圈，如果圈不在，就是一顿好打。谢学旺的游泳水平最好，他比金龙大三岁，不仅会游泳，还会钓鱼，钓鱼的时候他知道白条鱼抢食，便一边走一边钓，这让金龙感觉很新奇。他还有一个绝技是叉鱼，眼睛似乎能看清楚水下鱼的位置，一叉一个准。一天，金龙看见他与富斌、学旺围在一起烧烤，烤的却不是鱼，而是一只麻雀。富斌见他就招呼说："来尝尝烤麻雀，这鸟也奇怪，见到我也不飞，这可不是送上门吗？"金龙心头一惊，转头就往家里跑，看见鸟笼里自己的麻雀已经不见，他顿时气得哭了出来，叫上兴建和兴语，去和富斌又是一场鏖战。

谢良贤被定性为地主，他的大儿子玉臻和金龙是好朋友，但作为"小地主"也要被斗争的。金龙坐在大车上学着斗争会的样子，"限你三天之内，必须做出一把木头手枪交上来。"谢玉臻私下和金龙商量，"手枪的事情包在我身上，咱俩把伙夫治一下，只要伙夫想拿恭签，咱俩就要拿走，把他憋着，别人咱不管。"私塾里上课时设有恭签，谁要上厕所，就拿着恭签出去。他俩瞅着"伙夫"谢兴语的动静，只要兴语想站起来，两人就抢着去拿着恭签出去。硬是把兴语憋得尿了裤子，哭了鼻子。

第二天下雨，谢晋卿要大家念书，自己仍然习惯性地转过身去，拿着本《孟子》摇头晃脑地看着。觉得前一天丢了人的兴语从鞋上抠下泥巴，捏成泥蛋蛋去砸玉臻，没想到砸中了别人，金龙和玉臻也参与回击，课堂里泥蛋蛋漫天飞。一个"没头脑"的泥蛋蛋正打中了谢晋卿的头上。他回头去，"谁砸的？"看着屋子里的泥，勃然大怒，二十四个孩子里，有十九个参与了这次"大战"。谢晋卿让他们跪成一排念书，自己拿着教棍每人都打了一棍子。

下课后，金龙和玉臻、兴语去找村里的瞎老柏，瞎老柏自己最爱听书，南丰逢集时候开了书场，他是场场不落。说书的人每次说到紧要处，就会拿着帽子收钱。收到五毛钱他就开始说下一段，有时候只收了三毛钱，这时听书又不愿交钱的村民们就会起哄，"老柏叔，你给添上吧。"他也就响应大家号召，在帽子里放进两毛钱，接着再听一段。一开始，几个人就听瞎老柏复述他从书场听来的故事。渐渐地，玉臻不满足于光听复述了，每次逢集，中午一下课，他就飞奔着，跑去南丰书场，一边听书一边啃馍，过半小时的瘾。

教完《孟子》，谢晋卿考察金龙的方式是"包本"，从第一篇"孟子见梁惠王"开始，金龙正背着，他突然打断，吟出一句"拔一毛而利天下，不为也。"金龙沿着这句往下背，"墨子兼爱，摩顶放踵利天下，为之。"《孟子》四卷，从第一卷到第四卷抽查，金龙都能倒背如流。《孟子》读完，谢晋卿本来准备教《诗经》，却找不到书本，他借了本《幼学琼林》继续教，还没教完，私塾就被要求解散，学生们都要进新学堂了。对于私塾的解散，金龙感到恋恋不舍，他从没有感受过如此安宁的读书时光，在停办的第三天，他忍不住回去看看，所有的桌子都被学生们搬回了各自家中，屋子里空荡荡的，后墙上，孔子的牌位还在，孤零零地立在那里。金龙很虔诚地把牌位取了下来，点着烧掉。他觉得这样是把孔老夫子送走，是对他的一种尊重。

一九四九年年中，金龙到南丰小学报到，从谢楼走到南丰小学三里路，他每天走路去上学，和他一起从谢楼到南丰小学的总共只剩下了三个人，除了玉臻和兴语外，还有谢兴发。金龙觉得人太少了，他动员谢富斌和谢兴荣。谢富斌怎么都不肯再学了，他说："你让我踢毽子，我能踢出各种花样来，让我看书还不如杀了我。"金龙见到兴荣的时候，他正穿着裤衩，光着脊梁在寨墙上玩耍。他被金龙硬是拉着去上了学。

南丰小学开办，设定的最高年级是四年级。金龙就从四年级开始读，语文对他来说没有问题，打开数学他就傻眼了，如同看天书一般，加减乘除他全都不会。他向老师说听不懂，想退级。老师把他退到了三年级。到了三年级，金龙数学还是看不懂。当天打扫卫生的时候，他主动跑到二年级教室去扫地，盘算着要去二年级。等他再找老师，老师又同意了。

回到家里，金龙也不敢说自己连退两级。正好谢晋卿来串门，把他书包拿出来，"这怎么是二年级的课本啊？"金龙这才把自己的一番操作如实向老师和母亲说明。晋卿对自己学生的做法很不满意，仲兰也不愿儿子读二年级，金龙只好向老师请求升级。于是他又升了一级，从三年级读起。和他同去的谢兴荣因为基础更差，就选择了从一年级开始读。新学堂中，老师和学生都在摸索着前行。

南丰小学的三年级只有一个班，来自南丰全乡二十多个村的三十来个学生在一起上课。这个班最大的学生李笑三都快二十了，金龙九岁年纪最小。等到期末考试后，学校把名次写到红榜上，贴在学校的大门外，他发现，自己的成绩是排在前几名的。从谢楼和他一起来到南丰小学的同学只有金龙和谢玉臻在一级，兴语要低一级。这次期末考试，谢玉臻排在了最后一名，老师在他的名字上，用红笔画了一个大对号，同学们把这个对号叫作"红椅子"。谢玉臻的年纪比金龙大三岁，仪表堂堂，可能是紧张，上课回答问题时总有点口吃。看到自己"坐"上了"红椅子"，谢玉臻脸都红了。他对金龙说："这次丢人咧。"

这天，金龙估摸着莲藕已经熟了，便与兴建、玉臻几个小伙伴一起到王庄去"踩莲藕"，几个人脱了衣服和鞋，下水用脚将水底的莲藕踩断，准备带回家里去。岸上几个大孩子拦住了他们，为首的正是王天恒与张寡妇的孩子大彪。王天恒去世没多久，张寡妇便又和王庄著名的闲人王鹞儿住在了一起。王鹞儿在王庄是出了名的手脚不干净，喜欢偷鸡摸狗，两人在村里也住不下去了，便带着大彪逃荒去了安徽太和县的赵庙，转了一圈，还是又回到了王庄。在比自己小三岁的金龙面前，大彪努力摆出长辈的谱，说道："这是我们王庄的莲藕，你不能拿走。"金龙可没把自己这个舅放在心上，母亲说到这个娘家同父异母的弟弟时，可没什么好话过。在自己的小伙伴面前，他这个儿童团长也不能低头，"这是我姥爷家的莲藕，我当然能拿。"两人话不投机，干脆扭打在了一起，一旁的伙伴们各自呐喊加油。虽然体力上不占优势，但气势上金龙绝不输阵。大彪却是披着虎皮的猫儿，没打一阵，心里已经怯了，撂开了手，嘴里却说："俺当舅的，不能和你这小辈一般见识。"金龙拿着莲藕，撇着小嘴，和小伙伴得胜回了谢楼。

一九四九年年底，毛寨工作结束，双喜被派到南丰乡当乡主任，上级没有给他派其他干部，他就到处打听，听说杜庄有个李德俊读过书，就上门去找。他给李德俊说："出来干吧，你当财粮。"他在南丰小学整理出几间房来，乡公所就和学校在一起办公。在乡公所前面，他组织人手，用几节子原木作为旗杆竖了起来。在建旗杆基座时，正好谢兴师要被押往县城，暂时羁押在南丰。双喜叫谢兴师过来，帮着打下手，一起和泥，给他递砖，把基座搭起来。两人一边干活儿，一边聊天。双喜说："现在南丰小学正缺老师，咱谢楼你最有文化。"谢兴师叹了口气，"俺在汪疯子那儿时风光八面，可如今就是想当个教书先生，怕也是痴心妄想了。"

竖起旗杆的时候，绳子被绑在旗杆头部上，旗杆立起后，如何把绳子解下来？金龙自告奋勇要去爬杆解绳，双喜等了一会儿，见没有人报名，只好同意儿子上杆，自己在旗杆下保护着。金龙爬上旗杆，一只手攀着杆子，一只手解比较困难，就用牙连咬带手解，把绳子解了开来，升起了南丰的第一面国旗。

在南丰，双喜成立民兵有一个任务就是禁烟。早在一九一三年，鹿邑县就曾成立戒烟局，查禁种、卖、吸食鸦片，铲除境内种植的烟苗。日本侵略时，又将鹿邑划为种烟区。在一九四九年五月开展严禁鸦片和烟毒运动之前，种植罂粟在当地非常普遍。当年，谢淑三有一个朋友，每次来谢楼的时候带来的是海洛因，带走的是鸦片。最后一次交易数额很大，这人身上带的现钱多，他在半路被谢淑三派人所杀，尸体被扔到了土坑里。这工作不好做，禁烟令公布之后，杏店区龙王乡在铲除大烟苗时，发生了部分群众被怂恿围攻乡政府，龙王乡乡长被打死的恶性事件。虽然后来首恶被惩办，但此事处理不好，无疑是有风险的。

一九四九年的春天，双喜家里第一次种了二亩，罂粟刚刚长出来点苗，就接到了禁烟命令，他第一个先把自家的罂粟用犁全部铲掉了。他经过调查了解到，南丰吸食鸦片的有几十人。他先派出民兵查抄鸦片，同时规劝吸食者。谢晋林被他叫到乡政府帮忙，双喜对他交代："你要盯着有谁还在'哈老海'，要敢于下手管理，不要怕。"

当地管吸毒品叫"哈老海"。这天逢集，谢晋林在集市上转着，路过高功辰的药房时，鼻子里飘进一股酸臭的味道。他探头往药房里看去，高功辰正在那里"哈老海"。谢晋林走了进去，把高功辰揪出药房，左右开弓，连着给了他几个耳光，边打边说："我让你哈老海！"高功辰医术精湛，却有吸毒的毛病，这次被大庭广众下打脸，让他连羞带愧，连着几日不再出门。双喜对几个年轻人与民兵说："对于有瘾的人，咱们要求强制戒毒，大家要注意查抄这些人藏匿的毒品。"到了吸毒的李小辫家，在很精致的木匣中看到一个核桃大小的白纸包，打开一层，里面又有四个小白纸包。再打开一层，又有更小的白纸包。最后的小纸包只有小麦大小，里面包着的就是海洛因。他拿着让大家仔细看，"除了鸦片膏之外，罂粟籽也要注意。要加强宣传，对于种植鸦片的土地，要坚决铲除。"双喜铁腕儿禁毒，在短期内收到了成效。

十一
遇袭
"有人砸乡公所了"

从有记忆的时候开始，金龙每到春天，就能看到蝗虫铺天盖地地飞来，路上、院落里、屋里都是蝗虫。走在路上，一脚就能踩死几只。蝗虫过境时间也就两三天，它们飞走后，土地上几乎什么粮食也剩不下，村民就忙着补种庄稼。豫东百姓说三害叫"黄蝗蹚"，"黄"是黄河水；"蝗"就是蝗虫；"蹚"是蹚将，也就是土匪这三害都曾是谢楼人的梦魇。一九五〇年的春天，蝗虫恐怕会觉得与往年不同，南丰乡集体组织灭蝗，金龙回到家也参与到了灭蝗的队伍中。人们排成一条线，用人海战术拉网式灭蝗。每个人手里都拿着打蝗虫的拍子，将蝗虫就地打死。

南丰的乡民们看着二十九岁的双喜领导着两个十七岁的半大孩子，每天忙得脚不点地。六月初，双喜去县城开了十几天的会，等他回来，发现放在乡公所抽屉里的子弹少了很多。这抽屉里的子弹是他从当地收枪时收上来的。他问小张乡长怎么回事。小张乡长说:"民兵来开会时,这个拿,那个也拿的。"双喜批评了小张:"这子弹是好不容易收上来的,怎么又放下去了呢?收上来的十几支枪你要看好了。"

当天晚上,乡民"黄牛犊"和他媳妇吵架,来到乡公所非要找小张乡长评理。夫妻俩一直吵到半夜,才被劝走。小张乡长劝得头晕脑涨,刚回到办公室,端起杯子喝了口水。李财粮对他说:"外面好像有动静。"两人都抄起了枪,冲窗外一看,只见门口人影闪动,有人已经摸进了乡政府的院子。

小张乡长和李财粮躲在办公桌下面,正冲着大门口。李财粮拉动枪栓,推上子弹。由于太紧张,枪栓没有拉到底,等他扣动扳机时,枪没有响。进院的人原本还不太敢围上来,见这边没有动静,胆子也大了起来,开始往屋内射击。和两人住在一间房子的南丰小学吕老师本来已经睡下了,听见枪声刚起身,就被冷枪打在了腿上,人倒了下去。院内人涌进屋内,把三人都抓住了。

双喜住在三人的隔壁,他听到动静后,抄起步枪,手中还握了一枚手榴弹。他下床后刚靠到墙角,几颗子弹就从他的眼前划过,这时外面人来到他窗口就冲床的位置放了枪。看着院子里的人影,双喜想,如果甩出手榴弹,肯定能炸死几个,但对方也会报复,乡长和财粮都难幸免。他决定冲出包围再说。想到乡政府的大门旁有个夹道,他准备走夹道,跳墙出院子。

双喜披着上衣,提着步枪,冲出门口,三两步就蹿到夹道。大门口的人看到他从屋内跑出,便开始招呼同伴,"这还有一个呢!"他光顾着喊,却忘了开枪。双喜进入夹道,向墙上一跃,他个头矮,又提着枪,竟然没能跳上墙头。此时已不容多想,他抖掉衣服,第二次跃起,手扒上墙头,翻身跃过。在他翻墙时候,门口的人才想起了开枪,几发子弹呼啸着从双喜头上掠过。

双喜跳出墙去,却没有着急逃开。他知道乡政府门口的南边有个土坑,便趁着夜色趴在土坑沿,观看门口的情况。南丰小学的李孝贤老师家就在乡政府旁边,平时都住在家里,他听见枪声,出来看着有情况,便高声喊了起来:"有人砸乡公所了!"院子里的人听见冲这边连开了几枪,吓得他赶紧往回跑。

双喜想,"没有家鬼,难引外贼",他的脑子迅速列出可疑人的名单,并开始在南丰当地的嫌疑人家中进行排查。每到一家他都喊一嗓子,问人在家没有,要让本人自己答话他才找到下一家。走到吸毒的李小辫家门口,双喜拍了拍门,半天没人答话,他又叫:"李小辫在不在,本人答话!"这次是李的媳妇答应了:"他走亲戚去了还没回来。"走了一圈,重点嫌疑人里就李小辫一个人没在家。

等后半夜双喜回到乡公所外侦查,发现袭击的人已经离开了。确定没有危险,双喜回到乡公所。乡公所的十几支步枪和子弹都被抢走了,小张乡长和李财粮被用枪托打了几下,没有大碍。双喜让其他的老师将受枪伤的吕老师送去医生那里包扎伤口。他带着乡长和财粮去县城报案。

三人经过谢楼时,天还没亮,双喜叫醒了仲兰,让她给大家弄了点饭吃。三人从南丰来到鹿邑公安局报案,公安局立即组成了二十多人的专案组,当天就进驻了南丰。

专案组听了几人的汇报,先抓了两个嫌疑人,第一个就是牛犊子,因为他和媳妇在事件发生前吵架非常可疑。第二个就是李小辫,审讯后,几个人没有说出有价值的线索。双喜、小张乡长和李财粮也都接受了调查,查了十来天,仍然没有头绪。

双喜想起,任村有个邮差叫任凤奇,骑着自行车送信,在当地是个人物，平时也很活跃，估计能掌握一些信息。专案组的负责人让厨房准备酒菜，把任凤奇请到了乡政府，入席吃饭。

任凤奇入席后没拿筷子也没端酒杯，没等人问，自己就说："我知道你们为啥来请我。先说明啊，那天我没来，但哪些人参加了我知道。"他不但说了人名，还把这些人准备在亳县再次集结作案的时间都说了出来。

有了这个眉目，专案组的负责人让双喜把媳妇请到南丰当炊事员，做了几天饭。吃饭的时候，双喜笑着悄悄对仲兰说："没请你做饭前，是对我还不放心，请你来，算是对我信任了。"按照任所说的信息，在亳县他说的时间地点，专案组埋伏好了人。任凤奇表示自己愿意立功，早早去了现场。他在野地里看着对面路上来了一个人，就主动迎上去，两人一起边说边走。等他把人带到了埋伏地点，公安上去就把人捉住了。任凤奇再去迎另外的人。

这次行动捉住十七个人，他们参与了所谓的"反共救国军"，这次被一网打尽。牛犊子被关了二十天，排除嫌疑后，他被特别邀请作为代表，参加在鹿邑由公安局主持召开的公审公判大会，在那里枪毙了十二个人。另外五个是在南丰枪毙的，其中就有李小辫。南丰要找五个执行人，小张乡长和李财粮都想报名，连被打伤腿的吕老师也想报名，县上选了双喜当执行人之一。会场就设在南丰北门外的麦场，这也是金龙平时在南丰小学出操的地方。对五个人公审后，顺着西边的路将五人向北拉了四百米，双喜举起枪，他对准李小辫的头扣动了扳机。执行枪决，这辈子他也是第一次。

这却不是金龙第一次看枪毙人了。就在一个月前，他在谢楼还看到了谢淑三被执行了枪决。公判大会在谢楼村里面的会场召开的，谢淑三作为谢楼过去十几年来最有影响的人物之一，成为大会唯一一个

093

"主角"。全村人都涌到了会场，就连周边几个村的人也都来会场见证。谢淑三是前一天从县公安局押解到谢楼的，人被关在谢良贤家的空屋子里。主持人是县公安局的一个干部，只听他一声"带上来"，民兵把五花大绑的谢淑三架上了会场。干部宣读了谢淑三的罪状后问："像这样的人该不该杀？"下面的人雷鸣般齐声高呼："该杀！"干部宣布："拉出去。"民兵将谢淑三架出村，就在西门外靠南，让他面向寨河跪下。枪毙谢淑三的执行人是李砦村的民兵队长李聋子。李聋子听说如果用子弹在布鞋底上多蹭蹭，打出来就是"炸子"。公判大会期间，他一直拿着子弹在自己的布鞋上蹭着，随民兵来到村外，他把子弹又在鞋底上蹭了两下，装进枪膛里，瞄准了谢淑三的脑袋。

　　金龙在公判大会会场的人群外，根本挤不进去。听到一声"拉出去"，他就与谢玉臻一起跑上南寨墙，顺着寨墙跑到西门向下看去。李聋子举着枪，也不知他在想什么，很久都没有开枪。谢淑三可能也觉得奇怪，忍不住扭头看，就在他回头的时候，李聋子扣动了扳机。只一枪，子弹从谢淑三的脑门打进去，从后脑钻出。

　　众人都散了，金龙和玉臻也准备下寨墙，玉臻指着下面说："你看。"金龙顺着他手指的方向，只见谢淑三的媳妇和女儿在不远处，等人都走尽了，才上前去收尸。金龙知道谢淑三的女儿已经出嫁到了外村，她应该是专门回来，等着为父亲收尸的。两个女人拉着一辆架子车，将谢淑三抬起放在车上，慢慢地拉走。

　　几天后，金龙与谢玉臻几人在打麦场上玩，看到一块一寸见方的带血头骨，几个小朋友不由得叫出声来。看着距离枪毙谢淑三的地方有十几米远，金龙告诉他们，这估计就是谢淑三被子弹炸飞的头骨。玉臻说："乖乖，这一枪的力量也太大了。"

　　南丰这次，金龙是在枪毙结束后才和谢玉臻去的现场，班里面别说女孩子不敢去,就是男孩子去的也少。

双喜家里有收缴的好几支残枪,有的没有枪栓,有的没有弹匣,还有一支瘸把子枪,金龙和谢玉臻、谢兴语在学校,南丰本地的几个孩子与他们三个遇见时,都会较量一番。虽然谢玉臻一人就能打三四人,但谢兴语胆小,总是第一个跑掉的那个。金龙不会不讲义气地跑掉,但他们两个人太少,难免吃亏。这次回谢楼看了枪毙人,他想起家里也有枪,回到家里就把瘸把子枪装在书包里。带着谢玉臻和谢兴语一起,找到平时较量的孩子,亮出了瘸把子枪,这下把几个孩子吓得掉头就跑。消息很快传到双喜那里,双喜把金龙书包里的瘸把子枪收了,还狠狠地训了儿子一顿。

这天,金龙回家,看到父亲正拿着一支钢笔,在腿上比画。"大爷,你这是干吗呢?"他问。双喜说:"现在去各村吃饭,吃完了要打饭条,我练字呢。"双喜工作实行供给制,不发工资。他不认字,打欠条觉得不方便,买了钢笔在自己腿上写自己的名字,结果让儿子看到了,搞得他还有点不好意思。金龙见父亲在大腿上写着"今吃到餐饭一顿。双喜"竟然有点羡慕,"大爷,你可以啊,我连'餐'字都不会写呢。"双喜呵呵笑着,"我就练这几个字,别的字都不会了。"

安全问题解决了,双喜带着两个十七岁的小伙子工作更投入了。谢楼地处平原,起伏不大,但有一片挨着西梁庄的洼地,每年都要遭灾,大家叫它梁洼。要挖排水沟,沟渠从哪里走让双喜费思量,大家都刚分了地,沟从谁的地上走,都不高兴。双喜赶着牛拉的拖车,告诉大家:"我的拖车走过的地方,就是沟的走向,都挖成沟渠。"他先赶着牛车从自家地的中间,从北头走到南头。这下谁都没有话说了。

到了一九五一年三月,双喜的"铁三角"被拆开了,李财粮告诉他,自己被抽调上朝鲜,还被任命为排长。"不错啊。"双喜拍着李财粮的肩膀。他看着李财粮扎着大红花，换上了军装，前往东北。

送走了李财粮，回到乡公所的双喜，看到一个光头一直在院子外面来回走，眼光时不时瞄过来。双喜立刻警觉了起来，冲这人喊："你有啥事啊？"光头倒是没跑，看双喜招呼他，就走进屋来。"谢主任好。"他张了张嘴，却没再说话，看上去很犹豫，在屋子里转着圈。"我都不知道咋说，该不该说。"双喜说："有什么事你就说，我给你做主。"光头还是犹豫着，他咬了咬牙，说："我老婆被王瞎子强奸了，听说你是他舅。"

双喜确实是王瞎子堂舅。王瞎子和傅恒修是表兄弟，家里就他和母亲，别看他瞎，家里的水都是他来挑，到井边他连竹棍都不拿，准确走到井边，打了水再走回来。看到他打水时，金龙总是替他捏把汗。

每年正月初二，他都会带上礼品，来到谢楼，给先人上坟。

来到谢楼走亲戚，他也不拿棍子，大步流星地就能找到双喜家门口。一次他从东寨门进来，沿着大路走，直接掉到坑里了。从坑里爬出来他喊着："你们谢楼人真坏，把坑挖在路中间。"这是有家人为了烧砖挖了土，留下了坑，这个占了三分之一路面的大坑让他着了道。谢楼人都知道这个"瞎王"，小孩见到他都喊，"瞎能，瞎能，麻子点子多。"

王瞎子总是劲头十足，谢楼人都把他叫瞎王，每次瞎王来到家里，双喜总是给臭儿说："今天做大杂烩。"一人一碗饭，省得瞎王不方便。瞎王会八字推算，嘴一张开就说个不停。这次双喜把他叫来时，他却没话说了。

原来，瞎王在集市上守株待兔，等来了光头女人算命，女人被他一张嘴说动了心。瞎王胆子大，得了手后还给女人说，自己是乡公所谢主任的侄子，把女人吓得不敢声张。他男人思忖再三，找到了乡公所。双喜听到这里，不由火起，对来人说："你放心，这个公道我肯定给你。"他对王瞎子说:"你这事我不能介入,你们到县公安局去,自有公断。但你不该拿我的名号做虎皮,这样我不是和谢淑三一样了吗?"王瞎子心里一直怕这个耿直的舅舅,平时伶牙俐齿的他这次竟然没有反驳。

让人把瞎王送往县上审理,双喜正在乡公所准备抗美援朝大会。李财粮走了,他也明显感到趁手的人少了。正在盘算着从哪里再招个帮手,看到兴云进门来了。双喜看兴云脸上罩着一层阴云,便问:"怎么了?"兴云说:"家里出事了。"

原来,自从王仲兰当选妇女主任,因李氏反对而作罢后,两人之间的争执渐密。仲兰认为一九四九年后,就应该有更加独立的权利,而李氏仍然坚守家里事要自己做主的章法。两人的矛盾终于在过继女儿的事上爆发了。除了金龙,仲兰一直没有再生育,她曾给双喜说过,想过继一个女儿,双喜也帮着问了几个关系相近的人,想来送给他们夫妻俩当女儿的不止一家。仲兰看上了贺李庄的光俊家的孩子,光俊一百个乐意,说是当天下午就把孩子送来。仲兰兴冲冲告诉李氏消息时,李氏丝毫没有余地就否决了。她面沉似水,一点笑模样都不带,"这事坚决不成,你要是不生,咱也不能再从别人家要孩子来,这算怎么一回事呢?"仲兰说:"要不您先见一见,俺去见过这孩子,长得真是心疼。"李氏毫不妥协,"你可别让她来,俺在这儿,她就别进家门。"

见婆婆一点面子也不留,仲兰终于忍不住了,多年来心中的委屈都涌了上来。她找到兴云,"去把你叔叫回来,我要分家。"对婶子,兴云一直是言听计从,可是分家这样的大事,让他一路上想着就头疼。见到双喜,自然带在脸上了。

双喜参加革命后不再动手打媳妇了,可是他心里仍然认为应该是母亲主事的,在媳妇和母亲的争议中,他也难免偏向母亲。他知道仲兰想要个女儿,自己也没意见。双喜听到兴云讲了前后经过,也皱起了眉头。娘要强,要强的性格让她撑起了这个家,也让她在家一个吐沫就砸一个坑,说一不二已经多年。而今,她面对仲兰越来越多的想法,第一反应仍然是压制,她要保持自己在家里的权威。却没想到经过多年的历练,仲兰日渐有了自己的独立意识和自主的想法。在一九四九年后,小时候裹脚的她放开了束缚脚部的裹脚布,虽然没法恢复到正常状态,但随着"解放脚"一起舒展的,还有她的心灵。三十岁的她感受到了新的可能性,她也不想再当以前的那个只能听命于人的、憋屈的儿媳妇。

十二
分家
"俺和娘说不到一起"

双喜叫上了金龙,与兴云一起回到谢楼。进了院子,他就能感到家里紧张的气氛,邻居谢良益正陪着李氏,见到他回来,迎了上来,凑到他身边低声说:"两个人都在气头上,我已经劝了半天了。"双喜点点头。他上前温声问母亲:"这是怎么了?"李氏说:"你去问你媳妇吧。"见母亲的态度,双喜便进屋,仲兰已经听到他回来,只是低头纺线。双喜道:"龙他娘,听兴云说,你要分家?"仲兰没有回避,她的眼睛直视着丈夫,"是,俺和娘说不到一起。"

双喜没有再劝,他把谢良益和兴云叫到屋外商量。他对兴云说:"这次你婶子和你奶奶干仗,我想你和金龙就把家一分,你婶子和奶奶分开住,你成家后也该独立门户了。"兴云没想到双喜是这个态度,有些发愣。双喜又对谢良益说:"要请你做个见证了。"谢良益满口应承。兴云对双喜说:"叔,如果分家能让婶子消气的话,我听您的。"分地并没有费太多工夫，家里的十几亩地兴云和金龙各半。双喜又悄声对谢良益说："还是让奶奶住在后院，我俩搬到前面就行。"

谢良益拿过一段高粱秆，一劈两半，把其中一根抠掉一块瓢子，说谁挑到这根就住后院。他让兴云先挑，兴云说还是龙儿先挑。金龙被带回家来后，一直躺在软床上，他对如何分家并不关心，只希望家中的这场风波早点结束。见谢良益向自己走来，便随手指了他左手中的一根高粱秆。谢良益低头看了一眼，便宣布："龙儿选的这根，要住前院。兴云就住后院，和老奶奶一起。"前面四间房比较老旧，后面的房子新且有院子，西厢房还是老三结婚的时候新建的。双喜想让兴云和李氏住，化解妻子与母亲之间的矛盾。谢良益作为说和人，自然心领神会。

一旁的兴云媳妇突然说话了，"良益叔，不是说挑到抠掉瓢子的住在后院吗？我看龙儿挑的这根瓢子被抠掉了啊？"她这么一说，谢良益脸上尴尬地挂着笑，大家看着他的左手里，确实抓着缺了瓢子的高粱秆。谢良益只能改口，"你说得对，那就还是兴云住前院。"直到兴云瞪了实诚的媳妇一眼，她才意识到了自己的多话。

分家了，住处却没有改变。臭儿坚决地从家里搬了出去。她与李氏不见面，一家人也各吃各的。眼见着妻子求"解放"，双喜也不知从何劝起，金龙每次从学校回家，只能先看奶奶，再去看母亲。

家里的事如团麻，一时理不清。双喜的工作没法停，他在天地庙组织了一场抗美援朝大会。在这场全体村民参加的大会上，双喜号召大家捐钱捐粮，兴云第一个站了起来，大声道："我认捐一百斤小麦！"还没回学校的金龙也在现场，他听见这话不由得竖起了大拇指，"我哥真行啊。"双喜在火星阁台上心潮起伏，这么多年来，家里从来考虑的都是粮食不够吃，现在却有了余力捐献。他知道这是侄子对自己工作表示支持，也不由得想到了自己的三弟与四弟，"如果他们在，该有多好。可现在这么久了，连铧儿的尸首都没找到。"镰儿死后，是双喜把尸体领回后，埋在了奶奶刁氏坟的旁边。同时也给铧儿起了一座坟头，里面埋的是他的衣服。虽然双喜多方打听，但一直没有打听到关于三弟的下落。四弟的死莫名的冤枉，无法申诉，三弟更是死不见尸。当他的眼前晃动着两个弟弟的模样，心中就无法真正地轻松起来。

金龙能感受到无处不在的抗美援朝的氛围，回到学校，出操时，老师喊的口号都是"一二三四，抗美援朝，保家卫国"。第一次喊的时候，同学们都没听清老师喊的是什么，只能跟着哼哼，"一二三四，嗯嗯嗯嗯，嗯嗯嗯嗯。"这抑扬顿挫的"嗯"让每个人都憋不住想笑。直到出操结束，老师向大家解释，才知道这是要去支援朝鲜人民，抵抗美国侵略了。

学校里特意排了一出抗美援朝的豫剧，在南丰街上搭了戏台子演出。谢玉臻的嗓子清脆，这些年评书没有白听，他出演了美国兵的司令阿蒙德，还画了个大花脸。金龙嗓子一般，加上个子小，只能跑龙套，他们四个同学扮成美国兵，打着虾旗上台，八字形站好，虽然一句台词都没有，但他很享受这份参与感。当学校号召给前线的志愿军战士捐赠时，他捐出一本《美国八大财阀》，在他的小心灵中，希望志愿军的叔叔们能够更了解美国人，更有战斗力。

双喜原本被通知参加调干短训班学习文化，他已经收拾好行李了。老韩上门来了，老韩是山西人，南丰乡最早的乡主任，他见到双喜开门见山："上级让我组建白马区供销合作社，我想请你做合作社的副主任。"双喜没打磕绊就接受了邀请。

审干时，需要澄清此前的一桩悬案，双喜被问到一次打仗为何枪没有拿回来。双喜很快想到了，那是在张湾集西边李庄一带，他和队伍被敌人压缩到这里,队伍已经被打散了,他进了狗连蛋村。老百姓一看到打仗,都拉着牲口往村外跑,路上都是行人。双喜提着枪,心想,得把枪寄存在大户人家,就是丢了也赔得起。在村里,他找到一间最气派的大房子,进了屋,看到一个屋主人也正在拎着收拾的细软准备出门。双喜把枪往桌子上一放,说了一声:"这枪留这里了,替俺保管好。"转身就出了屋。他这一举动让屋主人摸不着头脑,却也不敢就此把枪留下,在后面喊着:"你不能走啊!"拿起枪就在后面追。看着人追到院子里,双喜拽出手榴弹,对着那人道:"给俺保存好,保存不好,回来找你麻烦。"双喜出门后,跟随逃难老百姓一道,脱离了包围圈。

数日之后,他再回到狗连蛋村找到这家时,屋主人苦着脸说:"枪已不在了。"原来狗连蛋村一个他近门的亲戚是在联防队,听说他得到了一杆枪,就让他交给了联防队。双喜说:"丢了枪,就要罚。"屋主人赔了枪钱,这事才了结。听了双喜的讲述,负责审干的工作组成员专门去村子里的那户人家调查。把这件"疑案"澄清后,双喜开始了供销社的筹备。

白马供销社下辖六个集镇,双喜每天在集镇之间跑动布点,晚上就住在白马乡政府。这天半夜,他听见隔壁有动静,一直很警醒的他立刻爬了起来,望向窗外,发现没有什么情况。双喜轻手轻脚地打开门,看着隔壁窗户还有亮光,他向里面看去,只见供销社的辛会计在煤油灯下拨弄着算盘,他松了一口气,推开门进屋,"怎么这么晚还不睡啊?"辛会计抬头看是他,回道:"主任你先休息吧,还有几分钱账没对上。"听着只有几分钱,双喜有点生气,"不就是几分钱吗?你掏上不就对上了。小辛啊,你办事要更利落点啊,要是我以前的李财粮,这点问题早解决了。"辛会计听了又好笑又不敢生气,"谢主任,账对不上，掏钱账面也搞不平啊。"

说曹操，曹操就到。从东北来的调查人员就找到了双喜，原来李财粮在东北审干时，他在南丰乡公所被砸时，手里有枪，也没有抵抗，在被反共救国军抓住时，为什么没有受伤也没有被抓走，都需要相关人员作证。双喜讲了他对事件的了解。过了一阵子，李财粮回到了南丰，见到双喜时他感慨，到东北审干后快有一年时间，好容易通过了，也开始停战谈判了，不需要他再出国作战，只能又回来了。

一九五一年下半年，金龙四年级毕业了，不到三十个同学一起参加升高小的统考。同班的李笑三已经二十岁了，年纪大的他在班里也是"包打听"，他告诉金龙，郸城即将成立郸城一中，也是县里唯一的初中。等考试成绩出来，南丰小学有七个人考上了丁村高小。金龙、李笑三都榜上有名，让人意外的是，谢玉臻也考上了，不过谢兴语和兴发没有考上，和小伙伴看完成绩，兴语有些落寞，"你们可以继续上学，俺只能回家务农了。"

丁村距谢楼九公里，此前在南丰一直走读的金龙需要住校。住校的一个问题就是铺盖，金龙家里一床被褥，双喜住在白马带走了被子，还剩一床褥子。仲兰给把褥子打包好，让金龙带去学校，随身带着的除了灶上入伙需要的黄豆面和高粱面之外，还背着高粱秆作为烧饭的柴火。金龙这小个子背不了太多高粱秆，仲兰也说少背点吧。他和谢玉臻约好了一起去丁村，两人边聊边走，十几里的路，累了就歇会儿。到了学校，他们知道丁村高小五年级有甲乙丙三个班，金龙和谢玉臻被分在了甲班，班主任是申世俊，教导主任刘鹤翔用每个班主任的名字来命名班级，取了"俊"字，他这个班就叫作五俊班。

来了半个月，因为六年级学生不够，学校便抽调学习好的五年级学生。李笑三被抽调了过去。南丰的七个同学虽然没有都在一个班，但在异地生活,多了一份情感,伙房没有菜的时候,他们煮黄豆当菜,围成一圈蹲下吃饭,用筷子不容易夹住黄豆,金龙想到了分家时的场景,拿高粱秆挖个小洞当勺子,就连二十岁的李笑三也和他们一道,用"高粱勺"舀起了黄豆。一个周日,他们想改善生活,就集体退了第二天中午的伙食,换了一点面粉擀成面条。下面条时,每个人都流着口水看着锅里的面条,等捞到碗里更是三两下就下了肚子,却都感到这才是人间至味。

从南丰到丁村,金龙的生活方式发生了很大的变化。在南丰的走读生活,和家人每天都见面。而在丁村,他需要更加独立,也让他第一次体会了对母亲的思念。初冬时刮起了大风,天气转冷,他躺在床上后突然想到,自己把褥子拿走了,母亲在家盖什么呢?想到这他就睡不着了,在被窝里的他忍不住哭了,可又不敢哭得太大声,怕同学听见。

雪飘下来了,班主任申世俊说周末可以一起捉兔子,"雪地里,兔子好捉,第一可以看到兔子的足迹,第二是可以看到兔子窝的洞口,捉住了兔子正好改善伙食"。学生们轰然叫好,吃兔肉对于老师和同学们都是无法抗拒的诱惑。他带着十几个学生在野地里漫步,金龙看着白茫茫一片的雪地,根本分不清哪个是兔子的足迹。跟着老师一路走着,他感觉一只兔子还没抓住,自己已经走迷糊了。回来的路上,申老师指着村边的一口水井说,几年前这里发生过教案,有几个洋教士就被推到了这个井里。同学们呼啦地都围在了井边,丁村也有一座教堂。此前逃难时,在大姑家,金龙一直不明白为什么大姑和姑父都爱画十字,听了申老师的介绍,他逐渐将两者联系到了一起。申老师说:"早在一九二三年,丁村就建起了教堂,到了一九四一年时,四个意大利神甫来到这里,其中还有一人是主教,被人捆绑投入这口井里淹死。

当时调查的结果是日伪汉奸图财害命，这四个人被捞出来后，棺材就在教堂里放着，几个月后才被运走。"金龙想，这些意大利人为什么千里迢迢来到丁村，又是什么让大姑她们变得这么虔诚。这个问题只是在脑子转了一下，他就与同学一起用神甫鬼魂的名义相互吓唬了。

　　回到学校，伙房的大叔再次提醒了金龙，他该补交拖欠的柴火了。不能总欠着，再加上思念母亲，他决定回家一趟。为了不耽误学习，他在周六下课后回家。丁村到谢楼的路上几乎没有人走过，雪后的道路经过太阳中午的照耀，踩上去上面的一层雪先刺到腿里，又刺又冰，一不留神，还会把布鞋陷进泥里。

　　一个人走在路上，眼看着天色逐渐暗了下去，鞋总被泥粘掉，金龙干脆把鞋脱下来，光着脚走，速度比原先快了不少。先开始脚底与雪地接触时，还有些冰凉的痛感，渐渐地，行进成了唯一的目标。天色完全黑了下去，距离谢楼越来越近，他看到村头不远处的坟头，"那不就是刚死不久的困儿的坟吗？"心思刚动，他听见屁股后面一声响动，顿时感觉自己头皮发麻，想加速跑起来，脚底打滑先摔了一跤。金龙爬起来一路跑过去，后面的声音一直在紧追着他。等他速度慢下来，后面的"啪嗒"的声音也缓了下来。似乎"那人"在把玩他的恐惧，不紧不慢地跟随着他。离谢楼还有一里地时，有一条南北沟，村里人一直说这个沟"紧"，爱闹鬼。金龙屏住呼吸过了沟头，稍稍轻松了一点，方才察觉到是自己脚甩出的泥，发出了"啪嗒"声响。到了村头，他又想到谢淑三就是枪毙在这里的，干脆一路飞奔。他跑到母亲住着的房子，推开门，王仲兰正在灯下纺线。看到金龙穿着黑大衣，光着脚，两只手提着布鞋，大衣后面全是泥巴，可把她心疼坏了，"孩子，这么晚回来，可遭罪了吧？"

　　打水洗了脚，暖过来的金龙给母亲讲述被催伙房柴火。双喜不在

105

家,分家后家里的地没人种,仲兰请了"路儿"来帮着种。"咱明天就请他帮你把柴拉到学校去。"金龙问:"娘,我和爹把被褥都拿走了,你在家盖什么啊?"仲兰指着床上说:"我盖着蚊帐呢。"说着就掉了泪。

"娘,你咋哭了?"

"娘知道是儿子在想我啊。"

看着母亲一个人借住在外,金龙顺势劝道:"娘,别住在外面了,还是住在自己屋里舒服。"见娘不吭气,他又道,"您要是没意见,明天我去找兴云哥商量了。"仲兰叹了口气,摸着儿子的头,"娘听你的。"

第二天天刚亮,金龙就找到了兴云,听说婶子同意搬回来,兴云松了口气,"在外面住,终究不是个事儿。我去劝了婶子几次,她都不松口,看来还是要你来劝才管用。"金龙又到奶奶那里说和,儿媳妇住在外面,李氏早觉得在村里的非议颇多,见孙子来劝,也就坡下驴。仲兰搬回院子,是不想让儿子在外学习时担心。

按辈分金龙该叫路儿一声"哥",两人装了满满一车的高粱秆,绑好了一起返校。等到学校卸下高粱秆,金龙让路儿稍等,一路跑到烟行买了一包烟丝。丁村的烟丝远近闻名,见金龙拿来烟丝,路儿笑得眼角皱纹都开了,他出门深吸一口,缓缓吐出烟雾,赞了声:"好烟。"

十三
军属

"咱这日子过得，不用合作就挺好"

成立供销社以来，双喜先后成立了鸡场和变蛋加工厂，从各村招人加入，扩大营业面。李氏一直有头晕的毛病，找高功辰看的时候，曾说有一个民间偏方，是吃了没有孵出来的小鸡能治。以前想找这样的鸡蛋不容易，可对于变蛋厂来说，这就是废品概率，双喜收拢蛋中鸡拿回家煮给母亲吃。李氏吃后，连说有效果。知道母亲是心疼自己的孝心，双喜看到仲兰搬回家里，一件心事算是落了地。

金龙放寒假到白马时，双喜正在变蛋厂，看着石灰与泥包裹着鸡蛋，顺着满是麦糠的斜坡滚动，他问父亲："大爷，你咋想着搞变蛋厂呢？"双喜说："变蛋不管在咱谢楼还是白马都是稀罕东西，又方便保存，做这个肯定没错。"回到了家里，金龙将书包里的中国地图贴到了中堂。寒假前，他看到有些同学请申老师画中国地图，便特意买了一张有光纸，也请申老师画。申老师画得很认真，各省都用不同颜色来区分，还画出了黄河、长江。他学着老师的讲解，把新中国指给全家人看，这个家里的所有人，都没曾走出过方圆百里，但如今金龙已经是个心怀天下的少先队员了。

春节，金龙听说谢楼来了演出队，便和小伙伴们一起去看，在演出中他看到报幕说有张完集高小表演的节目，"张完集也有高小了？"张完集距离谢楼只有八里地，可比丁村近了一半多距离。他看着台上的表演，心里想，"这张完集高小同学的红领巾，咋看着都比我的要更好看，更大一些呢？"下半学期，金龙从丁村转学到了张完集，谢玉臻听说后，和他一起转了过来。张完集高小暂时没有宿舍，学生都只能走读。八里地每天走可吃不消，仲兰告诉他在张完集有个谢楼嫁出去的闺女，叫棍姑娘。金龙找到棍姑娘商量，上学时吃住在她家，棍姑娘爽快答应了。她对金龙说："你在我这吃我负责，也不要伙食费，你也别拿干粮来，就在我的三叔公那里住。"棍姑娘的三叔公叫张三，没有成家一个人住。张三大咧咧的性格，见到金龙很是喜欢。金龙想着母亲没有被褥，便将褥子留给母亲，他和张三合盖一被。开学后，谢玉臻知道金龙有了住的地方，便问是否能一起住，彼此也好照应。金龙征得张三同意，让他也住了过来。

上学第一天，金龙就遇到尴尬事，他尿床了。尿床的时候，他浑然不知，直到起床了，才发现把被子都画上了地图。他着急上学，换了裤子就走，等中午放学回来，看到张三已把"地图"晒在院中。谢玉臻指着"地图"先笑出了声，金龙羞臊得脸通红。

金龙和玉臻两人在张三这里住了两个月，张完集高小的老师也都在校外租房，学校一边盖着新房一边上课。老师们租住的房子就紧挨着张完集的寨墙。课余时间，全校师生一起把张完集的寨墙平了，填到寨河里。金龙也参与到平寨墙的行动中，他就看着寨墙一天天地从眼前消失。他想：可能有一天，谢楼寨也会这样吧。

总在棍姑娘家蹭吃也不好意思，发现学校里有老师开灶时，金龙就找老师搭伙，交粮食吃饭。这半个学期过得飞快，等五年级结束，他已经完全融入了新学校。数学课的黄老师每次上课都会用五分钟时间讲一则数学小知识，趣味最能启迪有心的灵魂。刚四年级上学时还对数学一无所知的金龙，如今已经成了数学的尖子生。在学校生活，也让他的特点容易被发现。自然课的牛老师说："我看你是表演的料。"只要有表演，牛老师总是点他的将。他只被批评过一次，班里唯一的女同学李智珍是他的同桌，两人坐在第一排的正中，李智珍上课时喜欢把手撑在板凳上。金龙在课桌和板凳上都画了"三八线"，只要她的手一越界，就打一下。李智珍被打得多了，就到班主任王老师那里去告状。王老师特别把金龙找到办公室批评，说你不能欺负女孩子。李智珍比金龙大一岁，个头也比他高一点，上体育课时，老师让他两人比跑步，结果金龙跑不过，这让他很没面子，于是在板凳上对"三八线"的捍卫就更加坚决了。金龙仍然是班级里年纪最小的，但这没影响他担任少先队中队长。

学校组织宣传队，要在春节期间把张完区的十几个乡都跑一遍。宣传队既有老师，又有同学，总数不到二十人，活跃的金龙入选了。宣传队带着收音机，白天在乡里把台子搭起来，先收音机播放节目。收音机是个稀罕物件，总是能迅速招来围观的人群。觉得人数差不多了，宣传队就开始表演节目。金龙负责开场快板，内容是宣传以工换工。表演场次越多，他越发现自己不怯场。台下人越多，他就越有表演欲，发挥也更好。他在台上打着板儿："小翠小花姊妹俩，爹娘看是两朵花，妹妹十七姐十八，腿杆长，脚板大，走起路来真利飒，又挑粪，又挑水，一亩地谷子打了八斗八。"快板的内容都是他从学校定的刊物上现学现用的。到了晚上,老师安排同学轮班收听收音机,夜里有新闻抄写栏目,广播的速度很慢,值班同学要负责记录新闻。第二天的演出现场,宣讲新闻也是重要的内容。等宣传队的工作忙碌结束,金龙回到家里,发现双喜难得也在家。见到儿子回来,双喜从口袋中掏出一根钢笔说:"俺识字不多,对你上学的态度就是,咱家一直是睁眼瞎,当年交人头费的时候,人家拿着账本,说啥就是啥,咱被欺负了都不知道哪里不对,所以一定要能认字。你哪天不想上学了,随时可以回家务农。现在你已经上了高小了,我送你根钢笔。"金龙一直盼望着有支钢笔,他接过钢笔抚摸着。双喜接着说:"今年供销社正月十五在老牙店庙会设点销售,我现在已经开始领工资了,每月五十一块五。这根假金星花了六毛钱。"金龙知道,金星钢笔被称为中国的派克,可他忽略了金星前面那个"假"字。他对父亲说:"这次春节,我们宣传队也去庙会表演了,在大周庄演出时,虽然没有老牙店的庙会那么多人,可演出还没开始呢,炸麻花的、卖核桃的、卖甘蔗还有算卦的都围上来看热闹了。"李氏在旁边接话,"以前我总带着你去老牙店给人祖爷上香,你已经好几年没去了。"金龙把钢笔插到自己上衣口袋里:"奶,你去老牙店总是摇签算命,这次算卦的来听收音机,我们几个同学也都去找算命先生,我还问他'先生,您给我算算,算算我啥时候死',人家看看,不理我,感觉他嘴都气歪了,把卦摊一收不看了,哈哈。"看孙子调皮的样子,李氏作势要打,"可不要开算命先生的玩笑,小心遭报应"。从小就怕鬼的金龙,在自然课牛老师的解读下,已不再对鬼神有畏惧。等开饭,看着桌上的年饭,他又忍不住对父亲说:"这次我们宣传队出去表演,都是当地派饭,我和刘东碧去一家吃饭,他们和咱家过去一样,过春节都没有蒸馍,给我们下的杂面条,一碗面里,杂面不到一半,多一半都是芝麻叶和红苕叶晒成的干菜,又涩又苦,我放到嘴里半天咽不下去。"

这是金龙过得最充实的一个春节,他盼望着开学,对他来说,学习不是负担,演出不是压力,都是一种乐趣,一种认同。这种乐趣和认同,让他在学校中如鱼得水。

六年级下半学期一开学,学校动员所有人参加中苏友好学会。加入要写申请书,里面有"为什么要加入中苏友好学会"的问题。金龙心想,我哪里知道为什么要加入啊?他看了谢玉臻填的表,就照搬了过来。"苏联帮助中国,出兵打关东军,对中国友好。"谢玉臻看着他的钢笔,一脸羡慕说:"钢笔给我看看啊。"他接过金龙递过去的钢笔仔细端详:"咦,这是全星的啊,我还以为是金星钢笔呢。"金龙这才看到,钢笔上的牌子是"全星"。

通过申请后,金龙拍了人生中第一张照片,这指甲盖大小的照片贴在了他的中苏友好学会的会员证上。学校继续动员大家买苏联进口的花布,王老师上课时希望大家破除观念的局限,"谁说男的就不能穿花衣服呢?"等把苏联的花布做成了花褂子,王老师果然带头穿着上课来了,他在台上一站,台下早笑倒了一片。王老师的带头示范很有效,金龙和同学们都做了花布衣服,穿着上课去了。这些同学和老师成了张完集与众不同的风景。

一九五三年四月,学校通知大家,伙食不搭伙了,退给金龙三斤黄豆。他想着到街上卖了换点钱。一到张完集的街上,看到他手里拿的黄豆,人群就围了上来,都要出钱买。这种超乎寻常的热情让金龙感觉不对劲,他把黄豆又提了回来。

回到家里,仲兰告诉他,一股倒春寒流让郸城一百三十四万亩小麦全部遭遇霜冻。"那天霜冻后,太阳出来时,田里的小麦把头都低了下来了。人们担心粮价要飞涨,都在买粮存着哩。你这小傻子,这时候有粮还敢卖？"仲兰说，村里现在有人就直接把麦子犁掉种高粱，"咱家人手不足就不折腾了，能收多少算多少吧。你现在退伙了，我记得四姥爷家有一个药罐子，你拿到学校去煮饭吧。"

此前因为偷牛的芥蒂，四姥爷和仲兰家之间走动并不多，双喜一提到偷牛的小孬就有气。仲兰过年给父母上坟，都是去坟地烧了纸就走。一九四九年后，四姥爷日子过得好，每次知道仲兰去上坟，都会把她邀到家中小坐，两家这才重新开始了联系。

金龙到王庄四姥爷家门口，看见门框上钉着"军属光荣"的牌子，他自己家里钉的是"烈属光荣"的牌子。四姥爷在家中，见到金龙上门，很是高兴，他让儿媳妇倒水。"你这次来，回去捎一条腊肉给你娘，是咱家自己做的。"金龙答应着，"谢谢四姥爷，我看门口挂着军属门牌，俺舅现在都好吧？"

说到两个儿子，四姥爷的话匣子就打开了："现在乡里慰问时，给家里都送的双份，当初你大舅仲山参加了县大队，你二舅仲翔和我吵了一架，只穿了一条裤衩从家里出走，加入了刘邓部队，部队正好经过王庄，这小子赌气，也不给家里说，还是村里人看到告诉我，我追上去才见了他一面。后来听说部队宣传队还把他过家门不入的事作为典型事件，编成了快板来宣传，当时可差一点没把我给气死。"四姥爷喝了口茶，脸上一点生气的样子都没有，接着说："一九四九年后工作队分土地，别人家人均分五亩，给了咱家十亩，咱家里七个人分了六七十亩地，工作队认为咱们是双军属必须照顾，现在家里就有几个小孩，还有就是我和你大舅母，种地都没人。这哥俩不时还寄钱回来。"他指了指外面的牲口房，"我买了一辆大车两匹马。现在我请了人住在家，种地喂牲口。"

金龙笑着说："您老这日子过得太舒坦了，像个老地主。"四姥爷眉毛扬着,"去年村里成立互助组,今年建立了初级合作社,我都不参加,村里动员了好几次,我干吗参加啊,咱这日子过得,不用合作就挺好。"金龙问道:"现在已经解放了,俺舅该回来了吧?""还早呢,你二舅目前在重庆步兵学校学习,他给家里来了信,你看看。"接过四姥爷写的信,金龙看到信上的地址,"把信寄到这里就能和二舅联系上吗?""可以啊,你要是有时间,也给你二舅写写信。你是读书人,和他多联系。"

金龙记下了地址,告别四姥爷,带着药罐子回到家里。

仲兰听儿子说了四姥爷当下的情况,笑着摇摇头,"你是不知道,四姥爷以前嗜赌,输得把家业都败光了,正因为家里没钱,所以连一头牛都要偷咱的。你大舅母嫁过来之前,媒人只敢说你大舅是二姥爷的儿子,等嫁过来才知道是四姥爷家。大舅母嫁过来头一天,正好碰到你满月,她作为刚过门的新媳妇还代表娘家人来咱家,参加了你的满月酒。"

听说大舅母参加过自己的满月酒,让金龙多了几分亲近,他问:"大舅现在干吗呢?"

"你大舅参加革命前已经有了两个儿子,后来渡江,到了西南,现在在贵州。"

金龙带着药罐子回到学校,不搭伙后,学校腾出了一间较大的房间,供大家自己做饭。他在罐子底下垫着砖头,每天早晨起床后,趁着没出早操,在井里打罐水。等出操和早自习结束后,烧火煮面糊糊吃。金龙返回学校时,牛老师已经等候他多时了,牛老师告诉他:"张完区要组织调演,还要评比名次,咱们一起演出个节目吧。"金龙当然乐意,他们排演了关于抗美援朝的话剧,叫《唇亡齿寒》。在剧中牛老师演母亲,金龙演儿子。话剧在学校预演时反响很好,牛老师对他说:

"你选锦旗时,第一名一定要选最好的材料啊,那就是颁给咱的。"

调演那天,在张完集的广场上搭了两个戏台子,这边演的是话剧《唇亡齿寒》,另一个戏台子上演的是河南梆子。结果,那边锣鼓一敲,广场上的人都跑去听了。这边除了几个同学捧场,人少得可怜。最后评比结果,人气旺的河南梆子得了第一。牛老师和金龙两个人对望着,无奈地笑着:"老师,这锦旗咱没扛回来。""是啊,群众还是喜欢听梆子,但咱的话剧立意还是很高的。"

十四

升学

"你叔马上就上中学,是咱谢楼的才子了"

双喜又有机会参加文化短训班,上面通知他做好准备,可他的调令也很有"默契"地来了。十一月,县里召开干部扩大会议,部署开展粮食统购统销运动,双喜参加了会议,并被抽调筹建粮站。老韩告诉他,粮站归白马区和郸城粮食局双重领导,目前就只有他一个人,找房子、找地和找人都由他一人负责。双喜已习惯新的任务,他把辛会计调到粮站,开始忙前忙后地工作。

收粮是个体力活,粮站每天的收支账目都要向县粮食局汇报,辛会计每天都要打电话打到很晚。收粮时,双喜对辛会计说:"不管谁去收粮,必须带上砝码,把秤校准,不能缺斤少两。"原来的粮站不够用了,他在南丰定下了粮库的位置,找着建筑队,自己用榔头把粮库的四个角定位的木橛子钉下来,就在现场盯着粮库的建设。

双喜忙碌得顾不上家里,金龙则面临着从高小升入初中的考试。考试要求十八岁以下才能参加升学考试，金龙好几个同学都已结婚，甚至有孩子，也就失去了考试资格。他的同学付宏斌因为超过年龄，无缘升学，金龙告诉他粮站正在招人，付宏斌报名并被招录入职了。

和金龙一起应试的同学们由王老师带队，徒步八十里前往县城考试。王老师在路上告诉大家，郸城六十万人，只有一个中学，就是一九五一年才筹备建立的县中学。"县一中今年招两百名学生，你们加油。"这次报名因为是烈属，金龙的两角钱报名费减免了，考完试的他一身轻松，踏上了返程之路。回到张完集高小，他在门口碰到三四个年轻人。有人问他："这是不是中学，有没有招生考试？"金龙知道，每个中学都会自己命题自己招考，各个中学考的都不一样，所以很多考生都是在不同学校之间穿梭应考。他同班的几个年纪较大的同学在县一中考试结束后，就是连夜赶路，去别的学校应考。金龙并没有想再去别的学校考试了，玉臻问他怎么不多考几场，"考不上拉倒，再说跑来跑去也太累了。"他对自己的考试成绩也有信心。

金龙前往白马粮库找父亲，在粮库门口他先碰到了同学付宏斌，见到老同学，付宏斌笑着说："我现在是你爹的同事了，你得叫我叔叔。"金龙知道他在开玩笑，撇撇嘴，没接话。他听见粮库里一阵喧闹声，向里看去，一群年轻人正围着双喜起哄。"谢主任，你这公债到期了，要请客啊。"自从双喜开始发工资，他就开始买国家公债，正好公债到期，粮库的年轻小伙们就起哄让他请客。他笑着拿钱让人去买西瓜。见到金龙来了，也不问他考试如何，说你放假就在白马住几天吧。一会儿，西瓜买回来了，他与付宏斌边吃边聊。付宏斌说："我们现在都住在楼下，谢主任住在楼上，楼上蝙蝠多，飞来飞去，他也不怕，一个人睡在那儿，拿着棍子打蝙蝠，我可真没有他这胆量。"正说着双喜走了过来，说要去粮站别的点看看，让金龙晚上就和辛会计的儿子住一起。粮站给他配了辆八成新的自行车,金龙看着父亲骑着自行车出门,很是羡慕。"谢主任这车是捷克的,还是倒蹬闸,大家有事都想借着骑一下呢。"付宏斌和金龙聊着天,时间过去得很快。晚上,辛会计的儿子睡觉打呼,呼气时音响澎湃,吸气时却感到他嗓子狭窄得无法透入一丝空气。金龙一晚上几乎没有睡着,他担心这孩子会把自己憋死。第二天,他给双喜说回家看看娘,回到谢楼,他先做的事就是补觉。

金龙醒来,就看到了床头桌上仲兰煮的两个荷包蛋,"快吃了补一下。"仲兰告诉他,因为灾情,国家今年把公粮都免了,还从内蒙古调运来了粮食。不久,兴云也带着儿子新民进了屋。自从分了地后,兴云和七八个要好的后生一起,组成了谢楼第一家生产合作社。除了种地之外,他们一起干木工活。他们买树、解板、做木锨、木叉等农具,树根也能劈成柴火。合作社干得红红火火,让村里人很是羡慕。兴云对新民说:"你叔马上就上中学,是咱谢楼的才子了,你要多向你叔学啊。"新民才四岁,他崇拜地看着小叔,使劲地点着头。

得知自己被郸城一中录取的消息时,金龙正在红薯地里翻秧。农活占据了他的假期时光,他其实最怕给红薯地翻秧,干活时需要前腿弓后腿蹬,不一会儿他就腰酸背疼。前一天小雨后,为了避免红薯秧生根,他就扛着锄头下了地。

玉臻的呼喊声一直传到地头,他抬起头问玉臻:"你考上没?"玉臻摇了摇头,"没有。"他的脸上没有太失落,"不过你的同桌考取了。""李智珍?""是啊。咱们学校有二十几个同学被录取。"

还是王老师带队,考上县一中的二十几个同学一起去报到。报到时,初一分了四个班,金龙被分在成绩最好的一班,在班里他还是年纪最小的。班里除了县城本地的同学,还有来自鹿邑、沈丘、项城,甚至有安徽太和县、界首县的学生。

117

班主任李秉先老师指定金龙和比他大一岁的安玉普还有新生陈有才三人在开学典礼上表演节目。三个人一琢磨，在全校十个班级六百个学生都出席的开学典礼上，表演个"三不照"，把完全不搭的三件事，编成三句话。

上了台陈有才先说"陈有才"，安玉普接着说"在厕所里"，金龙收尾"撵白鹅呢"；陈有才又说"孟校长"，安玉普接着"在秫黍地里"，金龙大声说"裹小脚哩"。

这下把老师们，连同孟校长都乐坏了。李老师对金龙他们说："你们开孟校长的玩笑，胆子可真不小。别看孟校长只有二十来岁，他可是从部队调来的。听说他刚来学校时穿着军装，扎着武装带，还佩着手枪，说自己来报到。门卫以为他是陪着首长来的警卫员，问他孟校长呢？他回答，我就是。当时我们都说，小孩来当校长了，可是你看人家这气派，不是一般人啊。"

他又对安玉普说："你知道一位工友张延弓为什么来咱们班上课吗？"见安摇头，他说："他来咱们学校报名考试晚了，孟校长看到他在校门口哭，问了情况发现孩子挺聪明，就让他在这里当工友，负责打上下课铃，打完可以到班里听课。"李老师这么一说，三人对孟校长多了一分敬意。

李老师介绍："其实县一中的校长是由县长兼任，孟是副校长。孟校长把县城和邻近县城里读过中学的人，通过选拔后请过来当老师。咱们学校里学历最高的老师你们猜是谁？"

安玉普接话："不会是李老师您吧？"李老师笑着摇头："是体育董老师，他是上海体育专科学校毕业，大专学历是咱们学校最高的。"

县一中要比张完集高小大多了，金龙他们一个班的男生都睡一个宿舍，宿舍里面支着架子床，来的学生大都一人拿一条被子，两个人头脚对着睡一起,一条被子做褥子,一条被子用来盖。金龙和从张完集来的同学赵宏勋对脚睡在下铺,比他大三岁的宏勋提醒他:"可别再尿床了啊。"第二天醒来,褥子上又被画上了"地图",看着金龙红着脸,宏勋笑道:"看来还没长大。"他忙着晒了褥子,两人一起去上早自习。饭堂也没有桌子,大家围成一圈蹲着吃。伙食费按月交,每月要交八元,金龙自己能负担伙食费,搭不起伙的同学每周都要回家拿了馍来,这些馍挂在宿舍,成了独特的风景。为了方便同学们,学校设有专门馏馍的地方。上晚自习时,都是工友负责把汽灯灌油打气,他们班的韩福栋年龄与力气最大,别的同学抬不动汽灯,都是他负责抬灯并挂上,同学们就在汽灯下读书。

第一学期结束时,李老师让大家写这个学期的心得,等看完了所有人的文章后,他特别点评:"咱班有个同学是这样写的,'说说笑笑,打打闹闹,不知不觉,一个学期过完了'。"顿了顿他又说一句,"文如其人呐!"全班同学大笑,金龙没有笑,李老师读的心得正是他写的。没有点名对他是一个提醒,也是一个刺激。

下学期再来学校的时候,金龙投入更多时间在学习上,从此成绩没有出过班级前三。想到在重庆步兵学校的二舅,他提笔给王仲翔写了封信,向他讲述自己的初中生活。不久,他就收到了回信,仲翔的回信中,讲述了自己的参军经历,进军西南后,他守过怒江桥,后来入藏,驻军在林芝,再被抽调到重庆学习。除了对金龙的鼓励之外,他写道:"你的字写得不错,比我写得强多了,但你是中学生,我可是一天学都没上过的人。"金龙看着信纸上虽然说不上帅气,却一笔一画非常认真的文字。想到自己寄出的信中,写的字大都是连笔的,他知道这是二舅委婉地对自己笔迹的潦草提出了批评。仲翔随信还寄了一些学习用具,此前金龙用的圆规是薄铁皮敲成,看着二舅寄来的是不锈钢圆规、从没见过的计算尺和全校都没有的曲线板,他很是骄傲了一阵子。

仲翔写来的每封信,最后都用"要前进"来收尾,很有军人的风格。在金龙心中,也有了一个目标和榜样。

初一上半学期,金龙被选为英语课代表,下半学期回来外语改学俄语了,从学习二十六个字母开始学三十三个字母,教课的还是原来教英语的王老师。一班打篮球比赛穿的是王老师写的印有俄文"保卫和平"的背心,他们班走在县城的街道上,这背心特别惹眼。

学校每周末都有文艺晚会,金龙依然活跃,他和安玉普是固定搭档,两人一起表演快板。他也被老师关注,加入了中国新民主主义青年团,介绍人是抬汽灯的韩福栋。虽然只是初中,安玉普也是敢想敢干,他与几位在食堂入伙的同学感到食堂的伙食不足,怀疑管伙食的张老师贪污了,便联合向学校反映,希望由学生自己管理,孟校长也同意了。于是伙食由同学们自己开始管理支出,在安玉普管理下,原本八元的伙食标准,如今每个月五块四就能包住了。如果说在学校的同学有谁比金龙更活跃,那肯定就是安玉普了,两个人经常一起表演,逐渐也就无话不谈,安玉普的父亲早亡,去世前曾任国民党的营长。用同班同学,也是安的亲戚张正礼的话:"每次回家,腰间总是别着'鸡腿'。""鸡腿"就是手枪,张正礼说:"他母亲和姐姐当年也都是穿着旗袍的人物呢。"父亲不在后,安玉普家道中落。生活艰难,他在放假时,也不回家,在县城里寻找着做事的机会,帮着铺路或者打临工,来挣一点生活的费用。

这一年暑假,连降大雨,河道漫溢,平地积水。学校不放心张完集的几个同学放假回程,特别请李老师带队。走到唐桥镇时,黑河水流很大,已经漫过了唐桥的桥面。人走在桥上,水能盖过脚面。桥的两头地势较低，水急难渡。韩福栋会水，李老师选他游过河去，到那边镇里借来核桃粗的大绳，一头拴在桥栏杆，一头拴在岸树上，让大家握着绳子过桥。西岸水浅还算易渡，东岸水急，金龙个头矮，韩福栋一手架着他的左胳膊，一手扶着绳子，水流把金龙的双脚都冲离了地面，韩福栋与赵宏勋死拽着他不放，才平安过了桥。

初三再上课时，副校长换成了杜校长，孟校长被调到南方的师范学校担任校长。杜校长原来是县上教育局的干部，瘦瘦高高的个子，一颗门牙微微外龅，他口才好，讲话喜欢脱稿，还喜欢作诗。学校组织全省数学竞赛，资格赛一看题金龙就觉得非常难，他做到一半就看到不少同学交卷了，心想：看来别人都答得好，糟糕了。再过一阵子邻班的尖子生也都交了卷，他一直到老师收卷才交。结果判卷时他名列第一。和同学交流才知道，先交卷的是因为都觉得题太难，做不出来，他这个第一也只得了七十分。金龙初二时当选了大队长，到了初三他当选了团支书，获得所有成绩必须都达到五分才能参评的优秀生荣誉。

这一年大丰收，学校在六月特意放了两周的麦假，他家现在和兴敏一个小队，小队队长是绰号"麻老威"的谢立威，小队在麦场碾麦、扬场后立刻分。金龙算盘打得好，谢楼的会计学增只会记账不会算，他这边按照土地、人口、工分分门别类地计算，学增那边记录。原本估摸能收三千斤，分完粮食再卖余粮，结果余粮要比预估的产量少了很多。这一明显的反差引起了乡上的重视，特别派人下来调查是否存在生产队私分粮食。调查员发现大队副队长是兴云，他叔双喜家又在这个小队。调查员找到兴云，让他坦白是否徇私。兴云很坚定，表示自己绝没有安排人干私分粮食。调查员召开了对兴云的批斗会，让他交代如何指示家里私分粮食的。在批斗会上，兴云态度鲜明，还是坚持自己没有指示与参与任何人私分粮食。当调查员问到金龙时，他担保绝对没有私分,"每一次分粮食都是我算的,都是在麦场直接分的。"被连斗了三场后,虽然没有直接证据,调查员还是宣布开除兴云的党籍。

金龙初二时当选了大队长,初三又当选团支书,每个学期他都是三好生与优秀团员,还获得了所有成绩必须都是五分才能参评的优秀生荣誉。因为成绩优异,金龙已经确定被保送进入高中。收麦后返校,想到兴云的不白之冤,自己作证却没有起到作用,他心情有些郁闷。在他们这一级之前,县城还不曾有过高中。一班升高中的考试,老师安排他作为监考。被安排监考自己的同班同学,金龙浑身不自在,他也感觉同学们看着他的眼神有点复杂。他搬了个小板凳,坐在班级的后面,也不在教室里走动。又监考了六年级升初中的考试后,老师还让他参与了判卷,直到判卷结束,才准备回家。

正好谢楼的兴敏从六年级保送进入郸城一中。兴敏报到后,两人便结伴返回。走到张完集,兴敏看到有李子卖,便买了一斤,吃了几个,拿着剩下的往回走。走出不到一里路,他对金龙说想解大手,解罢刚起身走两步,又蹲了下来,兴敏哂笑:"有点窜稀。"等他连去了三次,金龙有点担心了:"别是你得了霍乱,咱马上回张完,去医院看看吧。"兴敏说应该无妨,又走了一会儿,两人在树荫下休息一会儿,兴敏又去了一趟。金龙看要坏事,把兴敏胳膊搭在肩头,背起人就往谢楼跑。跑出去两里路,他已经呼哧带喘,抬头看见谢玉臻正拉着车经过。他叫住玉臻,把兴敏放在车上,让玉臻往回拉,自己则去南丰找大夫。南丰的大夫来了打了一针后,说没什么问题了。金龙回到家,仲兰问他:"看你这一身大汗,抽屉里还有几个李子,去吃了吧。"金龙回答:"这辈子俺都不吃李子了。"

十五
倒追

"不信咱们打赌，她明天还会来找你"

快开学了，金龙去白马看父亲，路上飘起了小雨，走到粮站已经两脚都是泥了。付宏斌看到老同学，对双喜说："谢主任，你该给儿子买个自行车，回来看你也方便。"双喜回道："咋没想过呢？我给白马的龙区长商量过，想买他媳妇的车，价钱没谈拢。"看着儿子的衣服也被雨淋得半湿，说："明儿个我正好去县里开会，咱们一起走，希望这雨别再下了。"

去县城的路上，金龙想，这大概是自己和父亲一起走过的最远的路了。双喜蹬着自行车，他坐在后面，没走多远，两人就要下车清理堵住车圈的泥。"大爷，我入团了，共青团员。将来长大了我还要入党。""入党？你大哥就是，他一九五五年就入党了。我是一九四九年入的党，等你将来加入，咱家就有三个党员了。""大爷，你不知道啊，我哥被冤枉私分粮食，刚被开除了党籍。"听着儿子的介绍，双喜沉吟着:"你大哥不会骗人,咱家在南丰,我在白马工作,这件事也不方便干预。"

几十里的路,两人就这么走走停停。终于到了郸城。双喜对儿子说:"前一阵又让我去参加文化短训班,我给他们说前两次都没去成,粮站这边离不开人,再说人过三十不学艺,我都三十多了,就不再去了。"金龙听父亲这么说,心里可惜,但知道父亲性子,也没多劝。

郸城一中高一只招了两个班,一班大概有一半多人升上了高中。金龙还是分到了一班,因为一中招的人更多了,他们换到了新的宿舍,宿舍里没有了架子床,大通铺底部用泥坯垒砌,上面铺着木板。金龙的铺友也换成了安玉普。每天早晨,他带着全班的同学晨跑,从一中校门一直跑到县城外,再返回。他对自己的体力越来越有信心,全校组织十公里行军,他一直保持中速跑,班主任丁老师骑着自行车跟着队伍,提醒他:"休息一会儿,走一会儿,别跑得太猛。"金龙自我感觉良好,就一直匀速跑着没有减速,没想到最后结果出来,他跑了第三名,第一名是体育董老师,第二名是体育委员王天辰。

金龙感觉,信心是可以跨领域传导的,他喜欢上了吹笛子,没有人教,他自己对着简谱学,音乐课李老师鼓励了他,还在学校的文艺晚会上,安排他笛子独奏与伴奏,这让他成了晚会的主力军。一次晚会,金龙与比自己小两级的女同学谭文心与田林配合,演出黄梅戏《对花》,他负责伴奏,谭文心女扮男装,田林扮相靓丽,三人配合很默契。表演结束,台下安玉普调侃他:"有了新搭档了,可别忘了老搭档啊。"金龙嘿嘿笑着,"那哪能呢?"

因为是丰收年,春节寒假的时候,小队队长"麻老威"派人从亳县买回来几箱亳县高粱酒,要给大家热闹热闹。

金龙离谢楼还有一里路时,就看到了兴云和侄子新民在那里候着他。"他算着日子,你应该这几天回来了,每天都在这里等你呢。"听见兴云这么说,金龙过来抱起新民亲了一口。新民飞奔着往家里跑,"奶奶,我小叔回来了。"

兴云告诉他自己的党籍已经恢复,乡上最终认定他是被冤枉的。这消息让金龙松了一口气,过去这半个学期,这件事一直让他挂念。兴云悄悄告诉金龙:"这次分粮,是小队掌秤的人弄了泥巴粘在秤砣的底部,表面上谁也看不出来,实际上就把粮食多分去了。我后来虽然知道是谁,但没有证据,也不能乱说啊。"

等金龙走到家门口,新民又过来,坚持要帮他提手里的被子。这被子重量快比新民都要重了,金龙把被子放在他背上,怕压着了他,手里还运劲提着。新民的弟弟安民也跑过来,要抢着来背。新民哪能让弟弟抢了去,一把拨开。安民坐在地上大哭,全家却全都喜气洋洋。

正好大舅王仲山从铜仁回来探亲,来看仲兰。仲山回来带了一串香蕉,专门给谢楼带来了两根。香蕉是个稀罕东西,此前金龙从没见过。仲兰剥开皮吃了一个,大家都看着。"娘,味道咋样?"仲兰咂吧咂吧嘴:"也说不出啥味啊。"一家人都笑,还剩下一个,仲山递给金龙,金龙发现一旁的眼巴巴盯着香蕉的新民,就手交给了新民,新民眼睛笑得眯了起来。

仲山说:"贵州铜仁抽调干部,把我调到了地方。这里土匪多,我们尽量不分散,一个人都不敢单独行动,所以也没有把媳妇接过去。"这次王仲山回来探亲,也劝说父亲加入高级社,"此前我和仲翔都劝他加入,他不听。这次回来,我和政府的干部一起又做他的工作,好容易老头答应加入高级社了。"自从恢复了走动,每年仲兰都带着金龙去拜年,四姥爷早早就准备好了五毛钱的压岁钱。金龙对四姥爷好感倍增,听着四姥爷加入了高级社,他心中暗想,听说高级社不再分红,四姥爷还给压岁钱吗？

除夕那天，"麻老威"让一家派一个代表，去他家聚餐，仲兰让金龙作为家里的代表参加。麻老威的媳妇在厨房忙碌，"麻老威"让儿子兴敏、金龙与自己坐在主桌，金龙说那怎么能行。"麻老威"说你是咱谢楼的秀才，兴敏是你同学所以要陪你。他又把会计谢学增叫到这桌。开席后，"麻老威"和几个生产队员先划了几拳，然后其他人就开始撺掇着金龙和兴敏喝酒，十六岁的金龙何曾碰见过这个场面，没几杯酒，就已经和兴敏喝醉了。他感到天旋地转，在桌子上已经坐不住了，出门在灶房里就睡下了，谢学增也喝得过了油，二十几岁了仍然喜欢热闹，他跑到灶房，和金龙商量明天一早放炮。第二天一早，敬神时要放炮，金龙和学增叫起来兴敏，把他家的炮仗一口气都噼啪放了。三人觉得还不过瘾，又跑到金龙和学增两人家里，把家里的炮仗都放完了。这是金龙第一次喝醉，心情畅快的他也想知道喝醉的感觉。村里吹唢呐的谢破儿来家里拜年的时候，听说金龙会吹笛子，非要他拿出笛子来，自己用唢呐合奏，两人的乐曲从院子远远地飘出，在鞭炮声响中，充满了喜庆的味道。

高一下半学期的一整学期金龙都没有回家，他很享受在学校的时光。眼看快要放假，在收麦时节，县城外的农田里刚收的麦子都在麦场。这天刚到下午，天就黑了下来，金龙看着压城的黑云，知道大雨将至，他想到这时候要是麦子被淋，必然发霉受损，便向城外的打麦场奔去。不止他一个人，而是几十个熟悉或陌生的身影都在向着麦场跑去。他们一起把麦子垛起来。雨泼了下来，他们往回跑时，地上全是水，路已经看不清楚。韩福栋拉住金龙的手，两人一起往回跑，金龙看着前方一处发亮的地方，想着水浅，他正准备迈步，被韩福栋拽住，"小心，那边是河"。

暴雨来临了,听说里沟河有数处决口。金龙在期末考试结束后决定先回白马,他与几个家在白马的同学一道出发,其中有两个是女同学,一个是金龙同班同学孙殿珍,另一个汪睿清比他低一级。雨中行走艰难,超过了他们的预期。一直到晚上天黑下来,几人距离到达白马还有一段路。考虑到夜晚雨中行路太危险,又有女同学同行,看到附近有所小学,金龙决定今晚就在小学暂住。他们都没有想到当天没法回家,只有同学小吕带着几毛钱。小吕比金龙低两级,他父亲是当地民团的团长,在镇反中被镇压,平时他们两人之间交流也少。小吕买了两个甜瓜,几个人一人分了一块,权作晚饭。他们给值班的小学老师说了情况,老师开了一间教室,几位同学就在课桌上睡了一夜。

翌日,几位同学平安抵达白马,这让金龙松了一口气。大家各自告别,汪睿清却和他一路,汪家就在粮站隔壁的区政府院子。付宏斌正好出粮站,看到金龙和汪分开后走过来,便问:"有女朋友了?"他这一问,金龙立即否认:"这可不是我的女朋友啊。"见到父亲,他说准备这个假期都在白马,双喜当然高兴。中午刚吃过饭,汪睿清就登门拜访。付宏斌见到,冲金龙使劲眨巴眼。汪睿清告诉金龙,姐夫是白马区区长,姐姐和母亲住在白马,她就与姐姐一起住。她个子不高,微黄的脸上散落着几点麻子,年纪比金龙大一岁,两人闲聊了一阵,汪睿清就告辞回去了。

付宏斌对金龙说:"小汪肯定喜欢上你了。"

"别瞎说。"

"不信咱们打赌,她明天还会来找你。"

"打赌就打赌。"

"谁输了谁去买个大西瓜。"

"好啊,说定了。"

这个赌金龙打得没有底气,他对感情的事还懵懂,却知道一个女孩总是来找你,肯定不是为了学习。

付宏斌在粮站向外张望,比金龙还上心,看着他翘首以待的样子,金龙和他打趣,"你是比我这个当事人还关心自己的感情啊。"汪睿清没来,孙殿珍却在下午上门来了。看到又一位姑娘找金龙,付宏斌的表情有点哭笑不得。金龙开心地欢迎,"小孙你来得正好,我们正要吃西瓜呢。"付宏斌也没打磕绊,出去买了个大瓜,沙瓤脆甜的西瓜正是消暑佳品。孙殿珍比金龙大两岁,她说自己住在白马西街,邀请金龙去家里也坐坐。送走了孙殿珍,付宏斌特意跑去对双喜说:"你家金龙现在是抢手货啊,两天就来了两个小姑娘找他。"双喜光是笑:"孩子的事,他自己操心。"在父亲面前,一旁的金龙有些窘,却也有一种奇妙的感觉。

孙殿珍邀请了金龙几次,他没法推脱,去了白马西街,孙家收拾得很干净,孙的母亲在家里特意做了面条招待。回到粮站,付宏斌立刻就凑了上来。金龙现在有点不想和这个好奇的老同学多聊,但老同学难掩好奇心,问这问那的。"你是喜欢谁更多些呢,我觉得这小孙长得比小汪标致啊,但我听说小汪家里情况好。"金龙瞪了一眼他:"别这么庸俗好不,就是同学关系。"双喜此时出现了:"宏斌,交代你的活儿干完了吗?马上就要麦收了,一屋子人就你闲着。""这就要出去了。"宏斌冲着金龙吐了吐舌头,快步出门了。给儿子解了围,双喜对儿子说,自己的工作可能又要调整,要去张完集区任工业部长。这些年父亲工作不停转变,金龙早已习惯。他隐隐地担心,万一两个姑娘在粮站碰见了,他可不知道又会怎么被宏斌笑话了,何况,他自己也不知道该如何应对这样的场景。幸好,这样尴尬的场景并未出现,一直到开学,汪睿清都没有再来。

开学前，金龙就出发返校了，他没有给孙殿珍说，相比汪睿清，孙殿珍说话和善、仪态大方。但他知道孙是地主成分，这让他有所顾虑。开学后，在学校，孙殿珍见到金龙一个人时，递给他一封信。金龙在宿舍里打开信，信里挑明了想确定恋爱关系，这让他只能表态了。金龙把孙殿珍约出来，说自己还小，家里也希望找个比自己小的姑娘。他不好意思说出自己的顾虑，只能找这个理由婉拒。

暴雨后就是大旱，刚开学没多久，秋分前后，学校放了秋假让同学们返家抗旱。金龙回家发现，军队也被派到村里帮着一同抗旱。他组织了兴建等几个年轻人，成立了单独的小组。生产队里，每天天不亮时，"麻老威"就会吆喝："下地了！下地了！"可金龙几人在他还没有吆喝前，就已经下地了。他们用筒子锨打出深两米的井，要比军队人用的平锨挖得还快。等他们用拔杆把井周边的土地浇遍，几人便把井一填，转移阵地，再挖新井浇水。几个小伙伴干得热火朝天，兴云看到了感叹道："你干活麻利，要是不上学在家，咱的庄稼肯定长得比别人的好。"抗旱结束，金龙被评为抗旱模范。

一个假期没有回来，金龙一回来就忙前忙后，是因为生产队的工分男劳力十分，女劳力七分，总决算分口粮的时候，仲兰的工分计算总是连口粮都不够。如果不是父亲的工资，母亲就要挨饿。他想着这个暑假要帮家里多挣工分。抗旱挣了工分，他还在琢磨着生产队里有什么事是自己可以做的。金龙来到兴敏家，正好"麻老威"在家，"叔，队里有什么活可以干？"麻老威感叹，"如今正是积肥的时候，我把工分定得很高，一份活儿能挣两份工分还是没人干，你要干了我给你俩算三十分。"金龙对兴敏说："咱哥俩把这个干了。"

生产队挖了的坑里埋着缸，人的粪尿就在缸里发酵，味道在夏日弥漫，老远就刺鼻。金龙和兴敏找了两副挑子，一挑一挑地给地里施肥。想到母亲的哭泣,他就觉得味道不那么浓烈了。他的耐力加上兴敏相助,只一上午,两人把一缸的积肥都施完了。回到家里,他向仲兰炫耀着自己的战果,"娘,我给咱家挣了十五个工分。"仲兰心疼儿子,满口只是说:"可别再累着了,快歇歇吧。"

新民这几天都围在小叔身边,听奶奶说话,立刻捧上一碗凉茶。金龙喝着茶,新民就偎在他身边,舍不得走开。仲兰说:"你暑假没回来,新民连着几天在村口没接到你,急得直哭呢。"她指着金龙旁的兴敏说,"他哭个不停,我们指着兴敏说,这就是小叔啊,他看着兴敏半晌,说这是假小叔。"大伙听着都大笑。金龙哪里闲得下来呢,在家两天,他把家里的两大缸水挑满,准备返校。

正准备动身,谢楼小学时的杨空翔老师来找他,听说他要返校,说自己正好要去县城开会,便一起出发。在路上,杨老师说:"虽然我没有带过你,但知道你在一高学习一直拔尖,很是钦佩的。我是小学毕业,有机会要多请教你啊。"金龙忙说不敢,两人一路聊得投机。金龙返校第二天,杨老师特意来到学校,说在县里开会讨论到关于国家的问题,大家都说不清楚,特意来向他请教。金龙把自己在政治课上刚学的关于国家的概念讲给杨老师,杨老师边听边记,连声道谢而去。

十六
降等
"这条我认账"

金龙在学校见到汪睿清，才知道她家从白马搬到了县城里。不过他并没有想太多，高二上半学期的课程因为"反右"受到了影响。原来的俄语老师离校后，因为找不到代课老师，把从青岛回乡休病假的大学生小范临时请来。小范临阵磨枪带俄语，讲得磕磕巴巴，发音也不准。教三角和几何的高老师是留校任教的右派分子，除了备课与改作业之外，高一高二的课程都要带，还要打扫厕所。汪睿清找了金龙，"你听说了么，假期和咱们一路回白马的小吕被学校开除了。他母亲来找学校，还被班里同学在学校批斗。"金龙知道小吕在学校成绩一直在前列，上次一起回白马，也给他留下了很好的印象。他叹了一口气。汪又说，"还有孙殿珍也退学了。"金龙哦了一声，这印证了此前的担忧，他没有和汪睿清再议论这个话题。

寒假，金龙刚进家门，兴云就告诉他："终于知道了三叔的下落。"

铧儿之死是萦绕在这个家每个人心头的谜团。兴云说:"前一阵,从郑州公安局来了两个同志,在咱们这里了解谢铧三的情况,咱村的人都不知道三叔的大名谢铧三,只知道他的小名铧儿。最后才找到咱们家,说是郑州公安系统有干部被犯人揭发,说这人在联防队干过,经过审讯,有了杀害谢铧三的线索。"金龙终于要知道三叔的下落,忍不住身子抖动。兴云知道他激动,隔了这么久,自己说着也不由含了泪,"公安局的同志说三叔是被活埋的,地点就在鹿邑代屯。我陪着他们一起去了村里,村里人知道谢排长被活埋这回事,他们说……"兴云哽住了,"哥,他们说什么啊?"金龙着急地问着。

"他们说,三叔被活埋后没几天,就被野狗扒出来,尸骨无存了。"

残酷的谜底,直逼着金龙,他为三叔而痛。他对兴云说:"哥,咱们明天去三叔坟上祭奠一下吧。"从小,他就跟着家人在祖坟祭奠,那种对于先祖的追念,与这次祭奠时他对三叔的崇敬和怀念不同。虽然这只是三叔的衣冠冢,但金龙相信,三叔的英魂能够找到回家之路。他买了一瓶亳县高粱酒,自己喝下一口,兴云喝了一口,剩下的都洒在了铧三的坟前。"三叔,魂兮归来。"

金龙原本想去找父亲,没想到南丰土产公司的王干事找上门来了。"现在大批人员都抽调到县里开会,我这里人手不够,听说你记账了得,特别来请你帮忙,你放心,不白辛苦,一天一块钱的酬劳。"这可是一大笔收入,金龙立刻就答应了。他被分到老牙店,负责收购生猪。

收购生猪需要估价,还要判断猪出不出肉,金龙此前从没干过这差事。刘干事给他搭配了一位屠夫,屠夫姓刘,他与金龙搭档。刘屠夫负责收猪,金龙负责收钱算账。每天早晨,金龙先到南丰领款放到包里,王经理还专门给他配了一辆破旧的自行车,挨村去找有猪的人家。刘屠夫很有经验,先看猪的样子,再用手在猪屁股上一摸,就大致知道该不该收了。他一点头,金龙就与人谈价,"五十元卖不?""不卖?那顶多五十二。""五十五?成交。"如果谈不拢,就换下一家,谈拢了,他就赶着猪回老牙店。要是顺利的话,一下买下两三头猪,那就需要从南丰叫车来,把猪拉走。

收了十几天猪,腊月二十截止,年前开始杀猪,等开始卖猪肉的时候,支上了肉摊,还是刘屠户负责掌刀,金龙负责收钱。他们一口气忙到除夕前,肉卖完了。王经理来检查工作,很是满意,请两人一起吃顿饭,三个人喝了一瓶亳县高粱酒。工作收官,他给金龙发了三十元钱,有了这钱,金龙想着下学期不要父亲的支援,也足够他花销的了。

直到大年初一,金龙才有时间去张完集看望值班的双喜。这些年来,双喜很少在家过年,他都是让同事回去过年,自己值班,等同事收假后,他再回谢楼,看望老娘。

金龙和父亲谈起铧儿,双喜说:"公安局的同志还托兴云给我带一封信。"金龙睁大眼睛,"里面写着什么啊?"

"里面是他们在咱家吃饭的饭钱和粮票。"

看着金龙一脸的失望,双喜摸了摸儿子的头。他是从尸山血海中走过来的,这些年他已经在多方打听三弟的消息,这个对于儿子太过残酷的谜底,他是早已做好了心理准备。有了答案,他心里反而轻松了一些,不用想到这个问题就要不停地猜了。有些仇,是不用也没法亲手去解决的。他相信,那些杀三弟的人,也都早已或即将得到他们应得的结局。

金龙也怕父亲伤心,他岔开话题,问道:"您这个工业部长主要干什么呢?""来了以后,我把铁匠集合起来成立铁工厂,把裁缝集合起来成立缝纫厂,把木工集合起来成立了木器厂。"双喜正在介绍,傅恒修来了。傅恒修先去谢楼,听说他在张完集,又找过来了。金龙很多年没有见过这位传奇人物了,渡江以后他也从部队抽调出来,担任了四川一个县的县委书记。这几年先是他的父亲到四川去找他,说因为粮食统购统销,余粮收购过多。傅恒修想着父亲是地主分子,说的话不能全听。等到他的一些老部下也先后找到他,谈到了粮食问题时,他不能不有所思考,并发了议论。正好碰到反右,他被打成右派,开除公职,遣返回陈小寨的家里。因为有文化,他在生产小队当起了会计。他对双喜说:"舅,我不服气,我一心一意为党工作,我不是右派分子。现在我不拿工资没有路费,你给我借点钱,我要上北京告状,够路费就行。"双喜问:"你要多少?""二十元就行。"

听双喜说起铧三的下落,傅恒修难免感慨,"当时我可是更看重三舅和四舅啊,他俩都比你更聪明,三舅的机枪打得好,四舅也是可惜了,如果当时我还在十一区的话,恐怕他也不会这么白白送命。"金龙听他这话里有音,正想细问,双喜却挡住了话题,"镰儿的事就别提了,你的事有什么需要,随时来找我。"

等傅恒修走后,金龙问:"听他的话,我四叔之死是有冤情吗?"双喜只说这事一时理不清楚。一转眼,四叔也已经去世快十年了,当时还是孩子的金龙,如今也逐渐开始感受到世态与人心的变化了。见父亲不愿多说,金龙也不好追问,他告诉父亲,这个学期不用给自己生活费了。两人闲聊时,双喜说到,杨老师也被定成了右派。金龙想到杨老师到学校里来找自己认真咨询的场景,心想,"该不是我关于政治的一知半解,把杨老师影响了吧?"

高二下半学期,七月的一天早上,金龙醒来时,找不到自己的上衣了。他清楚记得昨天晚上睡觉时,放在床上了。他问了一圈,也没人说,报案后,县公安局的王警官来勘查现场。金龙睡在通铺中间位置,根据学校情况判断不可能是外部作案。杜校长召集全班开会,第一次没有人承认，他又开了一次，小游在会上坦白承认拿了衣服。因为害怕他已经扔掉了衣服，就赔了金龙几块钱。

承认后，小游还是被学校开除了。过了几天，公安局又来人，把金龙班里的两个同学上了手铐后带走了。这两个同学家都距离学校几十里，周末回家背馍，他们到家后，家里已经没有馍了，回学校的半路上，他们钻到玉米地偷玉米，背着回来了。两人因为破坏青苗罪被判了刑。

连续两件事情成了导火索，触动了杜校长的"敏感神经"。他在学校组织了材料组和外调组，对在校同学的背景进行调查，抽人专门整理学生材料。对于重点学生要求到学生家乡外调。他要求每个班都要找出典型，对班干部说，处理将主要以教育为主。

他要求学期期末总结，对每个同学写出评语，分甲乙丙丁四等，丁等的学生开除，丙等留校察看。评语由学生自己写出后，交给班委会和支委会讨论，最终由校领导批准。

杜校长召开了全校动员大会，宣布高二两个班，高一两个班，初三四个班期末考试后都不放假，"我们一定要'又红又专'，'专'是一个长期的事情，'红'可以短期解决，因此，我们要搞一个'集中红'运动。要把我们学校办成真正的贫下中农的学校。"

金龙没有想到，第一个被教育的，是陈有才。陈有才是贫农，他也是家里没馍了，去找生产队长要粮食。队长不给，两人吵起来了。和队长闹僵了的他又从家里拿着斗去找队长，队长说你家里有值钱的东西可以卖啊。陈有才他爹怕事情闹大，准备去变卖，可陈就是不让。等到学校去村上外调时，队长一点没替陈有才遮掩，向外调组全部都说了。

作为团支书，金龙主持了会议，他做了准备，预先指定了发言的同学。在会上,李智珍与另一位同学发言时,情绪表现得过于激动,两人说着说着,还要上前去打人,被金龙制止了。

马上有人把事情报给杜校长,杜随即召开团支会,并在团支部会上批评金龙犯了错误,让他写检查。陈有才被开除了,他只是第一个人。而后是更多人,一些同学被开除,还被打上了"坏孩子"的称号。其中有一位同学叫牛军,他平时爱说怪话,编一些顺口溜:"社会主义不用愁,先住瓦房后住楼;社会主义不用愁,先拉犁子后拉耧。社会主义不用怕,先用电灯后电话;社会主义不用怕,先拉犁子后拉笆。"因为这个也被开除了,牛军想不通,他和韩福栋是一个村的,他哭着对韩福栋说:"我说这些话,学校是怎么知道的呢?"

金龙庆幸安玉普已经离开了学校。"如果他不是去参加这个学习,就难办了。"他想安的父亲曾任国民党的军官,就凭这个身份他也肯定属于被开除之列。这个学期因为县医院买了 X 光机,没有人操作,抽中安玉普去筹建中的商丘市人民医院学习。安玉普没有被子,金龙把自己的被子给了他。两人聊天时,安玉普说能被选中,已经很幸运了,"我的学习不如你,家里也困难,有一份工作就很满意了。你看咱们班的林雨田,他父亲是县里的名中医,咱和人家没法比啊。"

开学后,省上办了勤工俭学展览会,县上组织参观团,学校派金龙和化学课的何老师作为代表去省城参会。

金龙第一次坐火车,在车上晕得天旋地转。他发现参会的都是老师,学生就自己一个人。他向别的老师打听各自学校的情况,发现别的学校都没有如自己的学校这么搞的。金龙先后问了郑州、开封与鹿邑的老师后,发现都没有类似的情况,心里打鼓的他问何老师:"为何咱学校这样?"何老师犹豫了一下,冲他笑笑,"我们学校政治素质高"。金龙不好多问,出去了一圈,验证了他此前的疑惑,他回来后,对于学校接下来的活动表现也更消极了。

十月时，金龙他们年级的两个班总共只剩下了二十九人，高三只能重新编班，合成一个班。新的班主任丁老师是杜校长政策的忠实执行者，新的团支部和新的班委里，支部书记也由二班的侯净长担任。金龙不再担任支部书记，他被任命为学生会工业部部长。一班除了王得令任团支部副书记之外，其他干部都没有任职了。同学王超庭此前怕被"教育"，已经主动退学，被叫回来上学，一看干部任职，偷偷对金龙说："二班这不是欺负一班么，这是宗派啊。"他又一次退学回家了。

每天晚自习以后，杜校长还要加一个小时，要求每人写诗。金龙实在困得招架不住，一次上课他打了一次瞌睡。第二天，学校马路旁边小黑板公布的上课打瞌睡名单，其中就有他的名字。

这是他第一次被公开点名，金龙理解了王超庭的话。高三第一学期期末，班里别的同学基本都已经完成操行评定了，只有金龙和王得令没有做。晚自习丁老师走进教室，"我给大家宣布个事，班委会和支委会要整顿一下。"他宣布的新名单里，没有王得令。王的团支部副书记被免了。

改选后，校学习部长王通明找金龙谈话，指出他的三条错误："第一，你对勤工俭学不满。"金龙说："你是学习委员，每天晚上这么写诗，上课打瞌睡，学习没人管，光劳动和写诗，你抓这个事，你管不管？"王通明没有回应，又说："第二条是你对校领导不满，你是工业部长，你给校领导汇报了几次工作？"金龙说："这条我认账。"参观了勤工俭学展览会后，他心里有想法，很多事，他都是已经走到杜校长门口，转个圈又回去了。见金龙认了第二条，王通明又说："第三条，你包庇王得令。"金龙想了想，他知道王得令父亲一九四九年前担任过甲长，但他任团支书时没有触动。

137

金龙这个学期的操行被判为乙等。王得令见到他说："我的操行也是乙等，错误其中有一条，就是包庇你。"两人相对大笑，笑声满是苦涩。

即便操行等级降了，金龙也没有找杜校长。他知道，所谓的三条错误，不过是杜打击他找的理由。自从上中学以来，他几乎所有成绩都是优秀，而操行等级下降等于是在政治上否定了自己。他感到胸中郁结，却无处发泄。每天晚上躺在床上看着天花板，县城的路灯一般十二点熄灭，路灯不灭，他也无法入睡。

麦收之后，有一个大队蒸了四个六十多斤重的大馒头，绑上红绸子，用四张桌子各抬一个大馍，抬着来县城报喜。杜校长让每个人看后都要写诗。汪睿清把自己写的诗念给金龙，"大馍白，大馍大，大馍来自合作化。"即便心情沉重，金龙还是笑得肚子疼。安玉普走后，他没有了被子，汪睿清家在县城，特意给他抱来一床被子。对于金龙而言，此时的帮助是冬日的温暖。他是感动的，可是否确立恋爱关系，他还是犹豫。

秋播时分，学校的两个操场中，一个操场被杜校长腾出来种庄稼，他要求做到"广积肥，深挖地"，足足挖了深两米的深坑。金龙想，这不是把熟土都翻到底下，把生土都翻上来了吗？他看着同学们在操场上播下八百斤的小麦种子，等待明年的大丰收。

十七
高考

"孩子，你要走这么远"

随着"大炼钢铁"的高潮到来，县城的东南角划下了一块区域，中学的老师与同学也都停课参与。化学课何老师在炼钢的坩埚前，和金龙商量："如果要炼出合金钢，需要在钢水中加入其他合金元素啊，是不是得加入点金属粉末？"说到金属粉末，金龙想到可以用锉刀来操作。回学校见到物理课曹老师，曹老师问他要借什么。他不知道锉刀这个词，说借"铁刷子"。曹老师真就给他拿出一把铁刷子来。金龙歪着头看着铁刷子，心里对曹老师挺有意见，可是他就是想不起"锉刀"该怎么说。就在他们这些中学的学院派还在研究如何炼出好钢铁时，土炉子已经被更多人搭建起来，热火朝天地将"学院派"们淘汰了。金龙也放弃了合金钢的想法，加入拉风箱、扛大锤的行列中，但除了炼出一堆废铁渣之外，又能得到什么呢？

仲兰这个时候来到了学校，儿子在学校的情况辗转传到她的耳中，各种说法让她坐卧不宁。金龙上中学以来,仲兰第一次进县城。她见到儿子便问:"听说你被处分了?"金龙连忙问道:"你从哪听到的?"他不知该怎么给母亲解释。正慌乱间,汪睿清过来打招呼,知道仲兰是金龙的母亲,非常殷勤,马上提出让金兰母亲住到她的宿舍。她帮金龙解了围。想到自己的事情劳动家人担心,金龙不由得咬牙,不再陷入操行降级的烦恼。他相信自己的家庭成分没有任何问题,只要自己不再犯错误,杜校长想要再找他的问题也难。"先完成高考,学习上我是不输任何人的。"有了信念,他的头脑也清醒了起来。

　　见到汪睿清对于王仲兰是个意外,对儿子的婚姻她不是不操心,可儿子的主意要比自己正。她此前都不曾提过这个话题,怕影响儿子的学业。如今看到眼前的女孩子忙前忙后帮自己张罗,自己说什么总是能在她那里得到响应。王仲兰心里已笑出声来了,听到儿子说自己没事,又看到儿子的笑容,她又有什么理由不相信呢?住了一晚,第二天回家前,仲兰一个劲地夸奖汪睿清,"这孩子多好,你可要对她好啊。"仲兰这一行,成了金龙和汪睿清关系的催化剂,金龙说:"还有一年不到就高考了,我一直担心咱们处对象会影响学习。"汪睿清说:"你可真是个死脑筋,你看你两个好朋友安玉普和王得令此前早就在谈对象了。"她告诉金龙,安和比他们低两届的小谭,王和比他们小三届的小宋一直在谈。金龙没想到多场恋情就在自己的眼皮下,被自己视而不见地进行着。

　　放假前,双喜也来到了学校。金龙以为父亲也是听说了自己的情况,却没想到双喜带来了一个噩耗——新民死了。

　　双喜来县城开会,特意来告诉他这个消息。新民在王庄上小学三年级,这个学期要求学生一律住校。新民感染了猩红热,出现了发烧的症状。他的老师年龄只有十九岁,知道新民发烧自己先慌了,把新民隔离，关在屋子里不让出来，还给谢楼的学生开会，为了避免传染，不让他们告诉家里人。兴云家邻居的孩子罗儿偷偷给他媳妇说："新民被关在学校的屋子里，烧得哭也没人管。"兴云媳妇正怀着身孕，兴云从生产队里已经升职到了管理区，工作地点在申营，离家有几里路。李氏与仲兰知道了，赶紧往学校跑。到学校时新民人已经送到了公社卫生院。她们又往张完集公社跑。等两个女人赶到公社卫生院，看到新民躺在卫生院的床上，已经没气了。李氏指着新民的班主任鼻子就骂，可是孩子救不回来了。

金龙的心脏似乎停止了跳动，又似乎在剧烈地跳动，眼泪从心底里涌了出来。那个最爱的侄子他再也见不到了。双喜说："你放假后去看看你哥吧。"金龙何尝不是归心似箭呢，一放假，他就赶到申营。与兴云见面后，两兄弟抱头痛哭，兴云哭着说："俺以后就没有亲人了，就只剩一个兄弟了。"

这是一个悲苦的春节，如果不是仲兰藏了一口小锅，一家人连做饭都成了难事。返校后，进入了高考的最后冲刺，金龙把所有杂念都摒除，进入备考状态。三月，他一直通信的二舅王仲翔来到了学校。

仲翔个头和金龙差不多高，一身军装在校园里很显眼。他这次回来是结婚的，一转眼他也是个大龄青年了，四姥爷在陈庄给他说了门亲事。他给金龙说，和女方见面后，双方都满意，就准备领证了。第一次去区政府，因为办事人员正好没在，两人只好回家。"想着第二天就去领证了，你妗子就没回陈庄，当然我们也没同房，有人反映我们没登记就同房，有道德问题。这种污蔑我不能接受，这次到县武装部来就是要说法的。"没想到两人第一次见面，竟然是二舅碰到了窝心事，金龙把一肚子话咽了下去，反过来安慰仲翔。

仲翔婚假没有休完，才回家十天，就接到了部队给他这位新郎官副连长拍来的电报，让他紧急归队。后来收到仲翔从西藏的来信，金龙才知晓他是参加了西藏平叛，这让他对二舅更多了一份崇敬。

这种好感正好碰到来校招收空军的动员会，体育蒋老师是军人出身，他在动员会上唱了首《真是乐死人》。蒋老师平时看上去是个粗人，可是唱歌活泼又动听，配上他生动的表情，吸引了金龙的注意。

"实行了兵役制，我当上国防军，挎上冲锋枪，军装更合身；帽徽闪金光，领章更漂亮。我对着镜子，对着镜子上下照，上下照，哈哈！哎哟哟！真是乐死人！"

他被歌声与歌词吸引了，想到了二舅那身军装和行动，似乎自己也挎上了冲锋枪，帽徽闪着金光，是的，他要参军，就在这个动员会上，他报了名。

县兵役局得到了消息后，了解报名的金龙还是独生子，特别派人来找他谈了话，让他写个申请书。按照规定，独生子是不能报名的，碰到特殊情况需要家长同意。了解情况的工作人员来到谢楼，见到仲兰说："你的孩子报名参军，你同意不同意？"突如其来的问题摆在面前，仲兰心想，孩子都报名了，人家这么问，我能说不同意吗？她回答："同意！同意孩子参军。"

兵役局得到回复，更是感觉抓住典型了，兵役局的局长亲自陪着金龙，去医院检查身体。他的身体没有问题，问题出在视力上，他的右眼视力1.5，可左眼视力只有1.2。1.2是当不了空军的。兵役局局长着急了，他让查视力的小护士把小棍给他。只见他点着视力表，"你仔细再看看表。"可不管局长怎么指，金龙就是看不清，咋看这左眼还是1.2。局长不甘心，又测了两遍，到底是没过关。没有当成空军，局长似乎比金龙还沮丧。

虽然马上高考，麦假时他还是回到家里帮忙，到家没见到母亲，兴云说应该在地里忙。他往麦地里走,仲兰果然在那儿,远远看到儿子,隔着还有几十米,她就迎上来。两人一见面,仲兰就把金龙紧紧地抱住,似乎是她拥着曾经失去的珍宝。"儿啊……"看到母亲的情绪,金龙倒是有点摸不着头脑,"娘,您这是咋了?"仲兰半天收不住呜咽,"人家都给我说,你当兵就从县里直接走了,不回来看我了,你咋回来了呢?"

高考前报志愿时,金龙特意去找双喜,征求父亲的意见。双喜正在张完集北的清水河建桥,这里以前只有摆渡,他招了民工,准备建一座两孔砖石桥,这阵子他吃住都在工地上,已经把河水闸死了。金龙找到他的时候,双喜正在旁边的引水渠那儿支起渔网,看到儿子来了,说:"你来得正好,今天可以吃鱼了。"

听到儿子征求自己的意见,双喜说:"这事我也不懂,你自己咋想?""我对当老师不感兴趣,师范类的不想去,可是填报志愿必须有师范类学校,我准备放到后面。"双喜的第一个志愿填的是天津大学的工程力学,第二志愿填了兰州大学物理系,第三志愿是郑州大学,第四志愿填了北京工业大学,第五志愿是太原机械学院,到了第七和第八志愿他填了北京师范大学和华东师范大学。把天津大学力学系放在第一志愿,是因为中学课本上了解到牛顿以后,他就希望能像牛顿这样有所成就,物理和力学自然就成了他的首选。双喜拿出五十元,让他上学时用。

回到学校,老师和同学都对金龙的这个填法提出意见,认为他应该报上北大或清华。他坚决不报,"我操行乙等,北大清华能要我吗?你看招生简章,天津大学是高教部十六所重点大学之一呢。"

高考考点设在了鹿邑,三个县的高三学子都赶往这里。在老师的带领下,他们步行八十里路来赶考,每个同学都是把床单将几本书裹着，斜挎在身上。

金龙的心态很放松，虽然带着书，但到了鹿邑，他并没有看书，而是到鹿邑县城城墙上遛弯，转了一天。

考点就设在老君台所在的鹿邑一中，老君台可是金龙的奶奶李氏最崇敬的地方。走进鹿邑一中，金龙就看到了奶奶多次说起的，庙门口斜插着的李老君的赶山铁鞭。带队的何老师把自己戴的手表交给金龙，让他注意考试时间。

手表在考语文时就起到作用了。金龙看到作文题目《难忘的一件事》就开始构思，等做完了常规题目时，一看时间，感觉如果按照原来的结构写，作文可能就写不完了。他掐掉尾巴，写了关于大炼钢铁的经历。

化学课是他最有把握的，最后一学期，何老师写了一份复习提纲，他把提纲油印出来，让同学们不要看书，就看复习提纲。金龙拿到卷子后，感觉如同平时写作业一样，没有碰到难点，很快就把卷子答完了。他从第一个题开始检查，逐字逐句审核了一遍答案，看着时间还没到，就提前交卷了。

数学课的最后一道几何题，他一直没找到解答方案，好容易在草稿纸上解出来了，赶紧在卷子上写，还没写完的时候，时间就到了。

外语不计入成绩，只是作为参考。本来学校申请不考了，但上面还是要求考一下。这三年有一半时间外语都没有上。王得令对他说："你戴着手表，够了三十分钟，你出考场时，你在教室外面咳嗽几声，我们就交卷。"结果金龙进考场一看卷子，能做的题目还不少，他一直写到考试时间到了才交卷。

从鹿邑返程，金龙住在学校等通知，到了八月十四日这天，他正在王得令家里闲聊。好几个同学涌进门来，汪睿清喊着："你的高考录取通知书来了。"他被第一志愿天津大学招录了,同学们簇拥着金龙回学校,让他买西瓜请客。

在金龙准备离校前一天晚上,汪睿清来到宿舍找他出去说话。两人边说边走,竟走到了汪睿清家附近。汪睿清说:"到楼下了,就去家里见见我妈吧,你以前都没见过。"

见了面,汪母上下端详着金龙,"我听睿清说,你考到天津去了,我们都很高兴,路费够不够啊,让睿清给你取点钱。"

"不用的,我父亲能给钱。"

"明年睿清也该毕业了,让她也去天津,你们能在一起我就放心了。"

金龙口里应着,心想这个汪睿清挺有心眼,也不提前说,打了个伏击。

从学校回到谢楼,仲兰一听儿子要去天津,喜忧参半,"你这一出去,啥时候才能回来啊?干脆现在把你和小汪的婚事办了,办了再走。"母亲的这话有点超纲,金龙完全没准备。"那不行,现在结婚太耽误事了。"虽然有点被倒追着就和汪睿清确立了关系,但他心里其实并不确定这段感情。

在村子里,金龙没有张扬,仲兰在地里一起劳动时忍不住把喜讯和兴敏婶子分享,兴敏婶子特意跑来家里,见到金龙就说:"你这不就像以前中状元了吗!"

金龙正在准备行李,被子褥子之外,还有棉衣棉裤,他用包单包了两个大包裹。想着自己要像头驴一样,把这包裹从家一直背到天津,心里并没有太多中榜的喜悦。

在家只一周,就要出发了。仲兰早起来煮了两个鸡蛋,看着金龙吃罢。她去提起了一个包裹,金龙背上另一个。在院门口李氏刚说出:"孩子,你要走这么远……"就哭得说不下去了。仲兰一直把金龙送到村外官路上,还不肯回去,又送到了谢小庄的村头,金龙接过母亲手中的包裹,坚决不让她再送了。

金龙驮着两个包裹,一直挪到鹿邑,他觉得自己不是驴,而是一只蜗牛。这是他第一次单独出远门。鹿邑一天只有一趟客车去商丘,他幸运地等到了加发的卡车,一群人涌上卡车,他坐在自己的行李上,等车到商丘,再坐慢车到徐州转车。

十八
卖血

"我知道你困难，我也不宽裕"

在徐州上了车，金龙对面也坐着一个年轻人，他站起身来有一米八以上，刷子一样的浓眉，高大身材却穿着明显不合身的旧灰呢上衣。他带着铺盖卷、帆布包和一个木箱。两人一聊，才知道大个子叫王秋尘，来自河南偃师，也是去天津大学报到的。王秋尘也是第一次出门，他看金龙的目光看向木箱新破损的一角，有点沮丧地说："箱子是在偃师火车站上车时，被人挤掉到地上摔破的。这箱子还是我娘出嫁时，外婆家陪嫁的。"两个年轻人发现，他们不仅是去同一个学校，而且还是一个系，自然多了几分亲近。

车到了济南，转车到天津时，两人被挤到了不同的车厢。金龙对面坐了位姓李的连长。李连长很热情，他用金龙第一次听到的天津口音热情介绍。到了天津，他帮着金龙提行李，出了车站还帮他找到三轮车，一直看着他坐上车，李连长才离开。

三轮车正在发动着，王秋尘提着帆布包出来了，看到金龙像是看到了救星，"我的行李丢了。"

原来，火车到达天津西站时，和秋尘坐在一起的人，一个说去天津大学要在天津站下车，另一个则说应该在天津西站下车。秋尘也不知该怎么办，决定在天津西站下车。没下车前，他把行李请车外的人帮忙从窗口接到车下。他下了车，车上有人冲他喊："西站下车，没有公共汽车去天津大学，快上来吧。"已经乱了方寸的秋尘赶紧把行李从窗户推上车，自己再次上车。没想到车上又有说西站下车的观点，他觉得对，又下了车。车里的争论还在继续，秋尘同学头晕脑涨，又把行李从窗口推上车，等他想上的时候，发现车门关了。他从西站坐公交车到天津站，这才找到了金龙。

金龙被他说得也有点头晕，他看着满头大汗的秋尘，让他赶紧去西站，让车站从前方把行李找回来。"我也给咱学校反映一下，看能否帮上忙。"秋尘已经没有了主意，他说了声好吧，提着帆布包走了。金龙坐车来到天津大学，还没有报名，就向接待新生办公室说了秋尘的遭遇。新生办也不马虎，马上就把这个任务派给了他。工作人员说："别人也不认识，你到学校大门口等着小王，他来了你就把人带到报到处。"

他在七里台主门等了几个小时，看到秋尘，秋尘一脸的沮丧，行李没有找回来。学校采取了紧急措施，救助了他被子和衣服。这让金龙对自己的新学校充盈着好感。

在系上召开的全体大会上，金龙了解到工程力学是天津大学一九五八年应钱学森要求，设立的新专业，一九五八年只招了一个班，金龙这一届招了两个班。系领导对他们说："你们将来都是国家的'火箭'工作者，受钱学森的直接领导。"

当宣布班干部名单时，金龙被任命为一年级乙班的团支部书记。听到自己名字的那一刻，金龙感觉到了自己手心里全是沁出的汗水。他心里非常不踏实，人也是处于恍惚状态，以至于大会后原本让班干部留下开会，他都没有留下。到楼下，看到公示的榜单上有自己的名字，他这才赶紧回到教室里。接下来的班干部会议，他什么都没听进去，心里一直在想：到底怎么回事？

在与高中同学丁如奔通信时，他讲述了自己的疑惑。丁如奔是金龙之后，第二个拿到录取通知书的人，在武汉大学上课。丁的回信告诉他，毕业之前，包括他在内的绝大多数同学的评议都改了，金龙的操行已经改成了甲等。看到丁的回信，金龙心里有气，"你在学校咋就不说呢，现在才告诉我。"

乙班的同学来自全国，城里人要比农村的多。王秋尘和他在一个班并被任命为组织委员。学习委员是来自山东聊城的李四卯，李四卯家就他一个儿子，父亲原本想让他考师范，但他要考大学。父亲提出一个方案，在家给他娶媳妇，他才能考高中。于是李四卯在一九五七年就娶了媳妇。四卯说父亲给他起名时，村里的先生说他八字里占了卯年、卯月、卯日、卯时四个卯，所以就起了这个名字。金龙一算，一九三九年为乙卯年，二月为丁卯月，二十三日为乙卯日，早上六点到八点为甲卯时，他对四卯说："你叫四卯，把你的生辰八字都暴露了。"李四卯恋家，外表憨厚，班里同学给他取了个绰号"老通宝"。四卯和金龙聊天时说："大家给我起这个绰号，大概是从各方面看我都像个农民吧。农民没什么不好，你看咱们班的干部大都是农民的子弟，我也不觉得低人一等。我倒是不太愿意和部分城市和南方的同学接触和交往，讨厌他们叽叽哇哇的大嗓门，也看不惯他们穿着木板拖鞋在楼道里呱啦呱啦地跑来跑去。"

金龙其实也有相似的感觉，他挨个宿舍通知召开第一次班会时，来到上海来的卢守存宿舍，看到卢的床铺靠着一个壁橱，上面放着几个没吃完的馒头。天津大学的食堂主食是不限量的，作为农村来的孩子，金龙看不得人糟蹋粮食。他想起自己在楼下与楼后的湖边都看到很多扔掉的馒头，心中就起了反感。在班会上，他希望同学们爱惜粮食，不点名地批评了卢守存，"粮食是宝贝，让你放开肚皮，不是让你胡扔。"卢守存一听就知道这是说的是自己，此后他明显有了情绪，与金龙也不太接触。

有些事，不找金龙又不行。俄语课分班八十分以上才能进入快班，参考的是高考成绩，卢守存一心一意要去快班。他多次找到外语老师。把老师缠得没辙了，把金龙叫去，给他看卢守存的资料，"你们班的卢守存高考成绩不够，如果你基础好也行，你看他中学外语成绩也不行。这种情况，希望你们团支部做一下工作。"外语老师顺便又说，"你高考俄语考了五十九分"。金龙暗道，"俄语的高考成绩还不错啊。"他去找卢守存谈话："老师已经说了，分班还是以分数为准，你和老师闹也不是办法。"卢守存的嘴里嘟嘟囔囔的，"就这一个要求，也没弄成。"他到底还是上了慢班。

从大城市来的同学里，也有家境不好的，黄庶梵来自北京，他父母双亡，跟着哥嫂生活。上学后一次他看到收破烂的车上有一双烂皮鞋，就花了两毛钱买了下来。这鞋的鞋底和鞋帮已经分家了，他又找到修鞋摊用五毛钱修好，一天到晚都穿着这双鞋子。虽然自己家里也穷，但金龙看到他的这种情况，心中感到很同情。来天津时，他上身穿了一件中山装，下半身穿着白色运动裤，虽然不是很搭，但比起黄庶梵，条件还是好了很多。

申请助学金的时候，李四卯因为已结婚有子，赵世栋父亲去世，他们都获得了双甲等的助学金。每个月能够获得十五元的生活费和四块钱的零用补助，同时还免除了书籍和学杂费。金龙自己想着父亲能够支持，就没有申请。在申请棉被和衣服补助时，生活委员张家明建议四卯也申请，四卯想着已经获得了助学金，就没有提出。结果上体育课时，他穿着棉袄和棉裤去了。下课时，体育老师特别说："这位同学没有绒衣绒裤，怎么上体育课？到学校给他申请一套。"第二天，张家明不仅给四卯送来一套绒衣裤，还拿来一件中山式的棉袄。

学校要求大家提高认识，提高思想，与右倾机会主义划清界限，每个班都要展开讨论。大多同学都发了言。来自苏州的古盈惠在回答专业问题时总是能对答如流，可是这次开会一言不发。团小组长冯莉找她谈话。她写了一页纸的发言稿，在会上把自己的发言稿掏出来，刚念了头一句，两行眼泪就落下来了。冯莉给金龙说过，古盈惠在苏州时上的是女子中学，父亲是当地知名的医生，姐姐在北京，哥哥在捷克留学，此前她也没和男同学接触过，不适应这样的场面。看着她还在哭着读发言稿，金龙说："发言暂停吧，等你情绪安定再念。"古盈惠没有停下来，还是哭着把发言稿读完了。

这天，金龙在《天津日报》看到两个整版火车站仓库失火的详细报道，里面写到了受伤的人很多，除了救护车之外，连公车都征用拉救火的受伤人员。虽然在第三天这一期的《天津日报》都被要求收回了，但当学校动员学生献血时，他立刻就报名了。汽车把报名的同学拉到血站，给他们喝糖水和饮料，金龙献了300cc的血，回来后，学校食堂在一个角落专门开了"献血者就餐处"。连续一周时间，早上两个鸡蛋一杯牛奶，面包随便吃；中午和晚上八人一桌十个菜，有红烧鱼、红烧肉、炸带鱼、炖鸡块……王秋尘没有去献血，可是羡慕坏了。一个星期后，学校又给献血的每个人发了十个罐头，还有一兜苹果。献了血的李四卯把罐头和秋尘一起分享，他说："这简直像过年一样，来大学以前,我从没吃过炸带鱼、红烧鱼,咱学校拳头大的红烧肉我也是第一次吃。"

开学两个月后,李四卯的家里来信,让他回去看看。他一开始并没有太重视,同学郑孝慈父亲是大夫,让他把病情写来看看。他回到家把病情寄给郑晓慈,郑的回信是:"可能是子宫癌,要赶快到较大的医院去检查。"他在家忙着看病抓药,一直到快期末考试了才回到学校。回到学校,他特意去拜访了郑孝慈的父亲,郑大夫建议不要再吃药了,"花那钱,还不如买几个鸡蛋吃呢。"

知道血站的地方后,金龙动了卖血的念头。从十月起,他已经连续两个月没有收到双喜的汇款了。一开始他向要好的同学借了几次饭票,两毛钱的饭票他都借了。可是连续写信催要,仍然迟迟不见汇款的到来。他不知道在父亲那边发生了什么,但这样借钱的日子,让人窘迫而没有尊严。他心里涌动着无数的想法,有时候无奈,有时候愤怒,有时候他甚至觉得活着都没有意思。他悄悄去上次献血的医院。卖血的地方在一个偏僻的旁门,他看到已经有十几个人在那里排队,看样子都是大学生,好几个人手里还拿着外语单词本在用功。他在队伍中看到了同学李四卯和张子起,两人也看到了他。三个人不期而遇,又在这个地方,有点尴尬。原来,四卯给母亲看病,家里虽然明知吃药作用不大,还是不停借钱。回到天津后,他又看到针剂"癌敌"是治疗癌症的新药,一盒需要十几元。他正在发愁时,张子起偷偷对他说:"我知道你困难,我也不宽裕,咱们卖血吧。"三个人就这样碰面了。张子起提醒两人:"一季度只能来一次,不然对身体有影响。"

卖了一次血,换回了四十五元的钱。稍稍缓解窘境后,金龙想到在西藏的二舅,便写信说明了自己的情况。接下来的三个月,仲翔每个月都寄来十五元,金龙的心态才稳定了下来。

一年级寒假,学校号召同学们不要返乡。金龙和组织委员王秋尘一起组织同学们包饺子,又一起坐公交车,去电影院看了立体电影,他们戴上了偏光眼镜,看着似乎立体了那么一点的电影,金龙觉得这就是大都市的感觉,可这感觉又有一些不那么真实。王秋尘也来自河南,文艺上与金龙一样积极活跃,他的门牙缺了半块,说是在高中参加高跷队时,不慎跌断的,由此可见他对文艺活动的投入。秋尘对自己的文笔也很自负,他告诉金龙,自己初中就曾给《长江文艺》杂志社投稿,并被刊登。"我写的是一篇名叫《被席箔卷起来的少妇》,取材于街坊邻居中的真人真事,小说刊登后,还收到了二元五角的稿费。"

一年级下半学期,学校的粮食也紧张了,对学生开始定量。男同学平均每月发三十六斤粮票,女同学平均每月发三十二斤,每个班内可以适当调整,赵世栋劲大腰粗,班里每次劳动他都是绝对主力,一个能顶俩。

学校曾组织全班同学上军粮城劳动一星期,赵世栋干活就不惜力,不过大多数同学都在劳动后累趴下了。在带队干部建议组织一场文艺活动时,连金龙这样对表演总是充满热情的积极分子都无力组织,还因此没有被评为先进。第二周去李七庄疏通沟渠,还是赵世栋表现好,同学们把泥装进筐子里往外抬,赵世栋负责装筐。只见他手一使劲就是一锨泥,像是切豆腐一样,提升了整体速度,所以给他定量三十九斤大家都没有意见。而女同学里因为古盈惠身材瘦小,给她定了最少的二十九斤。定量对大多数同学来说都是不够的,很多同学身体出现了浮肿,女生因为浮肿厉害,学校给她们一个月补发一斤黄豆。

学校发的就餐卡上,一格代表一两粮,一个馍二两,买一个就划掉两格。黄庶梵买了消字灵,把已经被划掉的痕迹消除,用这种"作弊"的办法多打一些饭。每个月底发下个月饭卡,王秋尘检查时发现,黄庶梵的饭卡都快被擦透了,便找到他谈话,提出了批评,因为知道他的家境,也没有进一步追责。

金龙收到母亲托生产小队的会计写来的信,信中问他是否还有粮票。他找了找,还有五斤全国粮票,便都装在信封里给母亲寄回去了。不久,仲兰回信说粮票收到了,托人买了五斤大米,每天可以熬米汤给李氏。她不敢给双喜说,怕双喜发脾气。又写着,因为是双军属,在大食堂里,别人吃不饱,四姥爷能吃饱,没人敢把他饿着了。四姥爷每次吃饭都能剩下半个馒头,他揣在衣服里,等仲兰去看他时,就把这半个馒头给她。他要仲兰天天去家里看他,看着仲兰把馒头吃完。一天不去家里,他就有意见。

看到母亲写的情况,金龙稍稍有些放心。

五月,全国都在推进技术革新与技术革命,全体学生都要介入,采取学生和老师混合编组的方式展开。金龙和杨老师在同一个组,杨老师让他烧壶开水,他把水灌好,刚放在电炉子上,嚓地被电了一下。"电炉子漏电。"杨老师过来提起开水壶,放正了,没有什么异样。"你是太紧张了。"水烧开了,金龙去提时又被电了一下。看着老师走过来把水壶提起来,还是没事。金龙发现老师穿的是皮鞋,自己穿的是布鞋。他仔细看电炉丝,中间鼓了起来,确实是漏电了。

他们小组在一个周六中午忙得过了点才去食堂吃饭,没想到食堂那天改善生活,供应了油焖大虾。等金龙来到,大虾早已被抢光。金龙打了别的菜回到宿舍,宿舍里来自福建的史学观去得早,还买了两份虾,见金龙没有买到,特意拨给他三只。

晚上在宿舍门前的广场上放电影《青春之歌》。金龙和同学都搬小凳子来看,看着看着,学校广播说如果有同学感觉不舒服,就马上到医疗室。

等他回宿舍刚往床上一躺，同宿舍的史学观问他："听说吃大虾中毒了，你现在感觉是否肚子疼？""没有啊。""你仔细体会体会。"金龙揉了揉肚子，"感觉是有点不对劲。""那你赶快到十号楼，不舒服的都去那里集中。"

为了以防万一，他还是去了。到了十号教学楼，只见三楼的大教室里地上躺了一屋子学生。有的同学疼得直哼唧，有的躺下去又坐起来，受不了的同学就去医务室门前，那里汽车已经在待命，把人拉着去医院。

金龙看到别人的状况比自己严重得多，校长张国藩楼上楼下地跑，一不留神在楼梯上还摔了一跤。他把症状严重的同学往楼下背，连着背了两个同学，基本也确定自己没事了。和他一起忙前忙后的还有王秋尘，一直忍着肠胃疼痛的王秋尘帮着把同学从医务室转送出去，等到大多数同学都被送走，松了口气的王秋尘却也晕了过去，大家手忙脚乱地把王秋尘又送上了救护车。回到宿舍，金龙问史学观，"你吃了两份，没反应吗？"这个南方人拍了拍肚子，"啥事没有。"虽然食物中毒的人多，去的同学说天津从妇科医院到儿童医院，走廊里加床住的都是天大的学生，因为治疗及时，都没有大碍。此前一直忙碌救人的秋尘，倒是整整住了一星期医院。

"双革"做了两个月，另一个组的同学章佳敏成为积极分子。他的那个小组中的苏老师因为岁数较大，有抵触情绪。章佳敏作为副组长，特别到家里去拜访，和苏老师谈话，请老师积极参加。章口才好，说动了苏老师。章佳敏被评为积极分子的理由是"双革中如何做落后老师的工作，让落后老师如何参与到双革中来"。知道他因为这个理由被评后，秋尘不由得笑骂："你这个积极分子，纯属日弄苏老师得来的。"

期末考试时，李四卯成绩比上学期直线下降，成绩都只是勉强及格,科科都是三分,他形容这分数,就像是"赶着一群带尾巴的鸭子"。

大一寒假是学校建议大家不要回家,到了暑假,大多数同学都准备回家。家在广东的廖新力阳光率性,同学们都叫他"阿廖沙",因为家里有哥哥和弟弟,经济困难,他仍然不准备回家,暑假就在学校过。他说:"我等到社会主义建成了再回家。"廖新力和金龙很说得来,两人还成立学习党章小组。金龙算算自己回家需要的费用,计算出还多出三元钱,他把三元钱都留给了廖新力,有过经济上窘迫的遭遇,他希望也能帮到好友。

十九
分手

"咱们的关系到此为止"

金龙与王秋尘一起从北京转车到郑州。北京站作为新中国成立十年的十大建筑投入使用不久。两人从来没有坐过自动扶梯，虽然火车站的自动扶梯只运行了上行的扶梯，两人仍然来回坐了三次，兴奋得像是孩子一样。金龙对秋尘说："咱也开了次洋荤。"两人出了车站便直奔天安门广场。看着巍峨的人民大会堂，两人就从台阶往上走，走到东门入口的廊柱前，他们被工作人员拦住了。两人颇有点不甘心，又转到了北门，同样在门口被挡住了。西门还在施工，南门没有入口。两人转了一圈，又去人民纪念碑参观，金龙发现，身后有两个人在不疾不徐地跟着他们，他对王秋尘说："这是把咱们当特务了啊。"他们走到前门附近乘公交车，上车后发现那两人没有跟上车。

两人在北京半日，转车到了郑州，金龙约着中学同学王得令一起回家。老同学久别重逢，分外亲热。车上聊到上大学的体会，金龙说，感到城里人和农村来的，有很大的不同。

"我们班里，来自城市的多，来自农村的少。城里的同学真有咱们过去想象不到的成长环境。我的上铺谢有得父母弟妹都在印尼，因为奶奶，父亲把他留在国内，交给他的任务就是照顾好奶奶。前阵子奶奶去世了，他哭得不得了，说刚刚不到一年，没有完成父亲交给他的任务。他父亲生活费是按年寄，他一年级报到时就戴着欧米伽手表。另一位梅县来的同学除了手表之外，上课还骑着自行车。"

看着王得令咂舌，他又说："这是物质上的，班里还有个同学孙永章，他高鼻子、红鼻头，头发也泛黄，我们都说他长得像洋鬼子，他父母都是留学归来的，父亲是江西的大学数学系主任，母亲也在大学里当图书馆馆长，哥哥还在哈军工当教师。他喜欢无线电，有一堆无线电元器件，还有各种工具。在学校自己就组装收音机，听不了两天，又拿着烙铁把收音机分解了，自己绘草图，再弄个别的。'双革'运动时，他那个小组让他设计无线电，老师学生按照他的设计来做。一进学校，广播站就把他请去维修维护。这教育背景咱们确实没法比。'双革'时，孙永章曾试验用电磁波造洗衣机，大多数同学连洗衣机是什么都不知道呢。"

金龙顿了顿，说同学里什么样性格的人都有，"有个同学小吴，是社会青年考上大学的，应该说在学习上很有天赋，可是他脾气很怪，没有同学知道他在想什么。有一次公安处传来消息，说有个姓吴的同学在劝业场跟随一个女青年，往人家身上蹭，让我们团支部做工作。"

"这样的人也能上大学？"

"我不是说了吗，什么样的人都有。"金龙说，"城里的同学不见得都是好习惯，我宿舍的小卜在放假前买火车票，觉得是上铺，他也不退票，又买了一张。我心里就很不舒服，他还申领了丙等助学金，我这个没申领助学金的，都舍不得这样浪费。"

听了金龙的分析，王得令感慨，环境的差异，也会造成人的改变。"小宋向我提出分手了。""啊，为什么呢？""我也不太清楚。"

两人在鹿邑下车后，先走到谢楼，在家住下。他们回家后才听说了饿死人的消息，两人都很气愤，准备要向中央，向毛主席反映情况。正商量如何起草信的内容，双喜回来了。听到两人的讨论，先把他们训了一顿。"就你俩能干，出了这么大的问题是县里不知道，省里不知道，还是中央不知道，需要你俩写信？"

被双喜这一训，俩人都闭上了嘴。一旁的仲兰说话了，"你爹因为被批斗，把他的枪收回去了。"她这句话，让金龙意识到了父亲在自己上学这段时间，没有寄钱的原因。

原来，张完集区每次开会汇报情况，听到别的干部汇报粮食丰收与成绩时，双喜不愿跟着这么说，假的东西他说不出口。轮到他时，他总是说："我没准备。"说没准备的次数多了，他被划做右倾思想。批斗会上，区上组织了一批妇女。批了半天，双喜说话："你们简直不像话，我也不搞女人，你们弄了一堆破鞋来斗我。"

双喜的手枪也被收了，他从一九四九年就开始配枪，手枪能连发，一个弹匣十发子弹。他总是把枪擦得锃亮，连每一粒子弹都一尘不染，用红绸子包着。批斗会他不怕，可是把他枪收了，他想不通，把给儿子寄生活费的事情也给忘了。等到想起来寄钱的事，他把二十元的生活费托一个干部去张完集寄出，这位干部把钱装在兜里，也给忘了。双喜的辖区在他管理下一个饿死的人都没有，可他差点把儿子给饿死。说到这，双喜说傅恒修去了两次北京，已经摘掉了右派的帽子，平反后在鹿邑县任水利局局长。平反前他在陈小寨，在食堂吃剩下一个馒头，他见到双喜问："人都饿得顶不住了，看来我爹我娘只能照顾一

159

了。舅，你看我是饿死我爹，还是饿死我娘啊？"

双喜斥道："你胡说！"

傅恒修说："那不行，要不一个也保不住。舅啊，我打仗时都没这么纠结过。"

傅恒修工作恢复后，去了鹿邑。前阵子，他的双亲也去世了。

双喜让大好去鹿邑。傅恒修对大好说："你到我家去看看，我给你拿钱，买点礼品，家里是地主成分，我要回去操办的是阶级立场问题。"

听到父亲和傅恒修的遭遇，金龙不由得黯然。

现在双喜已经调任了谢楼管理区的主任，金龙想到父亲每个月的工资，一半都要用来供自己上学，另一半供奶奶、母亲和父亲花销，也知道家里的不易。

在家里住了三天，王得令要回郸城，金龙送他，两人走出三十多里，到了宁平区的长和集，在比他们低一级的赵百川家里吃午饭。几个人闲聊到中学同学的情况，赵百川说："汪睿清出事了，在学校怀孕了，男方是他们班的干部。"大学一年级的下半学期后，汪睿清给金龙的信就来得少了。第一学期还有书信往来的两人渐渐中断了联系。王得令知道两人的关系，赵百川却不知道，他是竹筒倒豆子只管说："一开始大家还不知道，她肚子大了去县医院打胎，事情才暴露了，她成了典型，抬不起头了。"赵百川说，后来连外地写的信，班级都截留，写不出去也收不到了。王得令见金龙的脸色发青，忙叫停这个话题。

金龙也无心吃饭。他向王得令告别后往家里走。正午的阳光直射下来，走到唐桥，他到桥底洗了洗脸继续往回走。他觉得心里难受，走到唐桥街上，感到胸口气闷。看到旁边有诊所，便走了进去。一个十六七岁的年轻后生在店里坐着，金龙说："我不舒服，想看看。"后生说："我父亲出诊了，你坐一会儿。"

后生姓李，这药店是他家的房子，前面是门面房，后面院落有个软床，金龙躺在床上，感到肚子难受。他从药房走出，到后街解了大手。往回走的时候，他已经有点走不动路了，要扶着墙挪步。好容易躺回到软床，小李看他虚弱，说要不我先给你扎扎针。金龙说行。

小李用两指捻出银针，顺着他身体左侧，在胸口、肚子、大腿根和腿上各扎上一根。金龙顿时感觉浑身轻松。他心情也好了点，再休息一会儿，胸口又似有块磨盘慢慢压了上来。

这时老李大夫回来了，他过来给金龙号脉，再用听诊器听听他的胸口，然后说："谢先生，你的脉搏很弱。"这是金龙这辈子第一次被叫"先生"。他问："那咋办啊？"老李大夫又重复了一遍，"脉很弱，要不要打剂强心针？"金龙说好。

强心针注入后，老李大夫说我再给你针灸一下。他的手法和小李一样，只是这次是顺着右边扎针的，位置也是对应的。

起针后，金龙又一次感到浑身轻松。

然后又一次反复，"磨盘"越来越重。

老李大夫又扎了一遍针。

镇上有个谢楼的女婿芽狗在唐桥干活，听说有人病重，来到床边帮着照顾金龙。老李说："现在天还没黑，广播还没开始，要不要给家里打个电话，让家里来人，等广播开始，电话就打不通了。"

金龙说："行……吧……麻……烦……打……个……电……话。"他这八个字，说了八次，一次张嘴只能勉强说出一个字。

电话拨到谢楼，需要先从唐桥转接到郸城，从郸城转机到张完集，再从张完集转到谢楼。

好容易接通了谢楼，双喜去了王庄，家里赶紧找人通知。

双喜听说儿子病情严重，左邻右舍找了十来个年轻人，用单人床，

161

绑上抬棍，飞奔向唐桥。

食堂已经没吃的了，年轻人用篮子在地里摘了十来个甜瓜，权当饭吃。

芽狗看出情况严重，他找了一起干活的陪着金龙，他去丁村区卫生院请大夫。

半夜时分，双喜到了，老李大夫的意见是马上抬人去县医院。双喜看了金龙的身体状况，"再等等，大家跑过来累坏了，先休息一会儿。"他给张完集的卫生院打电话，值班大夫摸黑到了，不一会儿芽狗带着丁村卫生院大夫也赶来了。三个大夫会诊，都说不上来是什么病。老李大夫把打针、针灸情况说了说。等看到母亲也来了，金龙心情松快点，感觉身体也强了一点。双喜觉得有好转，做了决定，"到天亮再说。"

后半夜，金龙浑身出汗，汗浸湿了软床褥子。天亮后，看着儿子病情有了好转。双喜说先不上县城了。他们把金龙放担架上，抬回家中。

金龙感到舌头疼，知道自己把舌头咬破了，换衬衣时，发现自己把胸口也抓了几道血痕。他在家里休养了两周，感到精神和体力才逐渐恢复了过来。

双喜和仲兰看到儿子康复，都松了口气。

在家又歇了几日，他前往县城，想看看中学的老师们，刚进一中大门口，就遇到了汪睿清。汪睿清上来打招呼，金龙没有理她，掉头往县医院走，同学安玉普在那儿有宿舍。汪睿清在后面跟了一段路，停了下来，金龙没有说话，脚步也没有停下。

金龙见了安玉普，就先在他宿舍住了下来。安玉普同时负责医院广播，他的宿舍就有一台收音机。中午时，等着安玉普去打饭，金龙打开收音机，拨动着旋钮，他听到有嗲声嗲气的怪声音从收音机里传出来，"中国京剧大家梅兰芳于八月八日去世……"他正听着，安玉普连奔带跑地从外面跑进屋，冲进房子关了收音机。"这是台湾的广播，播出去要犯错误的。"原来他的收音机，连着全医院的户外广播。

安玉普劝他："你不理人家也不对，事出了总要有个说法嘛，你俩交换交换意见。"金龙说："大学同学李良英在高中时候就有确立关系的未婚夫，她的未婚夫每个月还给她寄来生活费。她和我的另一个同学很谈得来，被她未婚夫知道后，还给团支部来信。可是我这个人进入大学以后，从没想过这些事，虽然此前我对和汪的关系并没有很大的情感投入，但我是个负责任的人，却没想到她对于情感如此儿戏。"安玉普除了医院宿舍，在县城东街里还租住一个民房，媳妇在那儿住。他说："我把汪睿清约一下，你们好好谈谈，地方就在我的房子。"金龙想了想说："你说得也对，虽然这段感情我糊里糊涂地确立了关系，还是需要把事情说清楚。"

在安玉普租的房子里，金龙和汪睿清再次见面，金龙问："这一年情况咋样？"汪睿清开始滔滔不绝地讲起了学校的事。看她眉飞色舞地说了半天，金龙决定单刀直入："关于你自己的事，说说到底咋回事？"他这一问，她那边戛然而止，一句话也不说了，开始掉眼泪。看着她的神情，金龙实在不想再多说："咱们的关系到此为止，走吧，我还要去安玉普那里。"

感觉已经了结与汪睿清的关系，金龙想起王得令说的与小宋分手的事。虽然王得令表现得很冷静，他也想试试去找小宋，看能否调节一下两人之间的关系。见到金龙，小宋分手的态度很是坚决，"我已经决定了，如果这个决定是错误的，自己酿的苦酒我自己喝"。小宋的父亲是县委宋副书记，她做事也果决。

金龙也知道感情没法勉强，就告辞出来。他和安玉普议论此事时，安说："我是刚刚去医院实习，就提出和文心分手了。这件事我想得很清楚，分手时我给她说，你学习成绩那么好，将来前途似锦，咱们关系不相配了。"金龙想起毕业前，他与汪睿清、王得令与小宋还一起去照相馆照了一张合影。如今只一年，自己与两位好友在感情上都已经产生了变化，各自走向了不同的方向。

金龙准备返校了，仲兰准备了路上的干粮，细细地缝好两双鞋。原本兴云准备送金龙去鹿邑，没想到大彪提前一天来到了谢楼。仲兰一向不待见自己娘家的这个弟弟，见他进屋也没招呼。大彪却径直找到金龙面前，笑着说："你马上就要返校了，我来送你去鹿邑。"金龙看着眼前的二舅，宽阔的额头上两点贼光闪烁的眼睛，脸上带着讨好的笑，他说："要走几十里路，我哥送就行了。"大彪笑容一收，坚持道："不管兴云去不去，这次我都要送你哩。"见他一副舍我其谁的架势，兴云无奈地说："你去送吧，我不和你争。"

一九五八年谢楼大队有几十个人都被洛阳的工厂招工，大彪去厂里当了焊工学徒。这两年压缩人员，他被辞退。回来时还是工厂派人送他到县城。大彪告诉金龙："我在工厂时，生活好得很，天天都吃大米白面。没想到才几年，又回到了村里。"

出发这一天，大彪又是早早就来到家里，两人睡下。仲兰看着星星，估摸着时间到了凌晨一点，便开始做饭。凌晨两点她将两人叫起来，吃罢了饭，大彪抢过行李包，扛在肩上，和金龙走入了夜色中。

二年级，金龙所在的工程力学专业与工程数学、工程物理专业一同建立了新的数学力学系。工程力学专业被列为保密专业，对外称为8342班，他们知道，未来他们会向更加专门化的方向发展，在高年级会细分成为固体力学专门化和流体力学专门化。虽然对专业未来会从事的工作还没有把握，但想到他们的专业是中国科学院力学研究所所长钱学森亲点建立并规划的方向，而"保密"的定位，也让他们对自己的所学有了一种神秘的激动感。

他们宿舍从三楼搬到了一层,宿舍里也都换了人。

《毛选》第四卷九月发行,很难买到。宿舍的刘敏生买到了一本。他拿回宿舍没有多久就找不到了。同宿舍的刘嘉琦听见刘敏生喊丢了书,到书橱去找自己的那本,也不见了。过了两天,沈根福的肥皂找不到了,金龙的香皂也丢了。来自河北的王振东已经成家,他用粮票买的水果糖自己舍不得吃,准备回家带给孩子,也找不见了。宿舍连续丢东西,气氛变得紧张,大家都感觉到很别扭,看谁都有嫌疑,彼此之间没法说话了。金龙和几位舍友商量后,去治安科报了案。

案子还没有破,女同学潘敏华找来说,古盈惠的精神情况需要关注。小古开学后收到了男同学写的纸条表达好感,她不知该如何处理。有天潘敏华不想去食堂,让小古帮她带饭。小古回来后把饭给她,还补了一句,"我在路上可没吃你的饭啊。"潘不知道该怎么接这句话了。王秋尘去和小古谈话,问:"你是不是对谁有意见啊?"小古说:"我根本不相信你。"王笑着问:"不相信我,你相信谁啊。"小古说:"我谁都不相信,除了毛主席。"这下王秋尘觉得问题严重了。他与金龙一起向系党组织反映了情况。系上的张书记找小古谈话,小古还是那句,"我根本就不相信你。"金龙他们都觉得小古的精神肯定是出问题了,他们赶紧给小古的医生姐姐打电话。她姐姐来了,对小古的舍友说,她出生在书香之家,对社会的接触面太窄,来到学校后无所适从。她说妹妹这是精神分裂症状,申请休学一年。

小古具有南方女孩的书卷气,性格内向,但在班里好感度很高。她的休学让金龙和王秋尘都感到惋惜。治安科那边传来好消息,偷窃案破了,让去领被盗的东西。

是二楼刚入校的新生作的案,金龙把丢的香皂领回来了,王振东的水果糖已经被吃。《毛选》第四卷有六七本,刘嘉琦说:"我的书上盖的有章,同学们都喊我6+7,我就盖在13页。"宿舍的气氛缓和了下来。

按照规定,学校每月都给每位学生一张点心券,经过此前的失窃后信任的折磨,舍友们都希望缓解一下气氛。周日大家一商量,把点心券用了,一张券半斤点心,摆在宿舍的写字台上。七个人只少刘敏生没在,等大家快吃完了,刘敏生才回来,见大家吃得热闹,他也去换了券,回来一个人吃。第二天,刘敏生开始拉肚子,他以为前一天吃多了,去医院开了药,没想到连续五天还是跑肚。他特意回石家庄医院去看,总是不见好转,只好休学。

二十
介绍

"你这不是胡来么"

有同学走,有同学来。二年级班级人员也进行了微调。黎修芷从另一个班调整了过来。黎还不是团员。金龙介绍她入了团,班里的司立业是系学生会主席,追求小黎。两人的关系确定后,司又和他在高中分手的女朋友复合了。小黎很受打击,她寻死觅活,还说要退学。

金龙作为班干部出面做她的工作,但效果不大。眼看着要期末考试了,金龙知道她是河南老乡,正好申凤梅来天津演出,他就陪着小黎去看申演的《诸葛亮吊孝》。连着看三天戏,原本是想让小黎放松一下,只要一说到感情,她又进入失控的情绪循环。无奈的金龙只好去找学校团委甄书记汇报,甄书记想了想说:"星期天你陪这位女同学到我家来,我和她谈谈。"周日两人来到甄书记家里,甄书记让小黎向前看,多想学业和事业,小黎频频点头。两人出来后,他感觉小黎似乎真的"向前看"了。心说其实说的都差不多的话,还是书记说话管用。

为了调节黎修芷的情感问题耗费了这么多精神，金龙对司立业很不满意，在向甄书记汇报时，他如实地说了自己掌握的小司三心二意的情况，也表达了他对这一做法不认同的态度。过了两天，司立业就找到了金龙，"听说你告了我的状？"金龙没回避，"是啊，就是我。"司立业很坦诚，"我想和你谈谈心。"他和金龙的关系一直不错，可金龙看不惯他对情感的这种态度，既然找他，他就把自己的想法和盘托出。"咱们两个家里人都参加过革命，就应该以更高的标准要求自己。你在情感上的处理如同儿戏，我不赞成。另外，你是留过一级的，从大一开始，考试每年还是有需要补考的科目。你作为学生会主席，怎么给人做出榜样？"金龙越说越激动，"同样是基础不好，你看化学工程系的张国政，人家比咱大十几岁，十四岁就参加新四军，十五岁当了连指导员，入校前就在化工厂，当时都是骑着摩托指导工作了，入校后一开始几乎门门功课都不及格，现在成绩已经追上来了，又几乎科科都是优秀。我是打心里佩服他的，上次还把他请到团支部来作报告，这才是榜样啊。"司立业点头，"我接受你的批评。"他的态度也让金龙觉得很难得，不由得赞扬："你诚恳的态度，像个共产党员。"

　　情感的引导确实不是金龙的长项，返校之后，他就不停收到汪睿清的来信。她考到了郑州的一所大专，随信寄来的还有鞋和袜子。一开始金龙打定主意不回信，看着连绵的信件，他到底还是回了一封信，信中就写了一句话："我们的关系已经断了，不要再写信。"这封信发过去，汪睿清的来信更多了。

　　二年级的第一周劳动安排在天津大学的农场，去之前学校特别提醒大家去时一定要带蚊帐，没有蚊帐的也务必要借。金龙从家里带来的有蚊帐，就带在身边。到了农场，发现这里除了开垦的田地之外，就是一些纵横的沟渠。吃了晚饭后，他们住在平房里，房间没有厕所，只能去外面解手。

　　住在一起的陈文润是国家二级短跑运动员，晚饭后他出去外面解手，出去不多会儿，就以短跑速度冲回了房子。陈文润把裤子一褪，撅起屁股让金龙他们看，他的两个屁股蛋都被蚊子叮得红肿，"一蹲下，蚊子就往上冲锋，我两只手使劲拍都不管用。"

　　王秋尘没带蚊帐，睡到后半夜，他钻到金龙的蚊帐里，"被咬得实在受不了了，咱挤一下吧。"

　　房子里都是单人床，两人挤在一起，金龙睡着后胳膊靠在蚊帐上，第二天早上，挨着蚊帐的胳膊都被蚊子叮肿了。

　　农场的伙食不好，食堂说要做面炸螺蛳转，大家等了几天也没见到。越是缺吃的就越想，人的脑子里每天想的都是吃什么。金龙发现水沟里有活鱼，他周日组织同学们捉鱼，他们带着洗脸盆舀水，抓了不少鱼。大家肚子里都缺肉，把脸盆架起来烧鱼，都说每人分一条鱼，金龙功劳大，可以吃两条。

　　种麦的时候，学校还要组织同学们支农，他们去了静海县。金龙他们班分在了刘下道，刘下道被称为"老东乡"。当地老百姓说"老东乡，老东乡，喝苦水，吃菜糠，有女不嫁东乡郎"。这里条件实在是艰苦，偶尔抓住了小刺猬，是同学们少有的欢乐。但这小欢乐完全无法填补在艰苦条件下高强度劳动所带来的煎熬感。即便是金龙这样来自农村的学生，也有支撑不住的感觉。一周后，学校组织参观团，甄书记带队，金龙被选为班里的代表。他把整个静海县走了个遍。在参观团里，就是另外的感觉了，感受着划着船儿摘莲蓬的惬意，又参观了万军套大面积种植的水稻。其他同学一直在农场里，这些干活不惜力的大学生偏偏遭遇了一场冰雹，在田里无处可躲，等跑到能藏身之地，每个人头上都顶着几个包。

回到学校，金龙碰见了李四卯，四卯没有参加劳动，他正好趁这个时间补课。这一年为了母亲的病情来回奔波，母亲去世，他却落下了失眠的症状，每学期总有两三次失眠，每次都有两三天睡不着。他告诉金龙："失眠时，头大得就像'水斗子'嗡嗡作响，别说学习，连饭都吃不下。学校两门考试不及格就要留级，压力太大了。"他的底子好，虽然困难这么大，还是能每次考试都涉险过关。

大三开学不久，他又收到了汪睿清的来信，信的内容让他不能不认真考虑。汪睿清在信中写着："我想委托你一件事，希望你能去看看我的老母亲，转告她，汪睿清到很远很远的地方去了。"

看着信的内容，金龙考虑了很久。汪睿清早已失去了他的信任，他看到信的第一感觉就是说得太假了，"这不就是威胁吗？"有过处理黎修芷情感矛盾的经验，他对女人的心理有了更多的了解。"可万一是真的呢？如果她陷入情绪中去呢？"金龙又想到，汪睿清这种想法除了自己，还给别人说过没有。反复思考后，他觉得这次不能置之不理。他写了一封长信，又用复写纸复写了两份。三份相同的长信中，他说出了自己对汪睿清来信中想自杀念头的判断，希望组织上注意，避免悲剧发生，同时也对两人之间关系的前因后果进行说明，说明自己不愿意，是因为对方的作风问题。

他将长信自己留了一份，一份寄给了汪睿清所在的大学校办，另一份交给了自己学校的系党总支。不久，汪睿清的学校回信，对于金龙依靠组织表示感谢，信中写道："汪睿清这个同学，学习成绩差，思想状态也差。"

从此以后，金龙再也没收到汪睿清的来信。

安玉普来天津时，已经是金龙上大三的时候了。他是来购买X光机。作为东道主，金龙陪着他在天津游览。来到海河广场，金龙说："我在这儿见过毛主席。"

安玉普睁大眼睛看着他,一副不敢相信的表情。"那是去年五一劳动节,天津开庆祝大会,我们系动员,说庆祝大会地点就在这里,问谁愿意参加,可以报名。我报名后,参加了系党组织、团总支开的会。"他看着安玉普专注的样子,"没过多久就说计划改了,不在海河广场开会,改在水上公园游园,报名人员不想去的可以声明不去。学校对去的人员再次审查。"

安玉普嘿嘿笑了,"这是疑兵之计。"

"过两天又开会了,告诉大家又不去水上公园,还是去海河广场。哪些人不去可以声明。等名单报上去,最后又来了一次。说不去海河广场,还是去水上公园,再次筛查,最后名单才定了下来。"

"好家伙。"安玉普感叹,"那些放弃的人估计要后悔一辈子。"

金龙眨了眨眼睛,"五一节那天集合后,学校排成十七列纵队,我们这一列,我在最右边。团总书记张金梅在最左边。出发前张书记反复强调,行进期间,绝对不能让任何人混进队伍。队伍开入海河公园,我看到主席台前,后面马路有三排少年儿童,三排劳动模范,然后就是我们学校的队伍,我在第一排。"

"第一排啊!"安玉普的羡慕掩饰不住。

"开会了,主席台上就一个司仪,我看着他从这头走到那头,又从那头走过来。到时间点了,司仪也消失了,主席台上空了,直到这时,我都不知道谁来参会呢。接着,我看到从主席台右侧上来的人里,毛主席走在最前头。一看到毛主席,会场就沸腾了,大家都高喊'毛主席万岁!毛主席万岁!'毛主席走到左前方,在主席台栏杆处向大家挥帽,招手。"

"你看清楚毛主席的样子了吗?"

"看不太清楚，不过我的感觉是，毛主席的手真大。"

"那毛主席讲话了吗？"

"没有讲话，不过大家已经很开心了，当时我的耳朵里除了口号声，就没有别的声音了。"

两人沿着海河漫步，安玉普忍不住感叹："当年咱们在中学读书的时候，想不到有一天会在大城市里像今天这样并肩走在马路上。你算是咱们县跃出的一条龙啊。"

"咱在中学时，都说考上大学就是鲤鱼跃龙门，在学习上咱没有逊色过谁，有时候真觉得自己是条龙，就等着飞龙在天了。可有时候和有的同学对比一下，现实的困境让我又觉得啊，自己就是一条虫。"

看着触动了金龙心事，安玉普转移了话题，"你现在又谈对象了没有？"

"没呢。"金龙又讲述了汪睿清的信件。安玉普笑着说，"高中时，你是风云人物，那时你换下的衣服自己不洗，都有初中的学妹抢着帮你洗。到了大学，不能少了锐气啊。"

想到高中时就因为这事被班里的同学羡慕，也开过玩笑，金龙不由得也笑了。"那时候，我都不知道是谁洗的衣服，只要是我脱下的衣服，就有低年级的学妹帮着洗。"

安玉普又说："文心这个人不错，我去找她，给你们牵线如何，当年你们还曾搭档表演过黄梅戏《对花》。我觉得你们还是很般配的。"

他这话让金龙很意外，"你这不是胡来吗？她原来是你的女朋友，不行不行。你可别去说，不说咱们还是好朋友，你要说了，咱连好朋友都没得做了。"

两人这个话题没法再继续了，就此打住。

对于金龙的感情，操心的可不只安玉普一个人。一九六一年暑假他刚回家，张区长就登门来访。张区长在张完集任区长，和双喜是同事，他曾在县中学任书记。金龙在地里忙着，双喜在家，张区长说："我要给你儿子介绍个对象。"他和双喜说了等金龙回来，就不再提介绍的事。几个人在一起吃了饭，他就告辞了。送了他回来，双喜说："张区长要给你介绍个对象，这人你认识，是谭书记的闺女谭文心。"金龙没有想到，拒绝了同学安玉普的好意，回来又要面对张区长的介绍。他不由得想起京剧《空城计》里诸葛亮的唱段，"诸葛亮在敌楼把驾等，等候你到此谈呐、谈谈心。"

第二天，张区长又上门来了，这次他见到金龙就说："你俩挺般配，这事我给谭书记说过了，书记没意见，他们两口子都没意见，我就不陪你上县城了，反正你们都认识，你直接去县城，说是我让你去的。"

反正要回母校探访，三天后，金龙到县城，就去了文心家。文心没在家里。谭书记也不在家，谭夫人开的门，听到是金龙，把他迎进家门。她说："我这丫头，从小娇惯坏了，傻呵呵的，除了笑啥也不会。"

金龙不知道咋回话，寒暄几句就说要走。

谭夫人说："别着急，文心马上就回来了，再坐一会儿。"

一会儿文心回来了，见金龙在，说"咱出去转转"。走出谭家，两人在一棵树下坐了下来。金龙还没说话，文心就主动张口了，"你来晚了，晚了十天。"

十天前，文心和她的同学相约去同班的男同学张晋文家里玩。张家距离县城几十里路，她们准备回家时，突降大雨，只有住下，同学撺掇着文心和张晋文恋爱，两人就确立了关系。

文心问金龙："咋办呢？"

还能怎么说，张晋文在中学比金龙小两届，他也考上了天津大学。在学校里两人经常聚会，好朋友捷足先登，似乎是命中注定，他的这个心是"谭"不成了。

金龙回答:"恭喜你,我和张晋文是好朋友,他是个可以托付终身的人。"

告别了谭文心,金龙向张区长叙述了两人之间的谈话,也说了自己不准备让三人之间的情感复杂化。一听说他要打退堂鼓,张区长急了:"我要批判你这个观点,他们又没有结婚,这感情还能有先后啊,你应该硬气起来。"金龙返回学校,连续收到张区长的三封信,希望改变他的想法。金龙回信说横刀夺爱和自己做人的标准不一样,"我要做一个君子。"

张晋文父母都是农民,大三暑假的时候,他想回家却没有路费,知道金龙要回去,特别委托好友去看看谭文心,把自己在天津的情况介绍一下。

金龙回家后,先到距离谢楼五十里的张晋文家里,去探望他父母。他提着礼物,在小路上边走边问,找到地方后,在晋文家里住了一晚。

从双喜那里知道,谭书记已经调任商丘,返校的时候,他从商丘回天津。他知道火车票难买,到了商丘后,先去买了晚上的火车票。下午,金龙找到谭书记的办公室。谭书记正好在办公室,听说他是来找女儿的,说文心出去办事了,让他稍等一会儿。

两人闲聊,谭书记问:"你家在哪里啊?"

"家在张完区谢楼。"

一听见谢楼两个字,谭书记精神一振,"谢楼?啊,这个村解放战争期间镇压了几个人。"

"没有吧?"

"那是你小,记不住。"

金龙想了想,他说的应该是两个人,一个是被错杀的农会会长,另一个就是他的四叔镰儿。

他知道一九六〇年因为浮夸风严重，县领导班子都被处理，其中就包括谭书记。谭文心本来应该和张晋文同年毕业的。受此影响，随父亲回了老家，复学时被耽误了一年。

想到他对四叔的评价，金龙就对谭书记没有什么好感，他说怕耽误火车，站起来告辞。

谭书记也没留，说等文心回来告诉她。

金龙还没离开院子，就碰上了回来的文心。文心说到家里去吧。金龙说怕耽误晚上火车。

她说："明天我也返校回芜湖。你到徐州转车？好，这样，你在徐州等我一下。"

"好吧。"

第二天下午，文心到徐州，金龙在出站口等着。见面后，他介绍张晋文的情况，"他现在在无线电系，还是班里的班长，假期回不来，委托我来看你。"

完成晋文的任务，两人经过一家照相馆，文心说："咱俩照张相，留个纪念吧。"

摄影师看着是两个年轻人照合影，边照边指挥，"近一点，再近一点，脑袋再歪一点。"

金龙留下了通信地址，让摄影师在照片上写上："兄妹摄于彭城。"

文心问他："你还记得咱俩第一次合作吗？"

"你看过电影《我们村里的年轻人》吗？"

"我看过。"

"我很喜欢这部电影，里面的人物关系处理得好。"

金龙知道电影讲的是多角恋爱，电影里的人物高占武因为好朋友曹茂林喜欢他所爱的孔淑贞，先是退出想成全两人，高和孔经历波折却终成眷属。

金龙心想：话怎么又转到这里了？他没有正面回答，于是说："我还看过苏联电影《三个朋友》，我赞成女主角处理的办法。"电影《三个朋友》里的主题歌《山楂树》传唱一时。电影里三个一起长大的朋友陷入三角恋情，女主角选择去莫斯科学习，回来的日子保密，说谁能接到她，她就嫁给谁。

两个人打着哑谜，交换着意见。

金龙问："你何时离开徐州。"

"我还没改签，把你送走我再去吧。"

二十一
舅舅

"去吃顿饭就把我累得够呛"

回到天津,见到了张晋文,金龙把和文心见面的情形学着说了一遍,只是隐去了关于电影的哑谜。

过了几天,徐州拍照片寄来了,看到照片上印着"兄弟摄于彭城",金龙不由苦笑了起来,心想,"看来我俩还是适合当兄弟"。他把照片给文心寄过去一张,又加印了一张送给晋文。

谭书记的话,让金龙又想起了小时候那个爱趿拉着鞋走路,过年帮自己捡炮仗的四叔,他给傅恒修写了一封信,希望问清楚,四叔到底怎么死的。傅恒修的回信明显是在开导金龙,"你要记住三舅的就义,他是为了革命而牺牲的,四舅这件事,就不要太追究了。"如果傅恒修都说不清楚的事,恐怕也将永远成为一个悬案了。金龙把探究四叔死因的念头就此收了起来。

金龙没有想到的是,到了大三结束前,他会面临着专业方向的抉择。在大三的期末考试后，刚刚建立一年的数学力学系取消了，他所学的工程力学专业同学面临三个选择，或者转到内燃机专业；不愿意转专业可以留下来继续学习；如果想转到别的专业，则要自己联系，自己想办法。天津大学成立力学专业，原本的目标就是瞄准航天事业，如今，在困难的环境下，不得不转型。

同班的好友王秋尘和李四卯都选择转去了内燃机专业。金龙从中学就喜欢物理，是否坚持继续力学之路？他也动摇了。

他不想去学内燃机专业，读书时他曾看到介绍，说高分子前途无量，就去化学工程系找办公室联系，对方愿意接收，但是三年级要重读一年，把专业基础课补上。

金龙感觉自学能力还是很强，他提出，专业基础课有两门是他没学的，能否利用假期自学，开学后对他考试。如果考试能通过，就让他读四年级，通不过就重读三年级。化学工程系负责的老师不接受这个建议。

两个班的大部分同学包括王秋尘、李四卯和黎修芷约四十人都到了内燃机班。留下读力学的十八个人中十四个男四个女。

十四个男生搬到了三十四号楼，分住两间宿舍，金龙一进宿舍，就看到墙上用血写的几句话：臭虫咬死人，痛痒遍全身，无奈小虫何，书此戒后人。

看到这话，金龙已经感觉身上开始发痒了。宿舍里臭虫实在太厉害，把他咬得每天晚上都睡不好。他和同床的上铺小卜商量，床上臭虫消灭一下。没想到小卜摇头，"这床上没有臭虫。"

又过了几天，金龙被咬得实在招架不住，他和小卜商量，小卜还说没有。他爬到上铺，把小卜褥子揭开，只见有缝的地方全是一堆堆的臭虫。"还说没有，你这里臭虫都泛滥了。"小卜又改口了，"臭虫和我是和平共处的。"要不是听他亲口这么说,金龙不敢相信,他来自上海。

整个三十号楼的同学都受到臭虫的困扰,还是学校展开集体整治,大家把床抬到楼下,提着壶打来开水浇在床上,又在太阳下晒了一天,才把臭虫彻底消灭。

可是几周后,小卜变得勤劳了起来,每天他都打扫宿舍卫生。一天金龙回到宿舍,发现自己的床单不见了。问了几个舍友都说不知道,小卜回来说他洗自己被单的时候洗了。事出反常必有妖,原来是小卜喜欢上了班里的同学潘敏华,当他表白的时候,潘不同意,"你连个共青团员都不是。"于是小卜加急申请入团,同时也开始注意卫生。潘敏华被小卜追求,却来向金龙问计。"你觉得我应该怎么办?"小卜因为感情进步,金龙是受益者,可是感情事他不敢越俎代庖,"如果你同意,最好明确表态;如果不同意,也应该明确表态;不表态最容易引起误解。"他不知道潘同学是否明确表态,但看到小卜又恢复到了原来的状态中,他大概能猜出答案。

大学四年级进入专业课,学习难度比原来要大得多。金龙减压的方式是打太极拳。这是他在学校养成的一种规律,每天他从宿舍楼下来,先练一套广播体操,然后再找个安静的地方打太极拳,这样去上课时能保持更好的状态。

这天,他打太极拳时,感觉似乎有人看他。他心无旁骛,继续打拳,被人盯着的感觉让他到底忍不住,侧头一看,原来在旁边站着的是大舅王仲山。仲山早都到了多时,他是因为身体有恙去黑龙江佳木斯治病,回家时打听了金龙的学校地址,专程来看他的。

仲山告诉他,四姥爷不在了,是在铜仁去世的。

仲山媳妇早已跟着他去了铜仁。仲翔婚后,媳妇和四姥爷之间话不投机,老是回娘家去住。仲兰知道仲翔媳妇想去西藏,但没出过门的她一个人不敢去,怕路上走丢了。仲兰就想了个点子,她去找四姥爷,"说弟媳妇想去我二弟那里,一个人不敢走,想让你送,让我探探口风。"四姥爷答应了,"那行。"仲兰又找到仲翔媳妇,"老头听说你想去西藏,说你也不知道路,他想送你呢。"仲翔媳妇自然高兴。

四姥爷与儿媳妇乘火车到了成都,他买好了去西藏的车票。自己没有去西藏,而是从成都到了铜仁,去看仲山。他听儿子说过,进藏会有高原反应,担心自己年纪大了会有风险,可没想到在铜仁没多久,就病倒不治。

仲山说:"俺爹最怕死在外面。他吃不惯铜仁的米饭,其实我这些年到现在也不习惯,天天吃米饭,每星期只能吃一顿面食,感觉像是过年。"

仲山与金龙到天津百货大楼,说给金龙买几件衣服,金龙婉拒了。又说金龙打太极拳,买双球鞋吧。金龙说:"鞋有俺娘做的,不要买了。"见金龙什么都不买,他一定要留下十五元。金龙收下了,他买了十来元吃食,让仲山在路上吃。

送走仲山,他给二舅仲翔写信说见到了大舅,问二舅母在西藏是否习惯。仲翔在中印边境墨脱驻扎,他回信说原本不想让媳妇过来,"墨脱这里有吸血的蚂蟥,哪怕包裹严实,还是会被叮咬,而且等你发现的时候都已经被吸饱了血。"

他说墨脱艰苦就不说了,语言也不通,门巴人和珞巴人的语言都不一样,做群众工作很费脑筋。

他的信来了没多久,金龙就看到了中印边境自卫反击战的消息,担心起了二舅的安全。他去信问候,仲翔在信中感慨,"年岁大了,作为副连长本来应该冲在最前面,这次能跟着部队前进,不掉队就算好的,高原反应太厉害了。"

仲翔撤退到边境时，被任命为边防检查站站长。他感慨检查站建在高山上，离伙房距离几十米，"去吃顿饭就把我累得够呛。"

两人通信紧密了起来，一封信上，仲翔写着："……现在接着写，刚才正给你写信，发生了一次雪崩，声音很大，我出去看了看，才又回来。"看着二舅的信件，金龙耳边似乎响起了隆隆的雪崩声，不由心潮起伏。

大四他最爱上的课是舒玮老师上的"流体力学"，舒玮建起了天津大学的第一个风洞。金龙做实验就在这个新的风洞里进行，这风洞简直就是一件艺术品，他听说材料用的是学校盖办公楼剩下的一级红松，烘干后再用煤油浸泡，要多次重复这个工序，让煤油完全浸入木材纤维，以保证木材不会变形。而风洞木材的加工，则是几位八级木工师傅全手工打造的。这个崭新的风洞里，他还看到西北工业大学从西安远道而来做实验的学生，这也印证了风洞的珍贵。

舒老师给他们上课所用课本是苏联的茹科夫斯基父子编写的，课本里把钱学森的博士论文的全文作为附件，他们都知道舒老师在清华力学研究班就师从钱学森撰写毕业论文。金龙和张家明说："这么说，咱们都是钱学森先生的徒孙了。"这门课设立辅导老师对习题进行答疑和批改。年轻的辅导老师是钱学森学弟郭永怀的研究生，他给金龙他们讲了自己从北大考研究生的经历，说自己的外文考试一百分而力学专业的考试成绩几乎为零分，但郭永怀力主把自己招为研究生。这种近乎传奇的讲述，让金龙心潮澎湃，他觉得在专业上坚持下来没有错。

弹性力学半学期考试的时候，金龙考场上感觉做题很吃力，有一道题他怎么也解不出。考完后，他感觉很糟糕，感觉自己可能从上学以来，第一次要不及格了。不仅他一个人，几乎全班人都有这种感觉。等老师公布成绩时，金龙得了四分。班里好几个同学要补考。

金龙自己也纳闷,这四分怎么来的,他想,如果不是老师改变判题标准,大部分人都会不及格。

潘敏华只得了两分,因为金龙喜欢学习和钻研,也乐于帮同学答疑解难,她和另一位女同学左智英在自习课的时候总是找金龙,时间长了,三人变得无话不说。

有一天潘敏华没来,下了自习课后,两人走在回宿舍的路上,左智英突然说:"你说我是啥思想状态,岁数大了,特别喜欢小孩。"

这几年,金龙感觉自己对男女之间的情感逐渐了解了一些。他想着这位同学是想找对象了啊。他说:"喜欢小孩是人之常情,要不要我在合适的时候,给你拉拉线啊?"看到左智英没说话,心想:"你这是默认,那我可就点名了。"他把班里的同学在心里筛了筛,想到了广东同学梁志远。

他找广东同学梁志远征求意见,"给你介绍个对象。"

梁志远笑着问:"介绍谁?"

"你别管谁,愿意不?"

"可以试试吧。"

金龙掉过头又和左智英通气,左智英也默认了。

看两方都有想法,金龙就把话挑开了说。他第一次当介绍人,就撮合成了一对。同宿舍的张家明知道金龙介绍成功,指着他说:"你可真是好事之徒。"

一九六三年大四暑假,左智英找金龙,她想把梁志远带到石家庄家里见父母,让他陪着一起去。"这不是让我当灯泡吗?""灯泡"想了想,答应了。

三人在石家庄参观了白求恩墓和科利华墓,看到墓前都摆放着鲜花。到了左智英的家里,左智英的父母和弟弟很热情,晚上天热,石家庄的农村的房子屋顶是平的,金龙和左小弟就睡在屋顶。

睡了两天屋顶,他要走的时候,左爸爸装了半布袋菜豆,让他背着回家。到了商丘,大雨致河沟漫溢,公共汽车没法通行,连在鹿邑和商丘往返的三轮车夫也回不去了。在商丘困了数日后,金龙身上的钱和粮票都已用尽。他走在街上正发愁,意外碰到了张区长。张区长来商丘开会,借了十五块钱和五斤粮票给金龙,解了他的燃眉之急。

被困在商丘的金龙的同学就有好几个,其中一个联系到四辆鹿邑的三轮车,谈好条件四辆车一起走,七个同学每个人七块钱。车夫说如果路上没水就坐着车走;如果路不好走,就把行李放在车上,人走路;如果遇到水深的地方,学生们扛行李,他们扛三轮车一起走。

刚离开商丘的一段路还行,他们坐在车上,车把式们蹬着车。到了十字河,水就漫上大腿根,有的地方已经深到腰窝。金龙他们扛上行李,车把式们扛着车。走了一天,几人在马铺镇找学校,桌子上睡了一夜,继续出发。很长一段路上,除了他们之外,一个人都看不到,再加上水深难行,几人心里难免忐忑。所幸几人都平安到家,车夫说:"你们也给我们解决了大问题,算是互相帮助。"金龙说:"谢天谢地,总算平安到家了。"他虽然上学后就唯物,这次从大荒似的一片茫然大水中走出,却感觉要感谢老天的保佑了。

开学返校时,金龙再到商丘。发现京广线和津浦线铁路都因水患中断了。他判断了一下,京广线先断,估计修复会快些,决定先到郑州,如果路不通,就步行进京。

到了郑州火车站,京广线还没修通,滞留了大批的学生。看着乌泱泱的学生茫然无助,金龙嘀咕着:"应该派代表和车站方面对接一下啊。"旁边的一个学生听见了,立刻喊着:"就推你当咱们学生的代表吧。"周边的学生也都应和。金龙也不怯场,他点了几个热情的同学,分别登记车站学生的学校、名字、到站时间和去向。

　　登记完成了大概，他按照去天津、北京和唐山三个去向，让学生分片，行李也按照去向分开放。

　　两天后，火车站说为了保证学生按时上学，先开一班学生专列，车改道兰州，经银川到北京，车费不变。这车学生按照到郑州车站的先后顺序上车，金龙到得晚，没有轮上。

　　这列车开走后，郑州站的学生少了很多。第二天，车站又开一次学生专列，这次试着走京广线。金龙坐在车上，过一些车站时，能看到有的铁轨弯成了蛇形，翘起来老高。每次过河，车上的人都提心吊胆。

　　他们能够看到许多桥还没完全修好，方木横着竖着顶着铁轨。这个时候，火车是一点点地往前爬着。

　　总算到了北京，他们又从北京坐安排好的专车到天津，下了车还不到凌晨五点，天还没有亮起来，但街道上到处都是值班的人。金龙看到海河的水离河岸只有不到一尺高了。回到学校，他看到宿舍楼门口放着装满沙子的麻袋。

　　金龙所坐的专列比前一辆晚一天出发，等他到学校的第二天，绕道兰州的同学才回到学校。这个暑假六周时间，他在路上花费了二十多天。进了宿舍，金龙发现没有人，一问才知道老师带着实习的同学已经去了北京。他不知道一开学就要实习，只能再动身赶往北京。潘敏华见到他时，笑着说，"灯泡"来了啊。原来，金龙离开石家庄不久，京广线河北段就被冲断，梁志远回不去天津了，他给在校的同学写信，说自己在北京，信里面都是在北京的口吻，可是信封上的石家庄邮戳让他暴露了，成了大家开玩笑的目标。

二十二
毕业

"我们这次出函关,不知道会有怎么样的收获"

这是金龙第二次来到北京实习,实习的地点在机械部的机械科学研究院,他们住在人民大学,每天一早他们结伴坐公共汽车去单位。路上闲聊,他对潘敏华说:"咱们在天大有过三次实习了,这次实习还是有些不一样。"潘敏华问:"哪些不一样呢?"

"你看这几天,每次咱们到研究所办公室的时候,大多数人都已经到了,他们都在静静地看书,而且是外语书,天天如此。你还记得咱们前两次实习吧?"

"第一次实习是大一下学期在天津北仓,第二次实习是大三在北京机床厂。"

"对,咱们在北仓实习时,我跟着铣工师傅学习,到了北京机床厂,咱们也是分到班组了。"

"在北京机床厂实习咱们分到的班组,组长是二十多岁的二级工,小伙子讲他去援助越南，教越南人修理和维护锅驼机，越南人都叫他中国专家，他那骄傲的样子，我现在还记得。"

"比较而言，我还是喜欢研究所的这种感觉，和咱们在学校的感觉也很像。"

"不知道咱们分配的时候，是否能到这样的地方来。"虽说喜欢这次实习氛围，不过金龙遭遇到一个难题，他原本对汽轮机叶片根部受力状态进行力学分析，当他做完了相关分析后，实习带队的丁老师提出新要求，让他试着用弹性力学的方法，去进行叶片根部一个更小部位的应力分析。金龙尝试着分析后，发现计算量太大，他心说"咱们这是本科毕业实习，你这可是'博士级'的要求，有点难为人啊"。他没有深入展开分析，但也没有与老师沟通。

金龙知道大一级的杨师兄在一九六三年毕业后分到了中科院力学研究所，实习的间隙特意找了一天下午到中科院找他。杨师兄热情地接待了小学弟，他指着自己办公室对面，"所长就在对面这个办公室上班。"金龙知道，他说的所长就是钱学森，不由得激动了起来，心想不知今天是否能见到。杨师兄似乎看出他的想法，"所长今天没来，他没有特别的事，每个月只抽一天来所里。"金龙掩饰不住地失望。杨师兄问了学校的情况，感慨道："我是调干生，在学校的时候最怕外语，现在我最怕中文没学好。"他现在的工作就是把力学所的情况写成文字材料，等钱学森来的时候报给他。因为每月只有一天，时间宝贵，所以对文字整理的要求就非常高，"压力很大。"杨师兄请金龙吃了晚饭，坚持送他到车站，两人一边走一边说，杨师兄在天大时是学校自行车队的队长，"虽然刚离开学校没多久，已经开始怀念了，当年我们训练时，都是在天津到北京的公路上，如今没有这样的条件，时间也不允许了。"金龙在学校时就看过他们训练，"听你说过，当时在公路上有时候跟着路上的汽车提速，有次一个队员跟得太紧，正碰上那辆车急刹车，这队员直接从车上飞了出去，落到了前面的车厢里。""是啊，幸好人没有问题。"杨师兄已经成家，妻子却在石家庄，他说有机会还是想调动回去，照顾家人。在家庭和事业之间怎么选择，这个问题对于金龙还有些早。他很羡慕师兄能有这样的工作环境，他也希望能有一个高水平的领导，而不是不顾现实情况，就提出不切实际要求的管理者。

实习结束回到学校，丁老师给他的实习成绩打了四分。潘敏华了解前因后，对他说："我觉得你其实可以和丁老师沟通一下你的想法，他应该不会强你所难的，你不去沟通，就会产生误解，可能本来是小事，最后都变成两个人之间沟通的障碍了。"

金龙有着对自我才能的自信，但这自信有时会变成倔强。就如同他和潘敏华之间的友情，要比别的同学都更多一些，却似乎总是止步于友情。这个上海姑娘的细腻，是他此前在河南未曾遇到过的。可是就如同和丁老师的沟通一样，原本可能只需要面对面讲清楚的事，他却没有走出那一步。他有时候想，如果小潘向自己表白，自己会不会接受，"应该，会吧。"可是让他去表白，他张不开这个口。

快过春节了，梁志远作为学生会的干事，准备制作天津大学为背景的贺年片，各个系登记交了钱。他收了三百多块，没地方放又怕丢，知道金龙有个从家里带来的木箱，可以上锁，便把钱交给他保存。

金龙把钱放进箱子，出了宿舍，他晚上和潘敏华等几个同学约着去佟楼看演出。几个人刚在剧场坐下，卢存守慌慌张张地进了剧场，"出事了，你赶紧回去，咱的宿舍被人撬了，保卫处知道你保存的东西里有钱后，让你赶紧回去。"金龙一听就头皮发麻，他把手里的票交给卢守存，"你在这里看吧"，自己往回跑。

佟楼距离天大好几站路，金龙边跑边算，"如果这个钱被人偷走了，破不了案怎么办？三百多元，爹一年才六百块钱工资，一个月还二十都很吃力，哪一年才能凑够还啊。"一身汗的他跑到了宿舍，几个同学、老师和保卫处处长都在等着，见到他齐声问："你的钥匙呢？"他赶紧拿出钥匙，保卫处的人戴好了白手套，捏着钥匙去开箱子。金龙的头伸得比谁都长，箱子打开，他一看钱还在，心一下子落了下来。同宿舍的张家明说："估计是谁走得急了，忘记锁门，我看门是开的，以为被撬了，一场虚惊啊。"

虚惊过后，金龙也有些想家了。正巧仲翔从西藏来信，他准备休探亲假，约着他在郑州汇合。两人约定好时间，金龙给在郑州的中学同学发去电报，请他去接站，约好了仲翔身穿军大衣，手里提一个花色竹篮子。一天后两人汇合，坐车到了鹿邑，正是大雪之后，仲翔的行李多，便雇了挑夫，说好了六元钱的价格，三人踏雪往回走。走到半路，民工脚下打滑，扁担却"咔吧"一声折了。挑夫不干了，说你这行李太重了，得赔扁担钱。仲翔没有争论，又加了四元，挑夫背起行李，一直到家。仲翔告诉金龙，他准备转业了，"我这个副连长，没有晋升的可能了。"他送给金龙一双军用皮鞋，还有一件军官上衣。对于因为视力而无缘长空的金龙来说，这两件礼物难以拒绝。此前他的鞋都是仲兰手工做的，这也是二十年来他第一次穿皮鞋，皮鞋的弹性和脚感，都比布鞋要强太多，他舍不得在家里穿，把皮鞋和上衣都收了起来。仲翔带给双喜的是一把藏刀，这让双喜爱不释手。他告诉仲翔，去年区上又给自己安排了新的任务——筹办拖拉机站。

区上给他调拨了一块空地，他动手搭起来个草庵子，自己就住在这。县上拨来两辆拖拉机，政策还是和从前一样，人要自己招，而且这次要自负盈亏。他对仲翔说，他发现张完集这一带土地分散，拖拉机在这里施展不开。而安徽亳县那里有需求，"这几年那里荒地比较多，现在经济好了一些，耕地又没有人手，拖拉机正好派用场。"他向县里申请了中专毕业生郭岩，聘为拖拉机站技术员，今年已经在亳县那边挣到钱了。

知道双喜又开始新的挑战，金龙既有些心疼，又觉得这个几乎不识字，又完全不懂机械的人，却在筹备与推进着拖拉机站的工作，真是勇者无畏。

金龙的大学生涯进入了最后的一个学期，开始准备毕业论文。给他安排的导师严宗达是天大力学专业的创始人。来天大后，金龙就听说了严老师是在一九四九年时收到了清华大学的录取通知书后，选择了留在当时的北洋大学的。

和金龙一起去见严宗达的还有另一位同学石慧民，严老师亲切随和，甚至有点不修边幅，和他们说话时，一条裤腿挽起到膝盖，另一条放了下来。他自己全然不觉。为了给两人编论文的讲义，他查阅了中俄日法德英各国的资料，金龙与石慧民陪着，每天都要到半夜。往往到了十二点以后，他也不睡，要拿出围棋盘，自己摆摆棋谱，跟着严老师，金龙慢慢掌握了围棋的规则。

他给两人定的论文题目是《蠕变问题的差分法解决》，金龙学俄文，石慧民会英文，两人便分头阅读严老师指定的英语与俄语的参考资料。阅读后两人写成稿子，再互相看。

在看过参考资料后，两人要各自做数学模型。他俩用的办法不同，最终公式是一致的。两人把模型建立好，开始大量计算，能给他们计算提供帮助的，是手摇计算机。在四开的纸上画表格，两人中，一人填写数据，一人摇动计算机。十多天过去，在连续计算了四十多页纸后，两人发现计算出来的数据和自己预计的数据偏离很大。暂停，寻找问题。两人在四十页纸密密麻麻的表格上，一行接一行地寻找问题。

当金龙发现初始条件给出的数据不准确时，他觉得时间已经不够用了。计算必须重新进行，两人开始加班加点，摇得手都酸了。最后能够按时完成论文，并通过答辩，金龙自己都觉得不可思议。

就在金龙开始准备做毕业的准备时，卢守存打人了。卢守存的女朋友严玲莉是学校的体操队长，天大的体操水准很高，严玲莉的队友曾获得过全国自由体操冠军。就在毕业前，严玲莉与卢守存见面时提出了分手。卢守存打听到是她找了新的男友，新男友是被保送的调干生，有工资，生活宽裕，这让他心态无法平衡。卢守存找到严玲莉的宿舍，说她在日记里骂了自己，一定要看她的日记。严玲莉当然不肯，卢守存当着宿舍其他几个女生的面，打了严玲莉一耳光。

打人后性质就变了，听到反映后，学校要处分卢守存，让团支部开会批判卢的行为。对于卢守存的气愤，金龙内心深处是理解的，他曾经历过背叛，知道这种感受，严玲莉移情的那个男生他也认识，喜欢用玻璃瓶子制造土炸弹，在天大的湖上偷偷炸鱼，改善伙食。想到卢守存在自己可能丢钱时，跑了几公里去找自己的呼呼喘气的脸，他也有着一份感激。他希望能帮卢守存缓颊，但在批判会上，卢守存坚决不承认错误，"谈恋爱是我的权利，打人是因为她骂我"。看着别的气愤的同学中，张家明和廖新力都拍着桌子发言，他不知怎么帮小卢。小卢的强势也让他意外，这个上海男人在感情的背叛面前毫不妥协，让人刮目相看。

小卢被学校开除了学籍，留校察看。金龙松了口气，只要不是直接开除，就有机会弥补。

天大要求毕业前进行社会主义教育运动，一个月后，一直到九月一日，才离校。放假前，金龙和他的同学们都收到了纸条，上面写着他们要去的单位，同时，也收到了接收单位发放的路费。

十八个人中,只有他一个人分到西安的一个军工单位。对于西安,他是满意的,毕竟距离河南的家近一些。

分得最远的当属廖新力了,家在广东的他被分到了齐齐哈尔,虽然别的同学都曾申请被分配去"最艰苦的地方",但"阿廖沙"向老师多次表达了自己的愿望。金龙说:"你现在距离阿廖沙的故乡,越来越近了。"廖新力践行了自己的承诺,在大学期间,他都是在学校度过,一次家都没有回。而在分配确定后,阿廖沙也直接前往齐齐哈尔报到了。左智英与梁志远因为恋爱关系,都被分在了天津。潘敏华和石慧民都被分到了大连,金龙到底也没有把好感挑明。

送走了两人,金龙在校门口,遇见了王秋尘,王秋尘分到了建工部机械施工总公司下属位于兰州的石方公司,刚刚从市百货大楼买了一个土黄色帆布包,他的另一只手上搭着一件特大号的棉上衣,这是京津城市为支援大西北高寒地区的学生特意配备的,也是刚去业场百货大楼领回来的。"我刚刚从市委组织部办理了党组织转移手续,也准备离校去兰州了。"金龙说:"没想到你去的地方,比我要去的西安还要向西。"王秋尘说:"内燃机专业我们班三十七人中,我是唯一的党员自报'无条件服从分配'而被学校派遣的。大学五年,能入党的凤毛麟角,在这关键的节骨眼上,我也要起到模范带头作用。我和李四卯也不一样,他有妻儿牵挂,肯定想着离家近一些,看到有潍坊柴油机厂的名额,就毫不犹豫地报了名。"金龙说:"四卯这五年大学过得确实艰难,他给我算过账,这五年共花了两千元左右,其中家里出的还不到二百元,剩下的全是国家的助学金。"

秋尘掏出日记本,说:"五年同学,你也给我留几句话吧。"金龙看着日记本上已经有了司立业的留言:"弓既然举起,就要射出有力的一箭;船已经开出,就要迎接巨浪与旋涡;生活的道路一旦选定,就要勇敢地、出色地走到底！"秋尘说："我知道你因为修芷的事对立业有看法，不过他对四卯的关心和帮助也是实实在在的，他知道四卯困难，给了他好几次钱，每次都有二三十元，说的都是从学校申请的救济，还一直让四卯有困难就找他。四卯离校前才知道，是司立业自己家的钱。"

秋尘的话，让金龙对司立业也有了新的认识。拿着本子，他想了想，写下了"出函关"三个字。王秋尘问："怎么就写了三个字，你是惜字如金啊？"金龙笑道："你是偃师人，我家就在鹿邑，我们无论到兰州，还是到西安，都要经过函谷关。老子就是鹿邑人，他当年出函谷关，留下五千言的《道德经》，我们这次出函关，不知道会有怎么样的收获，要靠自己的行动和时间来回答了。"秋尘展颜笑道："我的两个哥哥都是逃荒去的平凉，而我和你都是分配出的函谷关，希望我们都能在这个时代留下属于自己的足迹。"他展开右臂，停在半空，看着金龙。金龙会意，挥出了右臂，秋尘也同时挥臂。两人的手掌在空中相击，发出一声脆响。

金龙把被褥和行李寄存在郑州火车站，回了趟家，告诉父母工作的消息，便从郑州往西安而去。

二十三
表白

"一切，好像都在为我们祝福"

一九六四年九月二十四日，金龙来到了西安。

给金龙的纸条上写着第五机械工业部西安机械制造厂，厂址写着西安东郊韩森寨。看着这个模糊的地址，金龙把行李寄存在火车站，坐上了105路电车。电车一出城墙，满眼又映入了绿色的田地，他感到自己刚来到西安，又在远离这座城市，更确切地说，他去往了城市的边缘地带。来到在万寿路与长乐路的交叉口，他向路过的老汉问路，"请问，西安机械制造厂在哪里？"老汉说："这一片都是机械制造厂。你说具体厂名。"金龙想："厂名保密不能说，这个咋办？"老汉似乎看出他的犹豫，又问："厂名代码？"金龙犹豫了一下说："847。"

老汉说："这就对了，我正要进厂洗澡，你跟着我走吧。"

老汉是西安机械制造厂的子弟小学副校长，他带着金龙一起进厂。厂门口，两棵挺拔的玉兰树分种在两侧。一进厂，金龙就感受不到乘公交时心中曾涌动的那种城市的边缘感了。绕过厂门口的照壁，一条笔直的大路，和路两旁整齐的厂房带来了规律感与秩序。厂房掩映在密集的树林中，金龙还没走进厂房，就能听见从里面传出机器的轰鸣声，而路过厂房时，从里面涌出的热流，也让他的心情激动了起来。他感到相比较于火车站熙熙攘攘的市井，这里才是西安真正的脉动。

金龙来到了人事科报到，人事科的庞科长听说他还没取行李，"你先去把行李取回来，分配你住在十六街坊二十五号楼，你休息几天，先预支半个月的工资。"

拿着自己第一笔工资的二十四元，还没有工作一天的金龙，坐车去火车站，把行李取了出来。二十五号楼是西机厂的单身宿舍，他就住在一层东侧，从同宿舍的人那儿他知道，自己是新来的这拨人中，报到最晚的。在宿舍歇了两天，金龙进厂找到庞科长，问自己干什么工作。庞科长说，你路上辛苦了，先回去再休息几天。金龙说："我已经报到了，就应该有具体的工作，可以先分配我临时工作，扫马路也行啊。"庞科长说还是让他先回去。

回到宿舍，金龙感到从未有过的无聊，这是上学以来从未有过的感觉。没有目标的感觉对于一向积极的他是难以忍受的。只歇了一天，他又进了厂，现在的他只想工作。庞科长无奈地把他分到总装分厂，"国庆前那里最忙，你去帮忙吧。"金龙在总装分厂的表面处理工段，他的工作是把零部件分组，放到工箱里。机器不停地加工，人与人在巨大的噪声中忙碌着，说话时要喊着才能听见。金龙连着忙了两天，他觉得自己的精气神才又回来了。

国庆节后，和金龙同一年来的年轻人中本科有十几人，中专三十几个人，除了他被分到设计所，其他人都被分到了各个车间里。他的实习期一年，实习期每月工资四十八元。这是一个有着快三千人的大厂，设计所，也是他在大学时就想来的地方。这个神秘的大厂似乎要刻意与城市的节奏区分开，厂里规定每周二休息一天。他现在知道，公交11路与105路，都是专门为了几个在东郊的大厂开通的。厂里铺了单独的铁轨，产品都是通过这铁轨运进运出。金龙感到，整个城市的东郊都有着一种经过设计的秩序感，自己所在的厂有配套的医院、学校、澡堂、电影院，还建有灯光球场，如果不是偶尔需要进城到百货商场购物，在厂里就可以完成几乎所有生活的循环。

实习期需要先下车间，半月后，教金龙的师傅见他认真虚心，让他试着自己车个垫片。金龙自己操作车床，一番操作，他师傅拿起来一看就扔了，"这能叫垫片？"金龙一看，他车的垫片能有十毫米厚，自己挠了挠头，很不好意思。一段时间实习过去，有人提意见，说再过六个月，把原来学习的东西都忘了咋办。厂里决定在每周四，用一天时间，安排新报到的同志集中起来，到专用教室自修。

和金龙一起自修的年轻人中，一位来自四川的姑娘引起了他的注意，她的口音带着川味，两条乌黑的麻花辫，容貌出众。先开始一群人在休息时谈天说地，慢慢地，就变成了他们两人一起聊了。姑娘叫来春茵，从重庆毕业后，八月初就已经报到了，厂里还组织了新报到的人去半坡参观。两人一样大，都已经二十四岁了，春茵告诉金龙，上学的时候家里有兄弟姊妹四个人，除了大姐早早务农外，父亲一个月工资二十元，得负担三个孩子上学。父亲与大哥都告诉她，上学期间千万不要考虑个人问题，她就老老实实地按照家里的要求，一直没有谈男朋友。在厂里，她这么大岁数的姑娘，没有成家的很少见。

两人都住在十六街坊单身宿舍的一层，金龙的宿舍靠近楼门洞，春茵住的房间靠里，每天早晨上班时，春茵都会来敲金龙的门，两人一起进厂，一起吃早饭，一起吃午饭，一起吃晚饭。吃午饭的时候，两人打了饭后,就在厂食堂一张桌子面对面地边吃边聊。这么密切的接触,也是金龙有意为之,他知道厂里有不少男青年都在追求春茵,便以吃饭的方式"宣示主权",扩大影响。

两人接触的密度如此之高,刚入厂的俊男靓女在一起,难免会引发议论。研究所试制工段的党小组长张师傅找到了金龙,他语重心长地说:"小谢啊,你刚进厂不久,恋爱这事不要急着处理,你看咱们所的工程师,他就专心工作,三十多才结婚。"张师傅说话时,金龙点着头,心里却想:"你这么说我,自己怎么还不到二十就成家了呢?"

春茵那边,车间的王主任也找她说了类似的话,这明显给她带来了压力,她对金龙说:"咱们以后还是避免影响,少接触,你要说什么,就采用书写的办法吧。"她的这一态度,没有阻挡住金龙如火的感情,深夜里他在宿舍辗转反侧,干脆起来给春茵写信。

春茵:

请原谅,我是在吸着烟的情况下,给你写的这封信。自昨晚至今,我想了许多问题,脑袋有点累,且精神有些不好,只好借烟来驱走一切。过几日,我仍将按你所嘱,戒之。暂请谅解。

我们的结识是偶然的,然而我们产生爱情,却是双方用心血浇灌的结果。外界的客观条件,比如进餐时间的一致性,初来厂时学生的易交性,同伴学习等,这些偶然事件,使我们接触多了。因而互相的交往也多了,了解也多了,于是互相帮助也成了必然。这些促使我们产生了最初的纯真的情感。而外界对我们的谣传,却产生了促进作用,我们接触到了爱情。由于双方都持有一种担心——担心对方在欺骗自己,于是都极力表白是真诚地、严肃地对待这一事情。这是我们的爱情发展得极快的动力。

因此，可以说我们的爱情是纯真的，我们的爱情是用严肃的态度来对待而产生的具体结果。

我们的了解毕竟不如相处了数年的同志那样深刻，但我们却都像保护眼珠一样，来保护我们的友谊与爱情。我们都不愿对方为自己而有任何的思想顾虑，于是就沉浸在爱情的幸福中去了。我们朝夕相处，形影不离，我们谈天说地，说今追古，遥想未来。就我来说，能同你在一起，就达到了完全的满足。好像周围的世界什么也没有存在，即使存在，也好像专为我们存在似的。明月、黑夜、幸福路、电影院，将会苏复的树木和种子……一切，好像都在为我们祝福。

我们陶醉了，我们脱离了群众，我们影响了学习，也对工作产生了一定的影响。我一再说，要劳动好、学习好，然而时间毕竟不能额外多给我们几个小时。因此，说法和做法产生了距离。

作为局外人，也许他们足够理解我们，但工厂毕竟不是学校。在工厂里，有人对我们疑神疑鬼，我们不能埋怨这些人，而只有用我们的行动来表白一切。对我们，尤其对你，产生了一定的社会压力，我体会得到，我也不忍心为了自己的感情，让你在压力下生活。

我们应该谈恋爱吗？非也。我们不能谈恋爱吗？当然不是。我们是轻浮地对待爱情吗？回答是绝对的否定。我们到底有什么不对，就问题本身来说，我认为是完全对的，完全应该的，是光明正大的。为什么这样的问题连党组织都会干预。原因是我们在本厂的时间尚短，而现时又处于革命化的高潮之中。我们的接触引起了某些人的议论，是我们对待问题的方法，必须做出适当的改变。

把主要的精力放在工作和学习上，这是不可改变的。必须做出具体的安排，而不能仅停留在口头上。不唯工作时搞工作，业余时也要想工作、做工作。大的事情要做，小事情也要做。经常性的工作要做，也要做一些人们不注意的额外事情。向师傅学习，不是通盘地学某一个人，而是学每一个人的好的方面。而学习必须有明确的目的，然后做出详细的安排。这一切都要花时间，愿我们用工作和学习来充实我们的时间吧。

有时候接触要秘密一些，今后我们就采取书写的办法来说些什么。这两种说法是矛盾的。而后者更是全面地否定了前者。我不知你是如何来想这一问题的。我以为，我们不能因噎废食，而应该理智代替感情。当为者为，当弃者舍之。为了泼水连同孩子一同泼出去的做法是错误的。你不要以为我仍然不能体谅你。我们要把交往变得有理、有节、有冷静、有热心澎湃。具体地说，我们的爱情是真正的爱情，没有故意回避的必要；而为了回避"影响"，要故意地少接触、少说话、少聊天，让波涛滚滚的心潮控制在内心，而在适当的时候就全盘地倾吐。要理智地处理问题，而又不至于让理智把感情压个粉碎。干脆地说，我不同意你的这个意见"你要说什么，就采用书写的办法"。这个完全排除和你见面的意见，而现在，在你没有答应更改这个意见之前，我仍然按你的办法办了。今后在你没有同意更改之前，我仍然按你的办法办。

你的心情，现在可能很不好，希你要在我们"少接触"后，立即把全部思想集中于工作和学习，千万不要为此而影响了身体。我不能照顾你了，愿你自己保重。吃饭上，我们不能挑剔，挑剔是资产阶级的生活方式；而在可能的条件下，吃得好一点是必要的，这是对自己身体的负责，也是对革命的负责。穿衣上，千万不要追求奇装异服，因为资产阶级思想是夹在它们中间的；而不论衣服是多么破旧，要穿得整洁，这是一个人的文明表现。有什么困难，及时地用你认为适当的方法告诉我，我们合力解决，总比一个人的力量大。至于我，一切均好，请你莫为我担心。

想说的话很多，无法止笔，然时间已甚晚，又急于给你此书。就先写这么几句吧。我准备春节期间给党组织写一封信。到写好之后，先让你过目，修改后再交给组织。

晚安

此致

永远属于你的绮

绮是金龙在大学时给自己起的笔名。他的这封信也打动了犹豫的春茵，两人很快就确立了恋爱关系，这下也没有人再议论了。

春茵被分到了刀具车间，实习期的工资每月三十六元，她每个月都会拿出十五元寄回家里。春茵告诉他，进厂以后，她都不好意思把被褥拿出去晾晒，因为太旧，棉絮都露出来了。金龙拿到工资的头三个月，每个月也是拿出工资的一半，把二十四元寄回家。但从家里来信，仲兰说双喜知道后发了火，问她向孩子要钱干吗。仲兰解释说："我没要，孩子寄了我就收着。"双喜让她给金龙说，家里钱够用，别寄了。

金龙对春茵说:"以后就寄我的工资吧。"他是自然而然地说出来的,却就此夯实了春茵的信任。这天,春茵找到金龙,"我给你说个事。此前没给你说过。我父亲曾经做过保长,大概有一年的时间,你要对这个有意见,咱们就算了。"显然这是春茵犹豫再三,却不愿在未来有所隐瞒,才向他坦陈的。金龙问是什么时候当的保长,得知是在抗战初期,他觉得这是个事,但不是大事。他给春茵分析:"抗战时正是国共合作的时候,你不要有思想包袱,没有什么可担心的。"他在心里问自己:如果不是抗战期间,我是否还能义无反顾地接受这段感情呢?这个问题很难回答,但他知道,自己从高中到大学的情感中,从未对人如对春茵这样炽热。

二十四
实验

"现在就发射,出了事,我负责"

　　实习刚过半年,厂里通知金龙,他被抽调参加西安郊区的农村社会主义教育,先到石油学院集结,学习了一周后,他被分到了十里铺工作队的草滩工作组,工作组二十多人,分别负责五个生产队。副组长老刘与金龙,外加从长安县抽调的青年积极分子小茹负责其中一个生产队。三个人吃住都在村里的中农和贫农家里,先要访贫问苦了解情况。金龙身上穿着二舅送他的没有肩章的军官服,脚下蹬着军靴,他想给人以自己是退役军官的错觉,增加自己的权威性。当村民问他成家没,他都说已经成家了,他怕说自己单身会惹来麻烦。金龙认人容易脸盲,他用了五天时间把村里人的名字都背过了。五天后,他见人就能叫出名字,村里人逐渐也熟悉了他,反映问题,甚至是关于妇科病的谈论都不再避讳他了。

　　刚下村不到二十天,长乐坡工作组的积极分子小李就因为和女青年谈恋爱，被当作典型在工作队的大会上批评，并宣布开除。收到通报后不到十天，又有通告。工作队另一个小组的组长是位高校教师，他说"没有虱子，不要硬找虱子"。他的话被人反映后，在大会上被批评，"这不是工作方法的问题，而是立场问题，不是没有虱子硬找虱子，而是有虱子你找不找的问题。"工作了一个月，金龙他们小组被认为没有打开局面，老刘的副组长被撤职，人也被调走了。就剩下金龙和小茹，小茹是女孩子，金龙感到压力都在自己身上了。他想：我这个小组打不开局面，到底是工作方法的问题，还是立场问题呢？十几天他都吃不下饭，也睡不好觉，体重从一百零八斤降到了九十八斤。

在村里检举箱里，他收到一封检举信。把信打开，里面的话是用陕西方言写的，字他都认识，就是不知道信里面说的啥，连信都念不下去。在陕西的村子里，金龙一口河南普通话也有些另类，他能叫出每个村民的名字，但在点名时却因为口音被村民们笑话。十几天后，工作队派来新组长老杜顶替老刘的角色，金龙顿时感觉自己轻松了，他把检举信交给老杜。

老杜看后如获至宝，他在社员大会上把信读了一遍。金龙听着，老杜的发声好听又顺口，还都押着韵脚。信是检举现任生产队长一九四九年前欺压百姓，质疑错划了他的成分。老杜对划分成分很在行，他说："地主在看，看他家的地有多少就知道了。富农在算，要算算剥削量。"他一算，现任队长雇用了长工，麦收季节还要雇短工，属于漏划的富农。

经过调查，写信的是前任生产队长，这位"前任"本就是工作组重点调查的对象，金龙估计，他写信是为了转移矛盾。经过调查他有贪污嫌疑，逐条落实后，材料报上去，被定为贪污分子。队里的贫协主席老孟召开了退赔会，由老孟主持。说起退赔，"前任"说自己没钱，老孟火了，拿了把长板凳，让"前任"跪上去。面对紧急情况，金龙已经有了经验，他站起来，跑到会场中心喊道："大家注意，我来说两句。"见他来了，老孟往旁边一蹲，听他说话。金龙指着"前任"道："你态度不端正，不能好好面对退赔问题，群众对你有意见，你下去。"让他从板凳上下去，坐在旁边。金龙又讲了几句话，就宣布散会。

第二天吃过早饭，金龙把老孟和几个积极分子叫来，先是肯定了老孟工作的积极性，然后缓声说道："你们不能用罚跪的方法，这是要违反纪律的。"老孟连连点头，说自己昨天有点激动，没控制住情绪。

第三天，工作队果然派人来，说有人反映罚跪事件。金龙早有准备，他把现场情况和后续处理汇报，并写成书面报告交了上去。很快就收到了工作队反馈，对他的处理方式进行了肯定。

收麦时，工作组在十里铺租了旅馆开会集中找问题，老杜和小茹连着生产队的干部都去开会，留下金龙一个人留守。金龙想抢种抢收是大事，他把生产队里的社员召集起来也开了个会，提出要求和分工，安排有经验的村民在麦场工作，交代小麦要及时碾打，特别要求每天要碾两场。他说："收麦期间，凡是能下地劳动的，哪怕年纪大一点，也要投入劳动中，要及时尽早把小麦收到手。"涉及收粮这个庄稼人最看重的时刻，他在台上发言时眼光向下扫去，下面没有人再发笑了。每天上下午碾两场，年纪大的村民有些意见，觉得太累。金龙坚持农时不能耽误，他每天只睡两三个小时，和社员们同吃同劳动。连续劳动，金龙感冒了，还有些发烧，村里没大夫，他就硬撑着。中午他到一户人家吃饭时，只吃了一点。老乡问："你咋了吃这点？"他说："我本来饭量也不大，今天还感觉身体有点发烧。"等晚饭时，老乡下了面条，金龙端过碗去，吃着吃着，从碗里拨出一枚鸡蛋来。他刚"哎"了一声，老乡赶紧看了他一眼，阻止他继续说。他知道这"埋伏"是老乡对自己的关心，就把剩下的话咽了下去，回报老乡一个感激的微笑。

在金龙的鼓动下,村里一些岁数较大的婆姨也都到麦地去收麦了。顺利完成收麦,让他很有成就感。麦收后,工作队抓的第三个典型,就是工作队另一个小组的负责人老麻因为小麦没有及时碾打,遇到连阴雨,烂在了碾场而受到了批评。

周末回厂的时候给春茵说起来——她特意在周二休息时去生产队看金龙。看到春茵,社员们问:"这是你媳妇吧?"他笑着使劲点头。从四月到村里一直工作到九月下旬,下一期社教去渭南,金龙不再参加,而是作为留守队员,担任重新组建的工作组组长。他需要再待一个月,巩固和处理遗留问题。

在其他队员未撤离之前,给留守队员放几天假,金龙准备回厂去看看,老杜说:"你骑我的自行车,方便一点。"

他骑车过一个十字路口时,看着一辆汽车都没有,交警都没有站在指挥台上指挥,也就放松了警惕,低头蹬车。等他听到警察喊一声"停",同时听见了急促的轮胎与地面摩擦的刹车声,再抬头时,一辆左拐的卡车已经在他的眼前了。金龙没时间多想,他把车猛地一拐,自行车与车头平行,抬起右脚冲着开过来的卡车车头猛地一蹬,摔下地后接着连打了几个滚。汽车刹车也及时,停在距他两尺远的地方。等金龙想站起身来时,赶来的警察和司机都喊着:"慢点,慢点!"警察不停地问他哪里不舒服,担心他受了伤。金龙上上下下了摸了摸,感觉没啥问题,回应着"我没事"。

自行车已经被卷在卡车下,金龙想去把车拉出来。警察拦住说别动,他先拍了事故现场,让司机把车靠边。判定事故时,金龙如实说没有看到卡车车窗里的拐弯指示,承担了全部责任。他把撞弯的自行车推到修车铺,花了十块钱把车矫正。等晚上春茵下班回来,听说了事故,说单位有同事看到了,吓得中午连饭都没有吃下去。"弄了半天是你啊。"

回到工作组，另一个留守队员老麻找到金龙，请他去开会时帮忙报账，并把凭证和单据给了他。老麻和金龙差不多年龄，办事大大咧咧，因为麦收不力被处理。金龙也没细瞅单据，卷起来就放进了兜里。等到十里铺开会，他给队长说帮老麻报账，队长立马发了火，"不是通知了吗，要把差旅费结清，留守组只负责新发生的事情。"金龙说，毕竟有个尾巴。"那你现在去会计组，组里现在没有人，你把单据先放在那里，下次开会时带回去。"

等下次去开会时，队长找金龙说。"老麻的账有问题，你看看。"

金龙仔细一看，票据确实有问题。老麻办事的公共汽车票大概有五元钱，填的表格里写明了起始地址。他一看车票，大都是两张连号的票，没有一张是单独的。可是每次出去办事都是老麻一个人。

队长给金龙布置任务，"从现在开始，你们小组的主要任务是把老麻的事情查清楚。"

金龙此前就听说，老麻和工作组里一位女演员关系好，两人经常出去闲逛。

金龙回去又找老麻。"队里说你这个东西报不了，说有问题，你说清楚给人一个交代。"

老麻回复："没问题，当时说要结清，但有事耽误了。"

这事把金龙夹在中间，他劝道："老麻，把事情说清就行了，不就五块钱吗？"

老麻还是咬死没问题。金龙劝不动他，自己也上了火，"别说队长说你报销有问题，连我这个笨蛋都看出确实有问题，你说清楚好办些，你不说清楚我交不了差，事情也会更麻烦。"

老麻一张脸定得平整，还是坚持说没问题。

金龙见不管怎么说，老麻都是死硬，灵机一动，想着只有诈一下他了，他说："老麻，我提醒你一下，你上公共汽车时候要买票。售票员手里拿铅笔，会画印。公车的票务从几号卖到几号，每天都有记录。你从几月几号从哪上车，从哪下车，我都可以查出来。"

其实他此前去汽车公司了解过，工作人员说不好查。但这几句话一出，老麻被镇住了，他说这些票大都不是办公务，"不过有一趟是真的去办事的，就是从长乐坡到万寿中路下车那五分钱的车票"。

金龙向队长汇报，队长把老麻的情况上报。老麻被开除了共青团团籍，并建议原来的派出单位给予处分。大家撤离之前，工作组组织所有组员看马戏，参观鼓楼，老麻还没走，也参与了活动。金龙看着老麻就如同什么事都没发生一样，还是说说笑笑的，心想你的心真够大的。

十一月，金龙一回到厂里，便立即转正。他被分到研究所楼上的实验室，开始了他心中正式的工作。他技术干部的身份确定，工资发到五十八元八毛一，高过了双喜五十一元五毛的工资。

在实验室的第一个任务，就是调校厂里买的光测弹性力学测试仪，这台机器虽然是国产的，也花了八万元。金龙在天大用这种仪器做过实验，接手后发现仪器本身校对就不准，他将光轴调整好，但偏振镜出了问题，国内只有北京光学仪器厂能制造，他便专门去了一趟北京配镜。配镜工作顺利完成，金龙到中科院想找杨师兄，却得知他已经调回石家庄。想到同学李良英分配留京，他找到了李的单位，见到金龙来，李良英很高兴。她告诉金龙："我已经结婚了，要感谢你啊，还是我的高中同学。"金龙嘿嘿笑着，当时接到李的未婚夫来信，他也是劝和不劝分，他说："其实还是你自己的选择，是决定性的。"

金龙第一次参加试验，是跟着研究所的李所长来到渭河滩上，研究

107火箭炮的散布点。做试验要申请空域，各项准备工作把时间拖延，等到开始试验时，申请的空域时间只有几分钟了。有同事提醒李所长，"时间快到了，要不要等到再次申请空域后，再进行试验？"李所长看了看表，把头上戴的帽子一把抹下，往地上一摔。"现在就发射，出了事，我负责。"

随着他的一声令下，107火箭炮十二发连射。金龙他们要负责找到弹着点，十一枚的落点都先后找到了，却有一枚火箭弹落到了渭河里。李所长挥手让大家都下渭河去找，"今天都下水，让大家的'老二'见见面。"李所长是延安时代的老车工，说话做事很有草莽英雄的气势，他把裤子一脱就下了水。有他身先士卒，金龙感到自己的血液在沸腾，他与同事们也都脱衣下了水，去寻找那枚失落的火箭弹。

107火箭炮定型后，还要进行改进，以使其更轻便，更容易进行炮位设定和转移。金龙参与了改进，他在靶场负责前方和后方的联系。一开始联系是拉电话线后进行，金龙在弹着点的位置，距离后方有十几公里远。试验马上就要开始时，电话突然没有了声音，和后方联系中断。出现这么紧急的情况，金龙和工作人员只能人工寻找故障点。维修人员在前面跑，金龙背着电话机在后面跟着，维修人员拔出电话线接头，金龙尝试联系，是否能接通电话，来判断问题出在哪一段线路。就这么一段接着一段地跑，找了十几个点后，才和后方联系上，保证了试验的正常进行。等再回到前方时，金龙已经是浑身被汗水浸透，腿都有点抬不起来了。此后再做试验时，他都提议不再用电话线了。研究所有两台军用步话机，非常笨重的厚大铁箱，此前大家都嫌麻烦不愿意背，断线事故后，就算背着再累，金龙每次也要带上步话机。

二十五
成家

"咱至少买个桌子吧"

因为实习第一年没有探亲假,金龙已经快两年没回家了,他和春茵商量,年底请探亲假,先去四川,再去河南,见双方的家长。他花了八元钱给未来的岳父买了一瓶茅台,从成都转车到自贡。

到成都转车时,在火车站广场看到一位妇女抱着个小孩,说自己是山东人,在车上被偷,没钱回家。金龙和春茵商量,拿出了五元钱给了妇女。两人也很有成就感,觉得做了件善事。

在自贡住了一晚后,两人前往富顺。春茵父亲来崇林在当地供销社,每天的工作是挑着挑子走街串巷卖货收货。他工作的地方石头沟没有车站,见到女儿和准女婿来看他,很是高兴。崇林一脸络腮胡子,性格却格外温和,晚上他把金龙带来的茅台打开,笑着招呼未来的女婿:"来,咱爷俩喝个酒。"

两人边喝边聊,崇林告诉金龙,他们这一家族原本是客家人,是当年张献忠屠蜀后，从福建迁入四川，在富顺的祖宅就在沱江边。家里弟兄六人，崇林排行老五。父亲去世后，老大主持家中的经营，开了酒坊和油坊，挣钱后置下田产。在分家时，他只分祖产，说当家阶段置办的田产是自己的功劳。兄弟们当然不服，一家人吵成一团。还在世的母亲也认为他太霸道，要打他，他也不跑，蹲在那里，边挨母亲打边说："老人家你打吧，要不你摔着了，我就说不清了。"可是分家的主意，还是他做主。家族里人口众多，做饭时妯娌轮流值班，弟兄几人都比较照顾媳妇，该自己媳妇值班时，都早早爬起来把饭做好了，再把媳妇喊起来，到厨房里轮值。

老四、老五与老六兄弟关系亲近，老六一九四九年前上的黄埔军校，学的是无线电通信，在国民党军队中当到了连长。解放战争后期他觉得国民党必败，便偷偷跑回了家里。回来后他开了个当铺，却因为不善经营，没多久就倒闭了，还把本钱都赔光，只能去干捞沙的体力活。

老四媳妇兄弟家中殷实，在自贡开了商铺，老四自己也出了六担油作为股金，老六一点钱都没有了，老四想拉崇林一把，让兄弟参加，崇林也没有什么钱，但他当过袍哥，也不愿做得罪人的保长，便出了一担油入股。实际上就是店里的伙计，他晚上看店，白天店里做饭也都由他来。春茵说，父亲是个老好人，从没打过孩子，家里的事情恨不得自己全包，口头禅是"我来嘛"。春茵的母亲姓江，江氏不到一岁就死了娘，弟弟在江边做纤夫。江氏爱干净，衣服料子虽然平常，却总是洗得亮晶晶的。一九四九年后商铺公私合营，崇林就转做了供销社的店员。

见父亲满意，春茵也放心了。崇林很高兴，一家人团聚后，又提出去自贡看灯会。金龙算着时间，看了灯会，回河南已经来不及了。第一次上门他不好扫了崇林的兴，便作罢了回河南的打算。在自贡，老四特意请金龙吃饭，崇林一家都出席了。

　　春茵的大哥春和在自贡盐场做煮盐工人，他原本上了雅安农学院，只上了一年，就被四叔训了一顿，"你们姊妹四个，三个都在上学，就你爹一个人，要把他累死吗？"春和知道家中困难，他感觉自己在自贡有不错的人脉，也觉得自己作为长子有责任替家纾困，便辍学回到自贡，但现实远比理想残酷，他先是在码头扛包抬石，多年后才进入盐场当工人。他对春茵影响最大，母亲一直希望春茵早点嫁人，减轻家里的负担，是春和鼓励着妹妹一步步从富顺考学到重庆。

　　春茵的大姐春金刚解放就已经嫁人。么弟春益初中毕业后没有考上高中，在工厂上班，性格张扬外露。

　　自贡灯展全国闻名，这也是金龙第一次看，看灯展时，江氏最为开心，最难得一家人都围绕在自己身边，她看看儿子，再看看女儿，嘴巴都合不拢。

　　通过了"面试"，金龙和春茵返回西安时，同样需要在成都再转车，两人在火车站广场又见到那个抱着小孩的妇女。两人面面相觑，不由得笑了。春茵说："上次上当了，这次再也不上当了。"

　　从四川一回来，金龙就被抽调入临时试验组。厂里生产的高射机枪有些问题，不解决就没法出厂。临时试验组由总装分厂车间主任和厂副总作为指挥，各有关单位几十个人组成。金龙他们来到华阴县的罗敷农场进行试验。住在一个距离农场不远的小镇旅社里。小旅社里跳蚤和虱子横行，但试验组也没有别的选择。为了不在白天继续被咬，晚上睡觉时，金龙他们都把衣服脱光，用绳子吊起来。因为任务很紧，他们基本每天都从白天试验到半夜，回到旅社小睡一阵子，又要开始新一天的试验了。

现场没有照明设备,于是试验组把车灯打开,照着靶位。有一天,试验进行到半夜时,突然几个人同时反映,他们看到右前方有信号弹升起。金龙听到旁边的同事嘀咕"会不会是有特务啊",周围的人都紧张了起来,指挥部立刻下令关闭车灯,要求所有人保持安静。厂公安处派出民兵呈伞状向前搜索。农场里面的荒草比人都要高出一头,民兵搜出去二百米,回来报告没有发现情况。金龙他们在黑暗中又等待了一个多小时,每个人都竖起耳朵仔细听着,没有新的动静,试验任务重,接下来几天,他们还在持续试验。金龙后来听说,有关方面后来派出直升机巡逻,才破案抓住了人,他很遗憾,当时没有在现场,错过了大场面。

快两年没见母亲,金龙没想到,一九六六年的三月底,传达室通知他说母亲在大门口。仲兰正坐在门外地上等着,看到快两年没见的儿子向自己走来,不由得百感交集,放声大哭。正是下班时分,金龙想扶起母亲,仲兰却因为激动,一时竟收不住哭声。从他们身边经过的下班人群,纷纷投来讶异的目光。

仲兰来西安是因为腰疼,因为疼痛她走路总是往一边侧着。双喜和兴云带着她到鹿邑看病,诊断出是骨结核,需要打针。三人又去商丘医院看了病,结论仍然没变。双喜与兴云商量,让他陪仲兰来西安治疗。

仲兰在厂门口这一哭,却带来了意想不到的误解。研究所的唐所长找到金龙谈话,批评他忘本,请了探亲假,却回了对象家,让老人家找到西安来,还哭得这么伤心。因为这是所长的正式谈话,想到自己刚到新的单位,人品就被质疑,金龙觉得冤枉,母亲见到儿子哭不是很正常的情绪反应吗?他不知该怎么释疑,只有百口莫辩的委屈。

兴云在火车站雇了三轮车,拉着仲兰来厂。金龙安排母亲和他住进

211

厂家属招待所。他带着仲兰去职工医院看病，准备去联系住院。一提到住院，仲兰坚决不同意，"你要让我住院，我马上就走。"看母亲这么固执，金龙决定偷偷先联系。午饭时，他用搪瓷碗在食堂打了米饭和菜来到招待所，仲兰看到只有米饭，就问他："给你哥咋没打饭呢？"在她看来，没有面食，就不算是饭。这是兴云第一次来西安，弟弟带着仲兰又去四医大看病时，他就在周边转了转，他给金龙说："我长了这么大，可真看到山了。"金龙以为他看到了秦岭，问他："你在哪儿看到的？"兴云说不仅看了，还爬了呢。金龙一问位置，给他说那不是山，是冢，叫韩森坟，"埋的是个叫韩森的人。"

过几天，仲兰的检查结果出来，和在河南时的结论一样。金龙已经联系好了医院，给母亲又说起住院的事，没想到仲兰听说诊断相同，立刻就要回河南。她从来没有住过院，心里也忌讳住院，兴云和金龙怎么都劝不住，只好让兴云陪着母亲返回河南。这几天，春茵每天下班后，都来招待所帮着照顾仲兰。临走前，仲兰对儿子说，她对未来的儿媳妇很满意。看到儿子有了对象，她就觉得这次没有白来。

送走了仲兰，金龙和春茵商量在国庆办婚事。一九六六年九月二十日，两人在厂里开了证明，去街道办领了证。婚假有三天，他们干脆在国庆前举行了仪式，邀请两边单位的同事三十多人参加。十五街坊家属招待所有七平方米的房子，两人就先住了进去。

按照厂里的规定，分房要工人满八年的工龄，本科毕业也要工作四年以上。新婚的小两口在过渡房里住了半个月，就要自己找地方住了。正好金龙的校友老叶此前结婚遇到同样的问题，就在韩森寨的农村里租住民房。他建议金龙也在那里找房子暂时安身。

他们租住了韩四村的一间小房，房东姓王，家里是独立小院，院内八间房租出去了六间，六平方米的房子一个月六元钱，不提供家具。

其他五间小屋内也都住着附近厂的青年，距离茅房最近的那间房子租金是五元。老叶把自己用的水桶、扁担和小炉子都送给金龙。金龙和春茵有了自己的小天地，虽然小房子的窗户透风，水也需要去生产队的饲养室挑，但新婚的甜蜜让他充满了应对麻烦的勇气。他把单身宿舍的单人床搬来，提着暖水瓶，却没有地方放。春茵说，"咱至少买个桌子吧。"两人进城，在寄卖店里花了八元钱选了一个两抽屉的老桌子，置办了第一件家具。

一九六七年年初，春茵怀孕反应比较剧烈，可边所长听说包头52研究所通过光测弹性力学仪做试验的效果不错，派他出差去现场看看。虽然舍不得妻子，但他还是前往包头。

52研究所的办公室和试验室都是双层窗户，但沙子只要有一点缝就能钻进来。金龙暗想，这样的环境也的确不适合做光学试验。他看到研究所的设备是国外进口的，相较国内的仪器，精度更高一些。

研究所安排他住在招待所的套间，外间已经住了四个人，里面住了两人，还有一个空床。金龙看床上的枕巾，两面都像是擦鞋布，真是不知道该枕着哪一面，床单更是脏得让人不忍看。内屋的两人是从北京的相关研究院揪斗到包头的，一位是书记，一位是兵工部政治部的副主任。书记躺在床上，两分钟就能睡着，他的鼾声随即响彻房间。偏偏副主任有神经衰弱，每天还都在吃药。他听着鼾声辗转反侧，唉声叹气，让金龙也没法入眠。挨了几天，副主任受不了了，每次批斗时，就睡在批斗的会场，也不愿意回来受鼾声折磨了。书记每次被批斗回来，都是有说有笑，看到外屋有人下棋，还去观战，时不时帮着支招，金龙在里屋，听着他"飞相""跳马"的支招声音传进来，不由得也佩服书记的心态。只是到了批斗会前的一小时，书记才会露出他紧张的情绪，在里屋不停地踱步，从房间这头走到那头，再从那头走到这头。

金龙本想去同在包头的447厂联系一下工作，走到厂门口，他就看到屋顶上蹲的都是人，看架势随时准备要打起来，他去了两次都没有能够进厂。

金龙回到西安，看房子上了门锁，开门进去，桌子上写着纸条"我搬到三十六街坊十二号楼"。到了单位，春茵告诉他，同事李大姐见她身体不好，又有身孕，没人照顾，在村里生活，吃水都是问题。正好厂里的一对夫妇调动到江西，房子还没交，就让她先住了过去。

二十六
逼祸

"不论遇到什么样的挫折，都要顽强地活下去"

厂里的房子大都是苏式房屋，四户人家共用一个厕所和厨房，但对于从农村搬回来的小两口而言，不用为担水而愁，小屋如同天堂一样，距离厂区也近了一半的距离。两人在休息时进城，准备用仲翔寄来的布票买布做新衣服。从五路口下车时，看着一群人在解放路上推着一个绑着的年轻人，他们一边走一边打着，说这是个小偷。金龙看着，对春茵说："这可能是小偷，也可能是派系斗争，以小偷的名义打人，如果真是小偷就应该送派出所。"春茵点头，"小偷也挺可怜的。"

两人在城里转了转，扯了布，他本来想给春茵买双鞋，看了几双，春茵都嫌贵。回去时，在汽车站对面有个瓜摊，春茵说她口渴，两人去买了西瓜。金龙随手把钱包放在裤兜里。回到汽车站，上车时人都挤成一团，金龙怕春茵被人挤着，张开手护着她。等两人上了车，掏钱买票时，却发现钱包没了，钱包里面有钱、粮票和布票。他只能给司机说:"售票员同志,钱包被人偷了。"还好售票员通情达理,问清两人在哪里下车,没有收两人票。一路上,想到还不如把钱拿去给媳妇买鞋,金龙就气哼哼的,鼻子里不时往外喷着粗气。春茵逗他,"你气啥呢,不是可怜小偷吗?"金龙说:"我现在要是抓到小偷,肯定狠狠揍他。"春茵接着话说:"你不能揍,你可怜他。"这个哏她说了一路,把金龙说得心中起烦,却无可奈何。

厂里的形势也越发紧张了,金龙仍然要每天试验,有时候晚上还要加班。这个时候,大学同学王秋尘竟然找到家里,对于金龙,是意外大于惊喜的。

秋尘到了兰州的石方公司,承接的都是国家的石方工程,工程遍布全国各地。他是一九六四年九月二十三日去报到的,十月便已经到太行山里去实习了。在工地上,他睡的是仓库,六十几人睡上下两层大通铺。那里工作三班倒,房间里的几个大灯泡昼夜不灭。听着工友们山响的呼噜声,对秋尘的睡眠是个考验。他很快适应了环境,一个月后北京总公司发来文件,要求当年分配的大学生集中到南京劳动实习。在南京,他被分到机修分队,分队负责推土机、挖土机和汽车的保养和修理。

施工队的汽车可以说是世界品牌大杂烩,既有中国自产的解放汽车,又有美国道奇、吉姆西汽车,苏联嘎斯、玛斯汽车还有东德的依发,匈牙利的太脱拉,捷克的斯哥达等各国的车辆。拆装、清洗、更换零件是秋尘他们小组的主要工作。秋尘每天最先进入工作现场,做好作业前的工作准备;下班前,与其他学员一起清点擦拭工具并放入工具箱。回宿舍后,他便拎起铁桶到锅炉房去打热水,提回宿舍,和大家一起洗脸擦身。在紧张的工作之余,秋尘在宿舍编写了《内燃机讲义》,讲述汽油机、柴油机的构造,并配以插图。由分队的李树才刻印后装订成册，分发给机械中队的学员，他自己上课给予讲解。

三月时，他已被队上安排担任机械中队的共青团支部书记。四月，施工队工会要组织五一节文娱演出，向各单位征询节目。分队的王队长对秋尘说："你既然会编书，可能也会编文娱节目。我们自编自演一个文娱节目，效果会更好。"

秋尘一口答应，他以石方队学员的真实故事为背景，用几个晚上的时间，写了独幕话剧《妈妈从上海来》。

经过彩排，话剧于四月二十九日在食堂中上演，秋尘没有想到，就是这不到二十分钟的演出，给自己惹下了大祸。

五月底，南京工程结束，秋尘随着施工队前往四川进行三线建设。等到九月实习期满，秋尘的中共党员一年预备期也已通过。他办完两项转正手续后，被任命为石方公司第31施工队机械连连长。

到了一九六六年春节前，秋尘以知识分子、青年代表的身份参加了石方公司党代会。他特意佩戴着代表证在照相馆拍了一张照片，寄给了大学同学李钦卯，随着照片他还赋诗一首，"奔波数月太坎坷，山水踏遍志难磨。双肩负荷千斤重，雄心勃勃建祖国！"

在随后的党代会闭幕式上，秋尘又被安排发言，在讲台上，他激动地说："我今后要争当革命队伍中的'火车头'，翻山越岭，勇往直前；要做革命队伍中的'红秀才'，既懂政治，又懂业务，既红亦专；还要当革命队伍中的'老黄牛'，对党一心一意，忠心耿耿。总之，我要为党的事业奋斗终身——直到我的心脏停止跳动的那一刻。"

就在秋尘意气风发之时，七月中旬，食堂贴出一张"揪出大毒草《妈妈从上海来》的剧作者——王秋尘"的大字报，让他目瞪口呆。

秋尘在惴惴不安中度过了八月，八月底的政治学习会上，走进会场的他看到了"批判大毒草《妈妈从上海来》大会"的横幅，长达四小时的批判会后,他被要求收拾行李离开施工队。

在离开前的机械连班排长会上,秋尘向同事们告别,他说:"我要离开连队一段时间。"所有人都知道他的处境,没有人说话,也没人知道连长未来的命运。

会后,当秋尘与连指导员老李告别时,老李并没有如他预想的那样也选择沉默。老李是解放战争年代入伍的老革命,他对秋尘说:"你没有知识分子的架子,又能吃苦耐劳。我俩共事已一年有余,在工作中一直配合得很好。很感谢你在工作和生活各方面对我的尊重和支持。"他直视着秋尘的眼睛,"这次你走后,可能会遇到许多麻烦和困难,不过你要按毛主席的指示办:'我们的同志在困难的时候,要看到成绩,要看到光明,要提高我们的勇气。'国家培养你一个大学生不容易,你要珍惜自己。你年轻,还没有结婚,人生的道路才刚刚开始起步,今后,不论遇到什么样的挫折,都要顽强地活下去!"听到老李的这番话,无助的秋尘内心涌动着暖流。

秋尘是坐着北京吉普来到山城的,随行的三个年轻人如影随形,他们住在重庆望江门附近的致中和旅社,四个人住一个房间。秋尘被要求未经允许,不得离开旅社。

他经历了重庆等地的游街示众与批斗大会。有人斗他,也有人要保他,想到如果因为自己而发生武斗,岂非罪加一等,他决定在武斗前离开。想来想去,他决定到西安去找老同学。秋尘不知道金龙在哪里,只知道通信地址是七号信箱,就决定先到了西安再说。

八月初从成都到了西安,一路辗转挨个向人打听,恰好黄河机械厂厂里的人认识金龙,告诉了他地址,两人这才见面。

秋尘说:"大学时吃虾食物中毒,让我落下了胃炎的毛病,这阵子不时就疼痛,真是经受了双重折磨。"他住在解放路的小旅社里,每天来到金龙家里吃饭。金龙原本想安慰自己的这位同学，却发现秋尘虽然落难，却很坦然。秋尘告诉他，自己很小的时候，父亲参加中条山战役，兵败后留在山西，与一个寡妇另组了家庭。"父亲曾经回家想把我带到山西去继承家业，原本母亲已经答应了，我的老师提醒，说我去了就是个'带犊儿'，会被歧视，我这才没有去。"秋尘与母亲相依为命二十年，很少见到她落泪，"母亲带着我，打过偷猪仔的野狼，也和外祖父一起生擒过进屋的毛贼。她常说：'哭有什么用？只会伤眼睛，伤身体。出了天大的事，也得顶住'。"

秋尘说："批斗我只是幌子，有看不惯整人的师傅偷偷告诉我，是公司机关里那么一小撮人，以批斗我而敲打总经理和党委书记，说他们重用了我是路线错误。把我报到市里去批斗，是为了邀功请赏，显得他们有能耐。"他被金龙的香烟呛得咳了一声，"我也曾想到自杀，和我一起在重庆挨批的就从楼上跳下去了。可是有很多人也在鼓励着我。"他见金龙又点燃了一根香烟，认真地听着自己说话，接着说道："石方公司开车送我去绵阳的甄师傅参加过抗美援朝，是咱河南老乡，他就鼓励我，'即使凶多吉少，也要咬着牙活下去！因为你还年轻，还未成家，人生的路还长得很呢！'有这么多人的鼓励，让我虽然坐过'喷气式'，也戴过'高帽'，仍然不时提醒自己，要活下去。"

金龙说："在当前的形势下，谁也难以独善其身，我也被写过大字报，但你这样的经历，我估计万中无一。"

秋尘感慨，"大学五年，你当了一学期的团支部书记，我当了四年半的团支书，对犯了错误的同学，我基本上都是把它当内部矛盾对待，只要当事人认识到错误就行了，决不搞'无限上纲、无情打击'那一套。为此，李四卯总爱说我斗争性差，爱和稀泥。我当时还反驳他：稀泥能和好也不简单，我就是'和为贵有限责任公司'的老板。如今看来，还是四卯说得对。"

十几天后，秋尘对金龙说这样也不是长久之计，准备去甘肃平凉大哥家里躲避。"我大哥十四岁那年家乡闹饥荒，由二舅带着，逃荒到西安市尚俭路的新毛织厂学织毛衣。学徒期满后，他同几个河南老乡西行到了平凉。在那里，他开设了织毛衣的手工作坊。解放前后，我二哥和大嫂先后从河南老家去平凉给他当帮手。一九四九年后，我大哥进入了地方国营企业——平凉毛纺织厂。河南家里和我上学用的钱，就是靠大哥托人往家里捎的。"

秋尘身上已经没有钱，金龙拿出十几元钱，送同学离开西安。因为西安形势紧张，金龙已经打算带妻子回河南老家，给了秋尘那十几元，他的钱也不够了，只能等到发工资再做打算。

当天晚上，金龙和春茵已经睡下后，听见楼下响起了枪声。他觉得不能再等了，单位的工资一发，便骑自行车进城买火车票。他刚出三十六街坊，就有三个人骑着自行车跟了上来。一人在右侧，两人在左侧，金龙的车子被夹在了中间。右侧的人问："你是哪一派的？"金龙想，看三个人的架势，如果说不对就可能要被打。脑子一转，他说："小伙子，毛主席教导我们说，'你们要关心国家大事'，一个人的事是小事，你们别操心了。"那人看他不直接回答，又问："是这样，我们三个观点不一样，我说工联人多，他们说工总司人多，我们想随机调查到底哪一派人多。"不管他们怎么问，金龙就抱定了不讨论、不表态来与三人周旋。

三人边骑车边说，一口气骑到了解放路，到了十字路口，他见外侧的人向着西五路的方向骑去，便向大差市的方向一拐。另一侧的人连忙打招呼，那边也随着拐了过来，还是把他夹在中间。金龙想这样下去不成，他骑车到民生百货商场，到门口说："小伙子，我要去买点东西。"那几个人把车停在门口,"你去吧。"金龙把自行车往存车处一存,进了商场。他从另一个门探头看看外面,发现那几个人已经离开了。金龙估计自己平时性格张扬直率,已经被人盯上了。他到商场对面,预订了三天后的车票。西安到商丘,慢车票价十一块二,快车票价十三元。虽然手上的钱很有限,金龙还是决定坐快车。

二十七
返乡

"来了你家，我才知道能穷成这个样子"

三天后的九月一日，金龙与春茵将换洗衣服装箱，吃了午饭就出发。公交车已经停运，两人慢慢向城里走，一直走了一站路，才碰到了一个蹬三轮的经过。听说两人要去火车站，三轮车夫说现在进城怕出事。金龙答应多给钱，车夫犹豫了半天，又见两人中一个提着行李，一个怀有身孕，心中也不忍拒绝，才让两人坐上了三轮。三轮蹬到朝阳门，两人看着三辆卡车从城门洞络绎开出，卡车司机这边的车门外，有一人左手握一把大刀，右手抓着车门。车上人也都手里拿着棍棒，车出了朝阳门，过了城河，向左转弯开了下去。金龙顺着车去的方向看去，关中供电局的楼顶上都站着人。

三轮车把金龙夫妇提前送到了火车站，两人等待着进站通知。过了一会儿，车站工作人员却告知大家，火车延迟出发。

两人先在广场上找地方坐下，延迟消息不断传出，一直到半夜，火车还没有出发。金龙心中焦急，还要安慰妻子，他看到一个厂里的小年轻在人群里走动，看到两人，就朝这边走了过来，问道："这是准备坐车吗？去哪儿啊？"金龙应付着他的问题，同时警惕心也在提高。小年轻走后，他问春茵："这人是哪一派的？"春茵说："应该是新西机的。"这是和金龙对立的一派，他提起行李，对春茵说："咱们换个地方。"金龙眼睛不停找寻，只要有熟人，就换一个地方。两人一直进入母婴候车室里，在一个角落休息。过了一会儿，他看到中央大厅里人潮涌动，一帮人追着另一帮人在打，心想如果不换地方，说不定挨打的就是自己了。车迟迟不开，让人没法不揪着一颗心。两人等了一夜，直到第二天上午才通知进站。两人坐上了火车后，心里稍微感觉安全了一些。

到了郸城县天色已晚，金龙担心赶路太急，妻子的身体受不了。他找到安玉普家，安玉普开门看到金龙和大肚子的春茵，立刻热情地招呼两人进来。他对金龙说："你和嫂子赶了一天路，肯定很累了，你们先休息，就在这个屋睡，我们睡隔壁。"春茵又困又乏，躺下没多久就睡着了。金龙却想和同学聊聊天，他悄悄起身，去隔壁房间敲门，安玉普开门时，金龙瞥见地上只有一张席子，安玉普的妻子孩子都躺在席子上。他心里感动又过意不去，"我这么晚，给你添麻烦了。"安玉普拦住他的话，"快别这么说，这么多年都难得一见。"两人走到屋外闲聊，安玉普告诉他，现在自己和林雨田一个医院，林跟父亲一样，在中医上下功夫，已经有青出于蓝之势。他还告诉了金龙一个消息，"韩福栋被检举后，从部队回到了村里，又做了农民。"韩福栋是金龙的入团介绍人，高中毕业被保送去了军校，毕业后分到了部队。部队收到他所在村大队的一封检举信，说他的成分是富农，而不是此前报的中农。"我是偶然在县城碰到了他，他告诉我，写检举信的人是咱们同学。"金龙说:"是牛军?"

"你怎么猜到的?"

"他们是同学,平时牛军又爱说怪话。"

"我估计是牛军在高中被开除后,怪罪到了韩福栋身上,他六年后才写了这封信,这也改变了韩福栋的命运。"

两人一直聊到深夜,仍然意犹未尽,金龙想到还要赶路回家,才收住话头。第二天,安玉普帮着金龙找到三轮车,谈好价钱,又先付了车费,才挥手作别。

儿子带着媳妇第一次回到家里,仲兰很高兴。她告诉儿子,从西安回来后,兴敏的媳妇桂兰每天都来给自己打链霉素,腰已经渐渐地能直起来了。看到母亲病情向好,金龙感到庆幸,心里也暗暗着急,不知道何时才能返厂。谢楼没有报纸,生产大队的大队办公室在王庄,办公室有广播,他每天早上七点钟就跑去听当天的新闻,了解信息。

九月十八日,他在新闻里听说毛主席的最新指示提到了"工人阶级要联合起来",觉得回西安的时间应该不是遥遥无期了。

春茵来到谢楼,最惊讶的是这里的穷,她偷偷对金龙说:"我此前一直担心你嫌我家里穷,过年到四川,你一直说不错,我还想着是你安慰我,来了你家,我才知道能穷成这个样子。"不过,她没有嫌弃,这个川妹子挺着大肚子,还帮着仲兰一起去刨红薯。因为劳动,不慎动了胎气,出现了流产先兆。谢楼村里没有卫生纸,金龙跑到南丰和张完集,附近的商店都没有卖的。幸好,邻居玉兰家里有,知道情况后送来了几卷救急。

春茵担心谢楼的医疗条件,她怕万一有什么意外,没法得到及时治疗。金龙也不放心,两人商议决定,尽快返回西安。

兴云备上架子车,下面垫着褥子,春茵躺在上面。三人半夜就出发,兴云从谢楼拉到了鹿邑汽车站,早班车已经开走了。也不知道当天是否补发车辆,金龙问窗口卖票的人,那人也说不知道。等车的十来个人,一直到下午四点还没有消息,金龙内心焦急,他找了辆三轮谈价钱,准备坐三轮去商丘。从鹿邑到商丘一百四十里,坐三轮车需要一夜的时间。从十四元谈到十二元,金龙告别兴云,与春茵坐上了三轮车。三轮车颠簸,金龙一边安慰春茵,内心却全无把握。三轮车行了二十里路时,后面一辆卡车开过来,经过金龙他们的三轮车时,停了下来。这辆车正是汽车站补发的,车上的人看到他俩,让司机停了下来,车上也下来了几个人,一位老哥悄悄对金龙说:"你看现在也不太平,人心变了,车夫在你屁股后面蹬车,出事了咋办?"见两人要上车,车夫很不满意,要求付一半的钱。金龙也无心纠缠,给了他七元钱。上车后,有人带着一包棉花,有六七十厘米高,半米粗细,那人知道春茵有恙,便把棉花包推到卡车最前挨着车头的位置,让她坐在包上。司机师傅也很是细心,开一段距离,副驾驶就从驾驶室里探出头来问金龙:"这样的速度可以不,病人能行不?"金龙和春茵感动不已。

十月四日,两人安全回到西安,心情松弛了下来,经过短暂治疗,春茵身体恢复。她的预产期在十一月二十六日。两人写信告诉双喜安全抵达的消息,双喜回信说,仲兰要自己坐车来。

女儿比预产期晚了一日出生,金龙给孩子起了小名叫玉米。仲兰则如期来到西安伺候月子。还在河南的时候,聊起月子,金龙说老家的方式,产妇在月子里要多喝小米稀饭,春茵则说小米稀饭没有营养,在四川月子里要多喝鸡汤。说者无心,仲兰当时听到了。这次来西安前,她把家里最大的老母鸡杀好洗净后,带来给儿媳妇炖鸡汤。

天冷了,金龙买了蜂窝煤炉子,又从厂里拿了些铁皮弹箱,请厂里的师傅敲了排气烟筒，师傅敲得精心，烟筒密不透风。仲兰在屋子里做饭，味道却一般，不合春茵的口味。春茵有时候吃不下饭，晚上饿了，就自己动手做饭吃。这让仲兰想不通，她想是不是儿媳妇对自己有意见。两个人虽然都没说出来，却渐渐有了隔阂。金龙看出来了，但生活习惯南北差异本来就大，何况家里多年穷苦，母亲也没有做菜的手艺。而他去四川时，感受过那里花样翻新的各种小吃。这事他只能在婆媳之间弥缝。等到玉米满月，春茵产假八个礼拜到期，就带着孩子上班，厂里有哺乳室，哺乳室中有专人集中照顾厂里职工的孩子。上下午春茵各有半小时喂奶时间。

金龙有迫在眉睫的烦恼：原房主要调动了，办理手续需要退房。如果把房子退了，刚满月的孩子住到哪里？一九六八年元月二十三日，大雪纷飞，他到厂里行政科找到负责房屋的章子严。整个厂里的制度已乱，没人管理，章说自己做不了主，没法再分房。金龙问暂时借房呢？章说借房他也做不了主。

金龙写了情况说明，申请继续住房，拿着报告找到研究所的程所长。程所长虽然如今已经"靠边站"了，看到他的报告，拿起笔来没有犹豫就签上名字：情况属实。

金龙找到行政贾科长和单书记，这两人互相看着，谁都不表态，也不签字。金龙知道两人正在挨斗，但没他们的签字，章子严就不办。他僵在那里，办不了，又不愿意走。两人见金龙不走，便说："你去找厂领导吧。"金龙找到厂临时领导小组的组长马副总，马副总看了情况说明后，另外用了张小纸条，写上自己的意见：应该予以解决。然后签上自己的名字。金龙连声称谢，再转回到行政科。"马组长说应该解决。"贾科长问："他说怎么解决呢？""没有。"贾科长又问："有没有批示？"他接过金龙递来的纸条，找胶水贴在申请书上，然后签上了名字。金龙这才又去找借给自己房子的房主。终于把借住房子的手续办了下来,他点燃一根烟,狠狠吸了一口,将烟气从憋屈的胸中吐出。成家前,他从不求人,即便在关系到自己前途的操行被降等时,他犹豫过,但还是挺住,考上了大学。但成家以后,不仅仅是自己一个人的事了,他仍有自己的骄傲,可这骄傲,被一间借住的房子揉捏在了手中。

等到五月时,仲兰看着媳妇每天背着小玉米上下班太辛苦,提议说把玉米带回河南,由她来带,春茵虽然不舍,但也觉得这是比较好的办法。金龙将母亲与孩子送到车站,洒泪而别。

送走了女儿,金龙周一到研究所上班,遇到了所里一脸愁容的老陈。老陈是从洛阳604研究所调来的,三十多了好不容易谈了一个对象。他想约女方出去玩,自己没有什么积蓄,自行车也没买,于是借同事老鲁新买的飞鸽加重自行车。老陈特别说明是为了带着对象郊游,这个理由让老鲁没法不借。前一天晚上回到宿舍,因为怕丢,他把"飞鸽"扛到三楼的宿舍门口。心里放心不下的他半夜起来了几次,看着自行车都在。天亮了,老陈准备把车抬下楼,刚摸车,旁边就有人上来把他抓住了,说他是偷自行车的。老陈说这是我借的车,仔细再看,这车却不是那辆"飞鸽"了。"飞鸽"是硬通货,小偷把车抬下楼后,却用二楼的旧车抬到三楼李代桃僵。夜里昏暗中他几次眼瞅着车在,却早已不是自己的那辆了。楼下的自行车不见了,找到三楼,见到车后便在暗中观察,却把他当了贼人。老陈叹着气,"飞鸽"加重一辆一百六十三元不说,还不是想买就能买到的。老鲁知道消息后,也吊起了脸,两个人的友情受到严峻考验。

金龙知道买到"飞鸽"加重的不易,需要凑三十张工业购货券才能买一辆。他去年咬牙买到了一辆,但骑了没几个月就因为经济紧张又卖了。卖的时候，几乎没有跌价。当初买的时候，因为还借了同事几张券才凑齐三十张，有研究所的同志说他这么做不理智，很神秘地告诉他"听说明年，指标就采用分配的方式了"。今年果然就分配了指标，只是研究所一百几十号人，却只有一辆车的指标。这个指标究竟分给谁，研究所的领导小组每天晚上开会研究，每次开会都争论到半夜。"新西机"一派说"应该分给小唐，她丈夫是现役军人，她是军属"。"工总司派"说"不对，应该分给老杨，他是革命残废军人，他有残废证"。一连争了二十多天，还没有讨论出结果。

　　金龙现在骑的车是四十元买的二手旧车。别看车旧，他照样是小心谨慎，每日里扛上楼推进小屋里，就是把屋里挤得快没了下脚的地方，也要保证安全第一。偏偏这天，他做试验累得筋疲力尽，把车骑到楼下忘了扛，回到家妻子也早已睡熟。天快亮时，他从梦中惊醒，抬眼看自行车不在屋里，大呼不好，穿衣下楼，却到哪里找他的旧车？问了多人都不知道，回来就被春茵不停埋怨。天黑时，有人敲门，原来楼下平房住的是韩森寨商场的职工，凌晨起来准备去抓鱼，看一辆车孤零零立在那里，怕这车被人偷走，便推到院内家里。回来一打听，知道是金龙的车，便来物归原主。车子失而复得，金龙想到这四十元够他攒一年的钱了，千恩万谢之余，特别用红纸写了感谢信，送到韩森寨商场张贴起来。

二十八
看病
"玉米听话不"

    春茵在重庆的同学赵思必分到了东方厂，她提出两人一起见一下。东方厂不远却也不近。金龙骑车带着妻子前往，与赵思必夫妇颇为投缘，相谈甚欢。

    回家路上夏风吹拂，春茵嫌金龙蹬车太慢，不停催促，她侧坐在车后，手却没有扶着丈夫。金龙被催得紧，脚下正使劲，路上一块砖头把车垫得飞起。春茵早摔了出去，金龙却左歪右歪了半天，才随车倒下。两人复又上路，回到家中，春茵手一抬便感到疼痛。去职工医院挂号拍片，医生诊断是锁骨骨折。锁骨位置最难固定，春茵斜着身子从石膏中露出半个脑袋，看着丈夫，两人相视想笑，却又苦着脸。春茵说："看看你骑车的技术。"金龙回话："不能赖我，你坐车也不抓着我，还让我快点，谁能看到半夜地上有块砖头？现在累的是我，遭罪的是你。"

没过多久，春茵收到了四川来的电报，电报是春益发来的，崇林去世并已安葬。春茵想到父亲此前写信说一直想到西安来看自己，却没帮他实现这个愿望，止不住哭。她骨伤未愈，奔丧多有不便。两人商量后，给家中寄去五十元钱与三十斤粮票。

过了不到三个月，春益带着母亲来到了西安。来之前没有写信，也没发电报。金龙一想，春益还没结婚，春茵大姐春金经济条件也不好，他曾听妻子说过，春和小时候曾经被过继给崇林的大哥，与母亲多少有一些心结，也只有西安这边可以照顾。春益回川后，他没有提出任何意见。江氏来西安后，不适应这里干冷的气候，经常头疼，她戴着头帕，每天都吃阿司匹林。她年纪大了，喜欢嘟囔，一件小事能自己一个人说很长时间。金龙也听不太懂富顺的方言，春茵倒是偶尔和母亲吵一吵。

江氏的户口在自贡，春益不断来信，将每月的粮票按时寄来，如果他寄得晚了，西安这边吃粮就会紧张。江氏做饭水准超出仲兰不止一筹，她不爱面食，爱吃大米。周日金龙都会买了面后骑车去长安县滦镇或户县宋村换大米。一开始五十斤的面能对等换五十斤米，后来逐渐只能换四十八斤乃至四十六斤了。虽然有米吃，粮却不够了。

哈军工的自动机专业并入西工大，几位教授来到厂里三结合。其中四川人戴教授给金龙讲述了自己换大米的经历，他提醒金龙，"换大米要留神，现在查的人多。"

戴教授也是带着面去长安换大米，从西万公路回来的路上，换大米的人远不止他一个。戴教授形容："简直是一个车队。"

"我正蹬自行车，抬头看见前面检车的人已经把打头的车子截住了。我看旁边还有一条路，便骑了过去，后面的几辆车都跟着我拐了弯。前面岗哨的人发现了，蹬车就追过来了。我们对路不熟悉，这条路其实是条断头路，一行人都没跑掉。人家一看都是换的大米，就把我们像押犯人一样带到大队部，让我们在屋里蹲着。"

负责人说自己姓贾，叫贾文革。戴教授说："乖乖这名字一听就让人害怕，知道是造反派。"

贾文革说："你们不能这样换大米，这样是违反政策的。"他提出按照市价收购大米，拿到补偿款以后人就可以走了。一些胆小的人就把粮食交了出来。走了一些人后，贾文革又重申，谁交粮就可以走人。

人越来越少，贾文革指着戴教授问："你交不交？"

戴教授回答："我还没想通。"

贾文革发狠，指着他说："你是最坏的，带头逃跑就是你。"

可不管他咋训，戴教授就一个态度："反正我还没想通。"

大半天过去，只剩下他一个人了。

贾文革也熬不住了，说："你可以交一半，给你留一半。"

这次戴教授接受了。贾文革临走还和他客气："以后有机会，来家里做客。"

戴教授冲着金龙感叹："我的妈呀，我还去他家做客？我都烦死他了。"

有戴教授的提醒，金龙更加小心。另一位乌教授和他一起去给高陵的村子里送肥料，把厂里打扫卫生时收集的树叶和土装进垃圾袋，绑在自行车后座送到了地方。乌教授和金龙都买了鸡蛋。乌教授把毛衣下面扎上皮带，鸡蛋就放到靠着身子的毛衣里，他提醒一道的金龙，"可别拍我啊，我这一圈都是鸡蛋。"

金龙不仅买了鸡蛋，还买了一只公鸡。他不敢走公路，走了另一条土路。土路骑到尽头还是必须回到公路上，公路有一段上坡，金龙冲到一半，路旁的小屋冲出来几个人，对着他喊："停下！停下！"金龙使劲猛蹬，但上坡路加速困难，被人抓住了自行车的后座。

那人问他有没有鸡蛋，金龙说没有，他用手砰砰砰地拍着手提包。那人说"你别拍"。他把金龙的手提包打开，看到里面的铁饭盒，又把饭盒打开，然后笑眯眯地看着金龙："这是啥，你还说没有，这是啥吗？"金龙无奈地回应："这是鸡蛋。""我们这一带，鸡蛋收购计划还没有全部完成，如果全部完成了，我就不管了。还没完成时，你们这样扰乱了我们的收购计划，这是不行的。"鸡蛋被按照一元一斤的收购价留下了。金龙说："你看，我是来送肥料的，家里还有老人和孩子，身体也不好，就买这一点。"无论他怎么说，鸡蛋还是被收了。那人边问"还有啥东西没"，边把麻袋提起来，鸡在里面咕咕地叫。"还有一只鸡呢，鸡也要收了。"金龙不停地说好话，终于把鸡留住了。金龙在研究所的同事顾振庸，丈夫在三原炮校，生活较为宽裕，总是支援一点苞谷面给他，帮助金龙渡过难关。吃饭时，金龙总是多吃苞谷面，留下米饭给岳母。一家人在一起生活，虽然困难，相处却融洽。

一九七一年，一架直升机在训练时发生了坠机，金龙等三人被派到保定参加会议，要求分析原因，总结经验教训。

在保定地委招待所，专家们一同分析为何飞机会出这么大的事故——一根螺旋桨从根部断裂。他们前往螺旋桨的制造工厂参观，厂里支左的师长把厂里的情况作了说明。金龙听他的口气，感觉就像是做检讨一样。华罗庚也来参加了这次会议，还在会上讲了优选法和统筹论。在召开了关于优选法的座谈会时，包括金龙在内的十几个人参加了。在会上，华罗庚提到，北京化工三厂研究出一种新的速干胶，金龙觉得在试验中能用得到，他准备去北京一趟。给同行的老张说，请他帮着买点保定香油背回西安。

等他从北京回西安时，已经是十月中旬了，他特意去西单给春茵买了她最爱吃的南糖。正好春茵老乡小聂没结婚,从单身宿舍来家里,几人便一边吃一边聊。

金龙说:"我这次去河北出差,见到了华罗庚。"

听到华罗庚的名字,小聂一脸的羡慕,"就是那个著名的数学家华罗庚吗?"

"是啊,我们一起开了座谈会,我提到一个关于简易办法优选的问题时,他还用火柴棍现场给我演示了。"

"真是难得的机会。"

"在河北和北京都比较顺利,上次去山西那次,才算是惊心动魄。我住在晋阳大酒店,去的时候人家就说住满了,我等了两个多小时,才有空床。当天晚上,旅社让客人集中到一起介绍太原的形势。说是太原社会秩序很乱,街面上饭店里,偷盗现象很严重,希望大家的贵重东西都不要放在自己的房间。建议我们可以存到旅社里,有事取,取了可以存,哪怕存十次八次工作人员也不嫌烦。让我们留在身上的钱和粮票只准备一天的,不要带更多,并反复提醒千万别带多。"

小聂说:"现在小偷可真不少。"

金龙接着道:"我把明天要用的一斤多粮票,十几元钱放在身上,把剩下的放在行李里,存在酒店。我准备去酒店旁边的小饭店吃饭,先去小卖部掏十元钱买了一包香烟,把找的钱装到包里。然后走进饭店,有六七个人在买饭,我排在队尾。轮到我时,我去拿包里的粮票和钱,就已经找不到了。从小卖部到饭店,我走了没有二十米,也没有感到有人碰到我,想了半天,没弄明白是怎么被偷的。""说到惊心动魄,"小聂突然压低嗓音,"我听人家传说,出了一件大事,让人惊心动魄。""啥事啊?""他没说具体事,但说是惊心动魄。"金龙猜测,"有人造反?那是惊心但不至于动魄吧。主席身体不好?那是动魄但不是惊心吧？"虽然声音已经很小了，春茵还是忍不住提醒："小点声。"等到十月，他们才知道，林彪摔死在了温都尔汗。

一九七三年年初，双喜来信说玉米身体不好，在河南治疗没有效果，准备让仲兰带着回西安。此时，金龙已经分了一间小房，这房子小到金龙想放一张双人床和一张单人床时，只能把双人床头锯掉二十公分，才能在床头塞进单人床。

仲兰来到西安后，她只能和亲家母一起睡单人床上。金龙夫妇带着玉米睡在双人床。两位老太太一开始关系还算融洽，可仲兰做饭时，春茵妈又开始下意识地嘟囔。两人吵了几句嘴，关系逐渐对立了起来。周二休息的时候，一家人都在家，中午吃饭时，看着母亲又开始嘟囔饭的油太少，春茵顺着她的话说："其实可以多加一点油的。"金龙爆发了，他把筷子一摔，吼道："还让人吃饭不了！"拉着仲兰下楼去了，这是他第一次在两位老人面前发火。

仲兰住了三个多月，她把玉米的衣服和被子都拆洗了一遍，临走前，她在车站对儿子说："我和亲家母拌嘴，春茵单独给我道了歉，有这样的媳妇，别说我们吵两句嘴，就是打我两下都能原谅。"

金龙回家后，给春茵复述了母亲的话，春茵也落了泪，"娘是个好老太太。"

金龙夫妇的精力都在玉米身上，玉米身体难受、疼痛，却找不到病因。他们带着玉米去儿童医院，打针时，玉米自己把袖子解开，又被针吓哭了。金龙整夜抱着她在屋里转。他安慰女儿，"玉米听话不？"玉米说："听话。"她靠在父亲的胳膊上睡，躺下不到半分钟，身体又难受了起来。

去四医大治疗时，科室主任史教授建议金龙带孩子去北京治疗，说301医院的黄教授是他的朋友。金龙和春茵商量，请了事假带着孩子去看病。事假期间没有工资,路费和药费也要自己承担。他们在工会借了钱,想着如果在北京,住宿是一大负担。问了几个同事是否有亲友可以住宿,都说是没有条件。春茵想起父亲大哥的儿子来春和就在北京。

三人到了北京,先在前门外大栅栏找了家小旅店住下,金龙听春茵说春和在七级部工作,想着地点就应在东高地一带。他让春茵陪玉米在旅社,自己跑了一上午,几个单位跑下来,没有打听出任何消息。他又去派出所,说明了自己要找的人,民警让他写出人的姓名籍贯和大致年龄,然后打电话联系,不到五分钟,告诉金龙住所地归月坛派出所,让他去那里问详细地址。金龙不由得内心称赞了一下自己,问清了详细地址后,他从城南找到城里,终于在一条小巷中,找到春和的研究所家属院。见到春和与夫人,他说了一家人现在的处境。春和说回家来住吧。这句话让金龙在北京有了落脚的地方。他回去给春茵说,春茵也感欢欣。

第二天夫妻二人带着孩子先到301医院找黄教授,大夫告诉他,黄教授每周只来半天,让金龙下周四再来。金龙说自己是从四医大转来的,把病情和检测报告都留下了。回来玉米说饿,他看到锅里有稀饭,就让孩子喝了。春和媳妇回来后脸上立刻非常不好看,她有孕在身,这稀饭是她熬来喝的,说的话也难听了起来。金龙解释说,以为是剩饭,孩子一天没吃饭了。晚上吃饭时,金龙带着孩子到外面小饭店吃,小饭店的饭没热透,吃在嘴里硬硬的。看着玉米吃饭,他和春茵都吃不进去,感到憋屈,也心疼孩子。

第二周金龙去医院,大夫告诉他,黄教授当天有个重要会议要审定,让他再等下周。

下一周又说黄教授出去参加会议了。

连续一个多月，金龙想，这一天天耗下去可怎么办。他问值班大夫，能不能告诉自己黄教授家的地址。值班大夫这一个月天天见他来，便说了黄教授家的地址。这是一栋三层小楼，一座楼两个门，黄教授住在西面。金龙敲门，正是黄教授开的门。他说病历已经看了，和金龙约了时间，让他带着孩子去办公室。

按照约定时间，金龙带着玉米来到了办公室，黄教授带着自己的学生和助手罗教授一起，让金龙把病情复述了一遍。他们不时逗逗玉米，用了一上午时间，在屋里观察孩子的情况。金龙一直观察黄教授的表情，想从他的表情变化里找到对病情的判断。不过黄教授并没有什么表情，他只是又和金龙约了时间，让他下周到时再来。

忐忑了一周，金龙再到办公室的时候，只有黄教授一个人在办公室，他桌子上放着很高的一摞书，自己则在书的后面露出了半个身子，让金龙坐下。黄教授说："玉米这个病，以前我在国内只见过一例，你的这孩子是第二例。这个病没有治疗办法。"他拿起桌上的一本书，翻开让金龙看。金龙拿起来一看，全都是英文。金龙说："黄教授，我学的是俄语。"黄教授说："这些文献中，关于玉米的病都有报道，我找到了十来例。是 DNA 的一种很罕见的巧合，不是遗传问题。"他抬头看着金龙问："小伙子今年多大岁数了？"金龙说："三十四岁。""还年轻么，没问题，还可以再生。"

虽然黄教授很坦诚，但金龙的心却沉了下去。

不愿意放弃的他，又带着玉米去北京儿童医院看中医，治疗了四个多月，吃中药时，玉米病情似乎稳定一些。

二十九
丧女

"必须还，这是给我孩子救命的钱哪"

金龙看着女儿精神不错，与春茵带她去动物园玩，看着动物园中的各种小动物，玉米脸上也有了光。出来后在大门口吃饭，金龙点菜时先看最后的价格，先点了榨菜肉丝汤，他来回翻看着菜单，看到一个最便宜的价格，便指给服务员看，等菜上了后，他才发现，除了榨菜肉丝汤，还有一碗是蛋花汤。他脸红了一下，"光顾着看价格了，把点什么菜给忽略了。"春茵很理解丈夫的心理，来北京前，他们已经借了一千元的外债了，以两人的工资，还不知道多久能还清，更何况，孩子的病还不知道要再花多少。对于钱，他们不敢多想，却不能不面对。

更难面对的，还是春和媳妇的冷面冷言冷语，住的时间长，肯定不受待见，春和单位的家属招待所里，有几间房没有对外。金龙通过春和联系，打开其中一间，房子里面都是杂物和灰尘，但收拾一下能住人。春和陪着金龙一起，用了一下午把屋清理干净。两人正屋里屋外忙碌，春和媳妇来到院子里，看着丈夫在帮着金龙打扫，上来就给了春和一记耳光。春和和金龙都愣在了那里，院子里还有别人，春和媳妇转身上了楼。金龙不知道该说什么来缓解一下气氛，他一句话也没说。他知道，这记耳光，其实是扇在自己的脸上。

春和走后，金龙走到院子外面，院子紧挨着永定河，他一个人顺着河水边的路上走来走去，心里才稍稍平静一些，不知道什么时候，泪水已经淌满了脸颊。他告诉自己，为了孩子，不能忍也要忍。

来自西安的同事的关怀偶尔能温暖金龙已寒透的心。老闫原来是研究所所长，已经调到其他厂当总工，专门来看金龙。知道金龙身上的钱已经花完，连西安都回不去了，便将身上的几十元钱都拿出来给他。研究所给金龙来了一封信，给他派了个在北京调研的任务，让他利用自己的空余时间进行。调研期间所用时间算作公差，可以发工资，有补助，还可以报销从北京回西安的路费。金龙知道，这是程所长和同事所能想出来的帮助自己的办法。

看着玉米状态稳定，金龙与春茵商量后，离开了客居半年的京城，返回了西安。他写信给春和，感谢他这么长时间的照顾，并让他代向孩子问好，信中他没有提春和的媳妇一句话，想了又想，他在信中写道："对你的恩情我们忘不了，对于某些人我也一辈子忘不了。"

听说金龙回来了，四叔来家里探望他。四叔也姓谢，老家在谢楼旁的谢小庄，论辈分金龙叫叔，又在家排行第四。四叔为人仗义，因为在铁路段又交通便利，江氏在西安市，他帮着金龙去徐州买过大米。四叔家就住西安城北，因为在铁道以北被称为"道北"，虽然在西安人的整体印象中，道北的人似乎与落后和暴力相关联，不过道北的河南人当年拖家带口地越过省界，来到城北，前来寻找故乡难得的安定感。金龙每每去那里，更多地感到一种亲切感。这里群居的河南人大都是当年逃难来到西安的，他们交流时普遍用的河南话，让金龙很轻松地就融入其中。四叔喜呼朋唤友，这次来也带着两个道北的老乡，金龙便拿出从保定买的汾酒，到饭店招待几人。吃饭时说起了玉米的病情，金龙说中药吃了有效果，但大夫开的药中有一味犀牛角，"大夫说有凉血的作用，我找遍了西安的药房，怎么也买不到。实在不行我准备买羚羊角，目前就是羚羊角也难买。"他话音刚落，四叔带来的人中，一个叫孙玉明的接话了。他指着另一个人说："你别急，这位老宋就是搞药材的，让他想办法就行。"老宋一脸笃定地点了点头，含笑不语。孙玉明又问金龙："你身上带钱没？"金龙说这会儿没带。孙玉明从兜里掏出二百元，当着他的面转给了老宋，"老谢是四叔的好朋友，又是咱老乡，这个忙你一定要帮，犀牛角的事就拜托你了。"老宋推让了一番后，收下了钱。

金龙看孙玉明这么讲义气，又临近春节，赶紧到同事那里借了二百元，回来交给他，"不能让你把钱垫着。"孙玉明笑着把钱收了。四个人把一瓶汾酒喝了个干净，金龙大醉。

出门了半年时间，江氏给女儿说，自己的腰总是疼。金龙带着她去职工医院，大夫开了药，她吃后就说好多了。可没两天，江氏便又疼得整天哼哼，渐渐地走路都有些困难了。这次金龙又带着她去四医大看，先挂了外科号，外科大夫不给开拍透视的检查单，说要拍片就转内科吧。金龙扶着岳母去了内科，内科大夫看了就说："你这是外科病嘛，怎么转到我这里了？"很是发了一顿脾气，金龙赔着笑，说老人行动不便，您辛苦看看吧。大夫收了脾气，"好吧，躺在床上我检查一下。"躺下时江氏腰疼得大叫，大夫过来说先别动，他边按着江氏的腰部，边发牢骚，"哎呀，这就是外科病，偏要转到我这里来看，我一个月只能开四张片子，外科有二十张。"嘴里埋怨着，但还是开了检查单据。

金龙想拍片真不容易,到了放射科,第一张片子拍完,放射科的大夫就让再拍侧位片和胸片,然后让第二天来看结果。

第二天再来,放射科大夫说,经过会诊,结论是脊柱上有问题,看上去像是骨癌,需要一个月后来对比,才能确诊。

江氏的病情迅速恶化,已经到了需要金龙托着她的脊梁才能完成坐卧的程度。过了二十天,金龙觉得不能再等了,他找了担架,请小聂一起抬着,来到医院。正好有骨科教授坐诊,他先挂了骨科的号。排队的人不少,轮到他们时,两人抬着江氏进了房间,教授扫了一眼江氏,把片子左看右看,然后说可以把病人抬出去了。他告诉金龙:"老人年龄大了,还是采取安慰治疗吧。"

江氏得的是转移性骨癌。

金龙担心误诊,带着老人又去红会医院,得到了同样的结论。

他与春茵商量,江氏说过,如果得了重病,不想死在外面,想回家。他们去信与在四川的大姐春金联系,春金回信很爽快地答应了,说母亲由她来伺候。

金龙从厂医院借了担架,又开了七支杜冷丁,借了注射针,与小聂一起抬着江氏上了火车。出发前,他通知春益去成都接站。

当火车缓慢开进成都站时,春茵隔着车窗,看到了春益瘦高的身影在站台上晃动。他们从内江下车,准备坐船回到大姐家,码头在白马庙,距离火车站还有十几里路。十几里路,金龙和春益抬着江氏,等到白马庙时,天已经黑了。他们在码头边找地方住下,金龙胳膊酸痛,他到附近的市场买了两根带子,两人可以搭在肩上。

船上摆着条凳,很多人挑煤坐船回家,船上汗味混杂着满地的煤渣,又脏又臭。船行了一天,傍晚到了伏牛镇。他和春益抬起江氏,接着往大姐家走。又走了一程，春益说："哥呀，不行了，我实在抬不动了。"金龙也累，他说："你对这里熟悉，找两个人来抬吧。"春益去了不久，带着两个人来，几人顺着沱江江岸往回走，天色越来越暗，金龙跟着担架深一脚浅一脚地走着，他觉得不抬担架走这山路都艰难，心想如果不雇人，一夜都走不到地方。

一直走到晚上快九点，大姐的女儿光琴与女婿举着火把来江边接应，把他们迎回家里。金龙被安排在邻居家休息，他感到浑身上下没有一处是不酸痛的。他刚躺下，光琴就慌张张地跑过来，"谢爷谢爷，你赶快过去一下，姥姥疼得不行了，我舅和我妈怎么说，她也不让动。"他赶紧穿上衣服过去，江氏在床上半躺半坐，大姐和春益流着泪，无计可施。金龙走上前，用胳膊托起她的腰，让她慢慢躺下去。江氏还是说疼。他把止疼药喂了她吃。药刚咽下，她马上就吐了。金龙看这情形，就把杜冷丁打开一支，没敢全吸进针管，只吸了一半。拿针时，护士告诉他，要打在臀外上四分之一的部位，这样不疼。他看着地方，把针扎了下去。药剂注入后一会儿，江氏不再喊疼，慢慢地睡着了。

金龙睡不着了，他把病情给春益和大姐说了。第二天，他与春益回自贡，临走前，给大姐留了五十元。一路上，他和春益商量着江氏的生活开销如何分配，春益说自己单身正在恋爱，能拿的有限，大哥也应该拿钱。金龙说："你在能力范围内拿一些，哥拿一些，其他包括治疗和丧葬费用，我来兜底。"

春和与妻子在家里，听了两人来意，春和没说话，他媳妇很直接地拒绝了，"春和是过继给大伯家的，这钱我们不能出。"

火一下撞上了金龙的脑门，"嫂子，我说话不好听，希望你还听一听，我哥不管是抱出去还是没有，咱们不用探讨。即使是他抱给大伯，也是妈生的孩子，从法律上他仍然有赡养义务。这几年妈在西安，你们做得实在不像话,包括妈过生日你们从来没有写过一封信,没有寄过一分钱。我没有吭声,没有说话。但是你们这么做,对得起妈吗?老人现在闹病这么严重,你们还采取这种办法,符合人性吗?我不是让你全负担,你在你能力范围内,拿五十元,其余我来兜底。"

五十元,春和媳妇还是不愿意出。

沉默了良久,没人说话,春和媳妇到底是没松口。

出了门,春益让金龙去见自己的对象。对象母亲很是热情,第一次见面就问金龙:"这事是不是就定了?"金龙觉得自己不好表态,哼哼哈哈地应付着。

两人回到家,他单独问春益感觉行不行。春益说很满意。

等再见春益对象一家时,金龙底气就足了,"老人都不在,既然他们两个觉得可以成为一家人,是不是这事就定了,看合适时间就让他们成家吧。"

金龙把橘子和广柑买了满满一箱,回到家里,他和春茵都舍不得吃,玉米每天可以吃一个,她越是喜欢吃,他们俩就越舍不得吃。

从家里回来,金龙想到犀牛角还没拿到,便到了四叔家,正好孙玉明也在。问买药的情况,说还没买到。金龙感觉时间长了,二百元钱不是小数目,便道:"实在买不到就算了,也不能硬逼着人家,把钱退回来吧。"

孙玉明脸色微变,说钱没在自己手里。金龙不想再拖,就说今天还是取了吧。

见逼得紧,孙玉明带着他一起到老宋家里。老宋满口承诺,说肯定能拿到药,他正在想办法。金龙也仍然抱着希望,便回家再等消息。

他的希望在年底破灭了,玉米病情突然加重,她剧烈地呕吐。

金龙急了,去找孙玉明,找了两次都没见到人。他让四叔传话,

"你告诉他,钱必须还,这是给我孩子救命的钱哪!"

一月,玉米又一次病重住院,十几天后已经吃不进去饭。金龙抱着玉米,他突然很清晰地听着玉米叫了一声"爸爸",等他再看时,玉米再也没有说话了。

金龙觉得自己失了魂,想喊也喊不出来,哭也哭不出来,这个世界,没有他能够依靠的。

四叔和四婶来看望,金龙的眼里都是血丝,"四叔你看见姓孙的,把我的话转告他,知道我孩子病成这样,他还装聋作哑,真是昧了良心。他是个大骗子,他现在就是把钱还我,我也要把这钱当场烧了。"

家里欠账太多,金龙心里着急,同事虽然催得少,但有时候人提起,他心里难免发窘。他想着先还点钱,家里值钱的只有二手的自行车。他骑着车到解放路的寄卖店,估价了三十五元,要等卖了来取钱。往回返时,他发现自己身上一分钱都没带。上汽车去蹭票他实在拉不下脸,"还有11路。"他自己从城里一直走回了家中。

过了两个月,四川传来消息,江氏也去世了。连受打击,春茵几乎失去了生活的信心。金龙一边安慰妻子,自己也慢慢疗伤。他几乎和所有同学都断了联系,童年时父亲带着自己打鱼的场景浮现在了眼前。他买了尼龙线,开始自己织渔网,几个月时间,织出了一张抄网。每周二休息时,他都和同事老鲁一起去捉鱼。老鲁是湖北人,捉鱼的水平高。他们早上三四点就出发,到长安县或杜曲去捉鱼。陕西的农民不吃鱼,捉住鱼往往就扔在庄稼地里当肥料。他们把灞河上游哪一片鱼多哪一片鱼少,都摸得清清楚楚。

一九七五年,金龙去沈阳601研究所出差,想尝试联合研究不用机炮实弹就能完成试验的设备。为了找到动力源,他又去沈阳气体压缩机厂联系。在门口他被门卫拦住,说今天不接待。"你进去也找不到人，大家现在都忙着救灾，支援河南。"金龙看着大门里的马路边，六七辆汽车正在装车，忙问，"河南咋了？""你不知道？河南发水了，受灾很重。"他心里一惊，不知道家里的情况，便找邮电局发出电报，"听说发水，家中情况如何？"第二天中午，他在招待所收到电报，"天旱，无雨。"

金龙稍稍放下心，但还是挂念，返程时，他顺路回了河南。仲兰说，一开始号召大家捐献，她们还议论："天旱成啥样了，不下雨怎么可能发水。"过了几天，看着信阳和驻马店的灾区群众疏散过来，才相信灾情发生，开始捐钱捐物，她还买了新布缝制衣服，捐献出去。

仲兰告诉他，李氏去年年底去世了，在她最后的岁月里，是仲兰照顾起居。李氏一直看不上的媳妇，成了她八十七年人生尽头最后服侍的人。仲兰感慨："现在想起来，这么多年被她骂，和她吵，如今老太太不在了，就觉得太静了，还有点不适应。"

金龙没敢告诉父母玉米不在了，担心两人难以承受。他来到张完集拖拉机站，原来的草庵子已经变成了两排砖瓦房，盖了车库，还圈起了围墙。现在的拖拉机站有了四十多辆的农机，快五十人，农机都是用站上的收入逐渐购买的，因为是自负盈亏，是本地效益最好的单位。双喜最早招的拖拉机站技术员小王已经调任农机局干部，一起吃饭时，小王对金龙说："老爷子脾气是怪，但像他这样的干部，太难找了，他训我，比对自己的孩子还严厉，让我感到没地方站，也没地方坐，但真是对我好。有一次我开拖拉机出去，挣的钱没有全数上缴，被他发现了，连说带骂，我只好把装兜里的钱退回去了。这事过了不久，有一个查贪污的运动，结果他又把我任成了小组长，评为了积极分子。"

仲翔从部队转业后，如今分到了白马的供销社任副主任，他和双喜都打过仗，两个人又都是认死理的人，能谈得来。在一起闲聊时，双喜说,"文革"刚开始时,各地武斗,傅恒修来找他,说他听说有一批枪,想把它弄过来。"我把他训了一顿,这又不是打游击的时候,咱把它'起'过来,这还是共产党的天下。"傅恒修被训后也就作罢。听说金龙回来,小学教师申世俊找到家里,拉着他出去,要请他吃饭。金龙说:"哪有老师请学生的道理。"申世俊说:"那是老师有事相求。"申世俊想请金龙帮忙,把儿子安排到双喜的拖拉机站。这下金龙有点为难了,他说:"我试试吧,不过我父亲在这方面从来没有看过人情,我的几位侄子都曾想进站,老爷子都不答应。咱们认识的李财粮现在在县烟草局当局长,二侄子想让他打个招呼,老爷子还是没同意。"申老师还是抱着希望,"你是谢书记的儿子,还是不一样的。"金龙抹不开情面,去向双喜说了申老师的请求,不意外地被双喜拒绝了。金龙又多说了一句:"申老师是申翠如的儿子,此前申翠如也算从谢兴师那里救过您的命。"听到这层关系,双喜犹豫了一下,他说:"救我是一回事,进拖拉机站是另一回事,这种事以后还是不要再提了。"

三十
耳聋

"仪器准备好没有？"

看着父亲仍然干劲十足，金龙返回了西安。年底，庆安公司提出项目，需要昆仑厂配合，双方派人前往山东胶州做试验。庆安公司的老杨与金龙和严工一起到了胶州，住进了海三师的招待所，但试验飞机却是哈飞的轰炸机。还没有飞到机场，都知道山东出花生，三人就趸摸着买点。

在市面上是看不到卖花生的，看他们是外地人，就有人来把他们领进家里。金龙不着急，只是看货问价，却不着急出手。老杨那边早装好了两提包花生，卖家推着自行车帮着送往招待所。没想到距离招待所二百米就是市政管理单位，工作人员把老杨和车子拦住，看他拉的是花生，就把老杨狠狠训了一顿，"你来到这里，第一件事就应该了解当地阶级斗争的新变化。"他问老杨："付款了没有？"老杨说还没有。"袋子是谁的？"老杨说："我的。"工作人员把两提包花生倒了出来，又教育了一番，才让老杨走。老杨很没面子，垂头丧气地回了招待所。又过了几天，哈飞的飞机到了，空勤人员和地勤人员随着飞机一起都到了。

一九七六年年初开始实弹射击，试验点在海面上，靶场要清场多大面积，任务落在了金龙身上。他算出后，参加了各方人士召开的飞行前的会议，向参会领导汇报了靶场的范围。试验结束，和金龙他们住在一起的空勤和地勤也都买了不少花生，想装在飞机上带回去。飞机地方不够，他们开会决定每人在飞机上只许带一件行李。

上有政策，下有对策，军械师老穆离开前一天都在宿舍里，飞针走线。金龙问："老穆你在干吗？"老穆说："我在缝行李。我的东西带不完，就带一件大行李。用床单缝了一个大包裹，把其他行李都装进去。"金龙竖起大拇指："老穆你真行，脑袋瓜动得够快的。"老穆那边回应："我就带一个，我就带一个。"金龙让老杨帮着先带两包花生回家，自己带了一包。这次买花生的时候，他们是到胶县县城里买的花生，买好后，他们分开走，让人直接送到招待所。

这次出差，厂里还给金龙派了一个任务。研究所里的程序员老肖的老家是山东汶水，老肖家在农村，有两个孩子都是农村户口，有一个哥哥失去了独立生活能力。结婚后，弟媳妇伺候大哥不方便，就住在娘家。她娘家人多地少，土地肥沃，嫁出去的女儿一般都不愿意离开娘家。当地有个规矩，嫁出去的女子户口不能留着，因此老肖媳妇和孩子的口粮问题没法解决。厂里让金龙和当地公社协调解决这个问题。因为金龙口才好、为人热情，这种事单位第一个想到的人都是他。

金龙和老严在泰安下车，在泰山脚下的旅社住下，第二天天不亮先登泰山。他看到一家人一起上山，老太太明显走不动了，一边挪步一边背毛主席语录，"下定决心，不怕牺牲，排除万难，去争取胜利。"

他们一道上山，一家人到了碧霞祠就不再往上走。金龙听说这里求子灵验，心想这家人估计是去求子或还愿的，春茵已经怀胎六个多月，他倒是不在乎男女，只是希望孩子健康就好。

到了汶水，金龙和老严找到公社把情况一说，公社干部说要到大队具体商量。出发前，金龙问了一句话："你感觉这种情况，应该不应该解决？"干部说："应该解决。"

到了大队部，一直到中午，书记都没回来。大队里的人招待两人吃饭，用的是个脸盆大的盆子装菜，两个人作陪，还开了一壶酒。书记回来听到金龙的来意，不是很情愿。他问在公社见的是谁。金龙想起干部的话，说："公社的意见是应该解决。"书记这才点头，"老肖他娘仨的户口由我们大队解决了。"

老肖的小姨子不知从哪里闪了出来，把金龙和老严请到家里，晚饭又是好酒好菜地招待。金龙想起上午看到过她，来回走了几趟都没过来打招呼，估计是知道事情确定了，才敢过来说话。

乘火车回去的路上，金龙和老严谈论厂里的人员调动，金龙说："咱们厂两地分居的两口子真是不少，大家往往从五湖四海来到西安。长期两地分居也不是个事，要不然就是把媳妇调过来，要不然就是把自己调回去。"老严说："和我一起分来的好几个同事，都是因为家庭原因，调走了。"

"如果解决不了，真是影响夫妻感情呢，"金龙想起自己解决的另一件事，"咱们研究所的张工，他夫人在北京高校任教。两口子就是异地分居，张工一开始调不到北京去，想把他妻子调过来，厂里又不愿意接受，说她社会关系太复杂，不适宜来厂。把工作又交给我了，我跑了十几天，跑了不少单位，都安排不下去。人家都说，调到西安就安排你们单位。我给他们都说实话'我们是军工单位，他爱人社会关系比较复杂。政治部坚决反对'。张工是留苏学生，三机部一九七一年有大批资料需要翻译，借调一个人去翻译。老张求之不得。去了三个月，人家感觉可以，又延长了三个月，连着干了一年多。后来调动到北京了。"

车过郑州，他叹了口气，"当初我娘就希望我调回河南。结婚时，我爹还专门给我说别多买家具。我二舅在西藏买的家具，转业回来时都留在当地了。我觉得研究所的氛围好，所以没有回去。"

金龙没有完全说出心里的话，高中时他的经历也让他心有余悸。在高中和大学同学里，他本就是焦点人物，而现在自己孤悬在西安，可他最感兴趣的，其实就是业务，在业务的钻研中，他不仅能找到心灵的安宁感，更能找到志同道合的同志。业务是最复杂的，业务也是最单纯的。他从来不害怕艰难的项目。在难题面前，他有的是兴奋感。如果算经济账，他这个家目前仍处于破产状态，可他认为自己在精神上是富足的。他从没有无所事事的时候，回到家里，只要拿起书，他就能像入定一样看进去，如果春茵不叫他，他可以一直学下去。可是他最怕的，就是那些自己无法掌控的事，这些他只能承受，这种宿命般的无力感，才是他内心深处最忧虑的。

春茵的生产日期越来越近了，三月开始，轮到金龙去挖防空洞了，学工的人优势就在于器材可以打造，除了用铁锹和铁镐之外，金龙请给家里敲过烟筒的师傅帮忙，把钢板切割锻造成了螺旋状的钻头，钻头焊在电动机的轴上，大大提高了劳动功效。一天早上，他们在防空洞口等着下洞，几个人闲"吹牛"，说到时局，金龙对于张春桥的做法非常看不惯，胸中有一股气在酝酿，觉得自己快要爆炸了。带着情绪的他说："现在中国的问题要解决需要一场大仗。"

旁边的程工问："你说打仗，谁和谁打？"

这一问，金龙背上立刻起了汗，他正在想着怎么回应才好。张工接过话说："无产阶级和资产阶级打啊。"替他解了围，他感激地看了张工一眼，刚才的情绪都化成了后怕。

孩子要出生的时候，金龙还在研究所里上班。邻居老魏用自行车把春茵送到职工医院，又到厂里来告诉他消息，金龙从单位出发前，把桌上台历当天的那页撕下来，他要作为纪念。等他回家煮了五六个荷包蛋，再送到医院时，儿子已经出生了。春茵看到他的第一句话是，"快把我饿死了。"

几天后，金龙想起此前说过的话，心就一直悬着。他想这要是有人把自己的话翻出来就麻烦了。还好，没有人再提。他给春茵说："我是躲过一劫啊。"春茵埋怨他容易冲动，"都三十几岁的人了，还管不住嘴吗？"春茵因为对父亲的经历总是有所顾虑，她在外从不发表什么议论。在家里，她有做不完的事，一间小小的房子，里面不多的家具，也被她每天擦拭，她只想照顾好这个小家。

唐山大地震之后，西安的人们都处于思想高度紧张中，八月六日晚，已经睡着的金龙感觉到似乎有人在晃床。同时他听到妻子说："怎么床有点晃啊。"立刻警觉的金龙把灯绳一拽，刚刚亮起的灯泡在空中来回甩动，摆动幅度有半米之多。金龙弹起身，对妻子说："地震了，你带着孩子快下楼。"春茵问："还带什么？"金龙向她挥手，"你把孩子带下楼，什么都不用管。"他找到奶粉，带上开水，又拎起小板凳，才下了楼。

楼下的马路边坐满了人，他们在屋外待了一夜。第二天，单位还是不让人上楼，大家都等在屋外。

金龙还在上班，研究所的一个产品正在试验中。每天要去靶场，他很早就走，晚上才能回家。身边的人都已开始搭建防震棚了，金龙还抽不出时间。他冒险从家里把躺椅与伞拿了下来。一天下雨，等他回来的时候，看到春茵坐在躺椅上，撑着伞，哭着抱着孩子。觉得这样也不是长久之计，春茵把孩子用单子背在身上，想办法搭建防震棚。金龙回来看到妻子这样干活，很是不安，觉得自己没有尽到责任。他去做试验的路上，看到有人卖竹竿，就买了一捆回来。用竹竿撑起塑料布。厂里把铁路的枕骨锯成了长条，给每家都发了几根。马路旁边已经没有地方，他们到厂区附近，在马路中间的绿化带搭建防震棚。人们都想着在木棍上搭上苞谷秆，于是苞谷秆成了稀罕物，大家都去附近农田里找农民买，自己砍了自己搬。金龙一次买得太多，又怕一次拿不完被人捡走。他用绳子捆好苞谷秆，用扁担勉力挑了起来。没走多远，扁担折了，腰也押住了。他只能把苞谷秆放到马路旁的路沟里，一点点往回搬。

等把防震棚搭起来，金龙腰疼加剧，睡不下去也坐不起来。大夫给他开了病假条，在防震棚休息。厂里的防震指挥部找到他，让他当这一代的片长，其间就当是值班，不算病假了。

每天金龙都要去指挥部开会，另一个片长老刘看他坐在板凳上，站起身来都困难，说自己此前腰疼，是到洛阳白马寺找到一位专家推拿按摩治好的。他说自己还记得怎么按摩的手法，自告奋勇要给金龙治疗。金龙疼得没法，就同意了。老刘每天给他按摩三四十分钟，慢慢地腰伤缓解，却落下了病根，不时就要疼一阵子。

让金龙没有想到的是，高中同学王得令此时出现在了防震棚。王得令是出差来西安，他毕业后分到了中原电力局，"你这里太难找了。"两个好友多年不见，防震棚里再见时有恍若隔世之感。王得令说自己还是从安玉普那里找到了金龙的联系方式，颇费了一番功夫才找到了他。两人聊起同学近况，王得令告诉他，"文心现在还是单身状态。"如果不是腰疼，金龙肯定就惊讶地蹦起来了，"她和张晋文之间发生什么了？"王得令说："具体细节我也不太清楚，张晋文给我说，似乎是身体检查结果，可能无法生育。文心知道他是独生子，不想万一张家无后，所以自己坚决地分了手。"王得令告诉了金龙文心的联系方式，她现在安徽当老师。虽然自己这些年因为孩子的病情，和同学们都没有联系，但想到文心的情况，他还是写了一封信，信中他劝文心尽早成家，"要不然岁数大了，一个人还是会很麻烦。"也许金龙的信中写得太过直白，文心对于他的建议显然不以为然，"你不要为我的事情再操心。"金龙见她写得这么决绝，也不好去信再劝。

春茵怀孕期间，金龙打鱼给她补充营养，腰伤后，老鲁来找他商量，"你腰疼，也不去打鱼了，你那渔网送给我吧。"金龙想着自己也用不上了，就送给了老鲁。

腰伤还没痊愈，金龙的耳朵又聋了。

产品试验紧锣密鼓地进行着。这是他做过的最大规模的试验。在炮口上安了很多的传感器，把信号引入仪器室记录数据。炮口安装着高速摄影机，一秒拍三千张照片，启动得早了胶卷不够，启动晚了拍不上。他必须恰到好处地控制时间，既能拍上，又不浪费胶卷。

控制盒握在金龙手中，炮弹上好后，他喊着："机炮准备好没有？""高速摄影机准备好没有？""仪器准备好没有？"都打了一遍招呼后，他却忘了退回到屋内，自己站在炮口跟前，按下了按钮。炮声响起，他感到自己脑子似乎都炸开了，却坚持住没有撒手扔掉手中的控制盒。几秒钟后，射击完毕，他把控制盒往地下一扔，双手抱住两耳，他的左耳什么都听不见了。他问靶场的炮手碰到过这种情况没，炮手说碰到的次数多了。他又问还能好吗。炮手说过几天就好了。原本可以申报工伤，想到这样会对单位有影响，他就没有申报。

过了一个多月，金龙的耳中几乎从不安静，人就如一直身处在树下，夏蝉不住嘴地鸣叫着。金龙觉得这样不行，他去四医大看病。大夫看完后就说："你这是爆炸性耳聋。"又问他，"像你这样的病人，你们单位多不？"金龙说有，多少不知道。

这位耳科大夫正在搞的科研题目就是爆炸性耳聋，他给金龙开了十天的药。吃了这药以后，脸和脖子、手都如同喝了酒一样通红。药只吃了七天，耳鸣好多了。不过他的左耳听力大减，人如果在左边说话，他已经听不清楚了。

听力下降并没有影响他的判断力，十月十七日，他看到《人民日报》刊登的文章《要扫除一切害人虫》，里面写道："撕下他们披在身上的画皮，戳穿他们的狰狞面目和鬼蜮行径。"他觉得这肯定有所指。但这次他没敢和人讨论。两天后，他骑车去上班时，就在长乐路和幸福路交叉口的马路上，他看到有人用石灰粉写着：打倒王张江姚"四人帮"几个大字，大字在地上向每一个骑过的人发出声音。他也从几个字旁边绕了过去，他舍不得压住这几个字，他希望更多人都能看到。

一直到十月二十一日晚间，他听到中央人民广播电台里传出了："广大游行群众热烈欢呼粉碎王洪文、张春桥、江青、姚文元反党集团的伟大胜利，愤怒声讨'四人帮'阴谋篡党夺权的滔天罪行。"金龙感到了多年来都没有过的轻松与释放。他也希望这么些年围绕着自己家的痛苦，能随着国家的变化而改变。

一直到一九七七年年初，金龙他们才从防震棚搬回到原住处。

随着高考的恢复，厂教育处负责电视大学的同志找到金龙，请他辅导物理，每周辅导两次，一次两个小时，每小时有4元钱的报酬。辅导时间都在晚上，学生大部分是一九六五年入校的大学生，"文革"时上课较少，这次学习算是回炉。还有几个是刚进厂不久的青年。因为要备课和批改作业,原本金龙周末带儿子去看电影的时间只能牺牲了。

回炉的学生,晚自习的时候基本都不来,晚上做作业和交作业的,大都是进厂不久的青年。等到年底考试时,回炉的学生中有一个的卷面分数,金龙批改时把判分放到最松,也没法给到六十分,打了五十六分。教育科的同志希望通融一下,做他的工作。金龙说:"不行,看卷的时候就已经考虑了。"这一期的班长老郭也来说情,"您就凑合给个及格吧。"金龙的倔劲也上来了,他拿出卷子,"你看,我是不是把卷子放到最宽的程度了?我不能违心加分。"

三十一
动员

"去了西安，别人说话我听不懂"

一九七八年年底，金龙从研究所的试验组调动到了设计组。在这个组，他的事情比原来更多了，不停出差，参加各种会议，他的重点是完成302航炮的定型。家里几乎都是春茵打理。

302航炮是为歼八飞机量身订造的，这个项目在一九七八年的全国科技大会上获了奖。一九七九年，为了302航炮的定型，在厂里开会的时候，"中国的保尔·柯察金"吴运铎也参加了，他刚刚任五机部科学院的副院长，金龙对这位前辈也充满了敬意。吴运铎穿着一条劳动布做的裤子，很是简朴。不过对于302产品，他的发言不客气，当看到炮弹的装填系数时，他还发了火。金龙在会场现场听着，估计吴老是按照地面炮的标准，而非是飞机上航炮的标准。其实对于302项目，最关键的需要就是减重，只有重量轻了，才能过关，这也是炮弹装填系数高的原因。

歼八马上就要定型，302项目的进度各方都关心。等到国防工办叶副主任来开会时，厂研究室特别把李老厂长请来参会。李厂长是延安时代的兵工厂的老工人，在厂里德高望重。会上，叶副主任批评了厂里的进度落后。他话音刚落，李厂长站起身发言："这个问题，叶主任说应该厂里负责，当然我要承担责任，但是还要负责任的是你叶主任而不是我。"叶副主任对他非常尊重，立刻表示："对不起老同志，对不起老前辈，刚才说话有不妥。"金龙看到几位领导的重视程度，也知道时间非常紧迫了。

到了一九八〇年，歼八飞机定型了，厂里的程副总、研究所的何高工与金龙一起来到北京建国门内的空军招待所，三人住在一间房子里。五机部的一位副部长来到房间，让他们把项目情况汇报一下。何所长主讲，他把图纸摊在宿舍地板上，一边汇报，一边看图。何所长从立项到现在全程参与了302项目，对情况非常了解。副部长也趴在地上，弯着腰一边看图，一边听他的汇报。听完了汇报，副部长说："现在有两个问题，一个是你们的自动机后坐力太大，这个问题有些致命，减震太厉害，影响自动机的射击速度。这个问题你们付出了很大努力，有了很大改善，如果再有一段时间，这个问题会解决的。第二是和它配套的炮弹，别看炮弹和你们的机炮比起来是小不点，但是难度不比你们小，因为牵扯单位太多。"他列举了八九家单位后说："我到工厂里问能否在一年之内解决，问了一遍又一遍，从厂领导到单位，没有一个人敢说解决。看来这个问题短期内是没法解决的，但是我们的歼八飞机一定要定型，只能先把这个武器的配套去掉，用另一款型号代替。"

30-2是厂里自己研制设计的产品，副部长虽然说定了，三个人还是心有不甘。他们商量，等部长来的时候，如果他能表示肯定，就抓紧时间改进。如果部长说要代替，就用缓兵之计，说马上回厂向厂领导汇报。

等部长来时，果然还是说代替的打算。何所长刚说出回厂汇报，部长就说："昨晚我已经给张厂长通过电话了，把情况给他们说明了，你们就这么定吧。"

这个项目，厂里花了二十年的时间，完成了地面定型，却没有完成空中定型。金龙从一九七八年调进组，对存在问题进行攻关，并逐渐成为主力，他知道项目组的付出。何所长是个内向的领导，他从捷克留学归来后，花了二十年投入这个项目，但终究是临门一脚时没能得偿所愿。

一九八一年，研究所接到了新任务，要对正在生产的机炮进行数学计算。研究所腾出了两间房子放置购入的一台计算机。计算机程序和数据的输入要用打孔机，计算出来的是十厘米宽的纸条。金龙他们准备了几个月后，开始运行总程序。结果刚开始运算不到一分钟计算机就死机了。连着试了多次后，发现是输入的原始数据太多，把内存占满，运行不开。通过让原始数据不进入计算区解决这个问题。但计算结果还是与预想的不一样。

几位同事把数据纸拉开铺满了一屋子，每个人都趴在地上，拿着纸条一行一行地看。金龙感觉回到了大学毕业写论文时的状态。只是那时是手摇计算机，现在已经是大型计算机了。等他们终于发现原始状态的设定值有问题时，修正后再次计算，结果就与实验所得的仪器记录的曲线高度吻合了。

这个任务从开始到结尾用了将近两年的时间，金龙白天研究，晚上睡觉时做梦都在推导公式，有时候半夜想到了解决办法，翻身起来记下来。项目结束后，研究所想作为科研成果来报，申报科研成果是由革新科负责的。革新科反馈的意见是项目就不报科研成果了，可以算是研究所的革新的项目，在厂里奖励就行。金龙认为这个项目很有发展潜力，可同样，项目的发展和推动也不是由他能控制的。

春节时，金龙请了探亲假，带着儿子回河南。他知道双喜爱枪，在东大街体育用品商店花了三十五元买了一把气枪。双喜看到气枪果然欢喜，枪能让他想到曾经峥嵘的岁月。如今，在拖拉机站里，他的讲述从来不缺乏听众，而他的人似乎也变成了当地的一个故事。他已经六十三岁了，可是他不觉得自己老了。为了让孙子看到电视，他几下就爬上了树，把天线支在大树上。他是个闲不住的人，在拖拉机站的院子里开辟了菜园，每天都要在园子里浇水、施肥。金龙劝父亲，也要考虑一下退休了，要不然也会挡住后面的年轻人。乡政府的小刘是从拖拉机站调去的，他说："此前调整工资，因为有人数比例限制，谢书记都不愿意调整。他总说自己家庭没负担，工资也高，让拖家带口的同志先调。在单位他说了算数，大家也没有办法。还是我去年在乡政府看到上报的名单又没有他，领导又专门拨了指标，说明如果他不调工资，指标就收回，他这才同意。"他对双喜说："您要是退休了，拖拉机站现在效益也不行了，养老金可咋办呢？还是把你调到乡政府，作为政府工作人员，您是老革命，没有退休金怎么能成。"他知道双喜放不下他一手建成的拖拉机站，"关系调到乡政府了，您还兼任拖拉机站的站长。"就如同双喜一样，谢楼的寨墙也被认为太"老"了，它早已残破，东西寨门和门楼还在，西北角的炮楼只剩下地基，北侧城寨的砖早不知什么时候被东家拿、西家抽的，露出了里面的夯土。新的大队书记召开社员大会，要把谢楼村从城寨往外迁移。政策是拆一家，给划分五丈宽、五丈五尺长的宅基地。他准备把老寨作为耕地，一开始各户人家都不积极，等新书记推出新政策：村里公有的树木，谁先拆就先分，后拆的不分。谁都怕自己吃了亏，搬迁的速度明显加快了。新书记准备把寨墙全部拆除后，将土地平整作为农田，再把寨里的土地，由各家各户承包。仲兰对新政策的评价是："南京到北京，买的不如卖的精。"双喜对一系列新政策却难以接受，特别是对"地富反坏右"摘帽他想不通。虽然自己被定过是"右倾思想"，但他从未怀疑过去的政策。毛主席去世后，在乡里举办的追悼大会上他作为代表发言，还没说两句话，便已泣不成声。金龙劝父亲："原来以阶级斗争为纲，现在的工作重心都转移到社会主义现代化建设上来了。你在拖拉机站这么多年，能够发展到现在，不就是注重了效益和发展吗？"对儿子这话，双喜没有反对。

兴云家也面临着搬迁，他的五个儿子，老大已经成家，另外四个孩子还没成年。仲兰在家，身体不好时都是兴云拉着她去看。她怕剩下四个孩子吃亏，便把兴云和几个孩子叫到一起，主持把自家的几棵树先分一下。她对兴云说："哪棵是龙儿的，哪棵是你的，分清楚，谁要伐树，只能伐你爹的，不能伐你叔的。"老宅有五棵已经成材的大榆树，还有许多的枣树、椿树、杨树和杏树，仲兰都分派清楚了。她私下给兴云说："金龙的树留给你，将来孩子长大了，连大梁都不好找，先分了，也免得你在儿媳妇那里作难。"

老同学玉臻和兴语都来看金龙，玉臻现在是村里的红人，他会烧砖和看窑，队里谁要烧砖时都要请他。他赚了钱已经买了切砖机，说隔壁村的大队也有砖窑，却没有他对烧窑的眼力，他准备去把那里的砖窑承包下来。兴语没有玉臻的本事，农闲的时候，他就跟着人去外地要饭。

农村的生活，对于金龙那六岁的儿子来说，一切都是新奇的。他看到耕牛，就想到了书上骑牛吹笛的牧童，便试着踩着凳子去骑牛，

259

可把兴云吓住了，赶紧把他抱了下来。金龙告诉父亲，给儿子起了小名叫铁牛，因为拖拉机也叫铁牛。双喜呵呵笑着，说要带孙子去打鱼。金龙放心不下，也拿了一条网陪着，祖孙三代一起来到张完集不远的一处池塘。金龙先撒了一网，这网没有展开就落入水中。双喜看到一股浑水从河底翻上来，说："别拉网，我再盖一网。"他冲着水花翻起处一网罩下，拉上来一条三斤多重的大鱼。双喜把大鱼装入小网，放在浅水处。他和金龙继续撒网时，铁牛见大鱼跃动有力，就要挣出小网，吓得喊了起来："爷爷！爷爷！"双喜展示出了一个老战士的敏捷，他沿着池塘边缘紧跑几步，冲进池塘，双手钳住几乎已自由的大鱼，把鱼放到了岸上。这样的经历，对于小铁牛来说，是从没有过的，也是隔膜的，乡村生活是与城市生活完全不同的存在。他不理解为什么那些岁数很大、长着胡子的成年人要叫自己叔，也不知道为什么这里只有旱厕。经过只剩夯土的寨墙时，金龙告诉儿子，这里曾经是一座完整的堡垒。他指着寨河说，自己夏日里，每天都在河里玩耍。还原谢楼寨很考验铁牛的想象力，他见过西安的青砖城墙和城河，"那应该是大号的谢楼吧？"他这个问题让金龙乐了。他何尝不是从一个小城寨，到了一个大城寨呢？

　　金龙回到西安几个月后接到了父亲的电报，电报上的几个字让他的心揪了起来——"你母病重，速归"。心急火燎的他立刻就想往家里赶，当天没有了西安到商丘的车次，就先买了到郑州的慢车。金龙与春茵带着儿子坐在车上，慢车每一个小站都会停一会儿，这一会儿在他感觉特别漫长。突然想到自己没给父亲发电报，他担心双喜着急。到了灵宝站，车一停他就跑出车站，想在车站附近找电信局。转了一圈，没有发现电信局，他着急地在站台上打转。正准备上车，旁边一个五十多岁的老者问他要做啥。"我想发电报。""时间来不及，你出去车就开了。""哎呀,这可咋办呢!""我替你发吧,你把电报稿写好。"

金龙写了电报稿,留下了发电报的钱。

回到家里,仲兰在张完集卫生院住院,她拉肚子已经多日,双喜日夜陪伴。

一周前,仲兰对双喜说:"咱养的那只大公鸡,老是到处跑,有时候还跑到学校去。不定哪天跑丢了,咱把它吃了吧。"双喜拿着气枪把鸡打住,拿回来做好了,双喜吃了点,仲兰喝了点汤,她不喜欢吃肉,把肉端到食堂让拖拉机站的同志们吃了。别人都没事,她却开始拉肚子。拖拉机站门口的赤脚医生杨大夫给她开了药,吃了几天都没好,病情反而加重了。

天像是漏了一样,不住地下雨。见到金龙,仲兰精神好了许多,金龙把拖拉机站伙房做的鸡蛋汤送到医院,仲兰把汤喝完了。他觉得母亲病情好转了些,心里稍松。

可是跑肚的情况没有减轻,原来仲兰垫的是尿布,金龙把供销社的卫生纸都买了。大夫说她身体太虚弱,建议输血。双喜同意了,从赵庄找了个卖血的人,金龙给他准备了一大碗红糖水。喝了以后输血,仲兰依然不见好,在床上已逐渐坐不起身来了。打点滴时,护士又进行静脉注射。注射时金龙扶着母亲的胳膊,他看见仲兰的脸突然发紫。金龙大叫:"坏了。"护士赶紧把针管拔出,去找大夫。大夫来了之后,做了几下按压抢救,用听诊器听了,说不行了。

这一切太突然,金龙完全没有思想准备,他止不住地哭。双喜在一旁说:"别哭了,有你哭的时候,想办法,咱先回家。"

他将拖拉机挂了一个车斗子,将仲兰拉回谢楼。金龙问兴云:"哥,咱这一带有人说,死不回家。我不知道你有没有忌讳?"兴云说:"我啥忌讳都没有,咱还是要回家。"

261

双喜早早就给自己准备了楸木的棺材，仲兰如今就躺在他给自己准备的棺材里。灵柩停在堂屋正中间。吊唁的人络绎不绝，天气很热，金龙怕有异味，他请人买了花露水，洒在棺材上。

兴云媳妇一再对金龙说："婶子真没福气，这么多年都在村子里住，才从家到张完集和俺叔一起，福还没享，人就没了。"金龙心里后悔，应该把娘送到县医院治疗。仲兰不喜欢吃鸡蛋，嫌有股腥气，牛奶也喝不下去，做了肉菜，她也只吃菜。在西安检查时，大夫就说她营养不良，身体虚弱。他觉得是母亲在长期的苦难中，形成的一种自我约束的饮食习惯，这习惯并没有因为后来生活的改善而改变，并最终损害了自己的身体。母亲才六十二岁就离世，他不希望在母亲身上发生的事，在父亲身上再发生。

仲兰下葬后，金龙动员父亲回到西安住，双喜说："我不去，去了西安，别人说话我听不懂，我不识字，出去溜达，连茅房都找不到。""那边很方便。""你别说，城里没啥，不就是人多点，房子高点，我都见过。不去了，在这里我能自己照顾自己。"金龙又让春茵去劝双喜。双喜的回答一样，"你们不要挂念，把孩子带好。"听着父母谈爷爷的事，铁牛也去找双喜，回来告诉父亲："爷爷同意和我们一起回西安了。"

金龙喜出望外，去找双喜，双喜说："孩子来说，我能说不行啊？我说着玩呢。"

金龙仍不放弃，一家人车轮战般地围着双喜，双喜恼了，他冲儿子说道："你三叔就牺牲在这里，你奶奶埋在这里，当年我没有南下，现在更不会离开这里，将来我还会埋在这里，你们都别再劝了，这事就这样吧。"

父亲不愿意到西安，金龙却只能赶紧回去了。儿子回来后水土不服，腰部起了一圈疹子，疹子很快就溃烂，看上去触目惊心。回家后他带着铁牛去职工医院，医生担心疹子发生感染，涂上了紫药水。等疹子好了以后，铁牛的腰间仍然留下了紫药水的痕迹。

三十二
升职

"你让我管人，我做不好，我不愿意"

回到单位，他收到灵宝车站发来的一封信，信上写着电报发出，还剩几毛几分。硬币都装在信封里，还有在电报局发报的收条。金龙不知道那位老者的姓名，他把这封信压在办公桌的玻璃板下，作为纪念。

一九八三年，研究所马副所长找金龙谈话："老谢，厂里想调你到中央理化室做主任，现在通知你。"金龙很意外，他对于研究所的工作已经轻车熟路，他希望如何所长那样，用二十年的时间去攻克一个技术难关，哪怕失败了，他也享受其中的过程。几乎没有犹豫，他就说出了自己的想法，"马所长，我这个人不喜欢管人，我能管住自己，愿意做具体的技术工作，只要你给我布置的任务，任务一下，你就甭管了，我保证交卷。你让我管人，我做不好，我不愿意。"老马一再征求他的意见，"你这么坚决？"金龙点头："是。"

"好了老谢，你不管了，该干啥干啥，厂里我来顶着。"三四天后，老马又找到金龙,"我顶不住了,厂里一定要把你调走。"金龙说:"那不行,我不愿意。"何所长出差回来后知道了,他找到金龙,金龙又重复了意见。何所长拍了拍他的肩头,"老谢,你该干啥干啥,厂里我顶住。"又过了不到一周,何所长找到他,"老谢,看来你还要去,我也顶不住了。张总工要找你谈话。你思想要有准备。"果然,不久后,工厂办公室来电,说张总工找,让金龙去总工办公室。在办公室,张总工正式通知他,马上到理化室报到。"张总工啊,我不会管人的工作,到时候可能给你搞得一塌糊涂。我要做不好,我丢人,你不是也丢人啊。"张总工突然说了一句:"你是共产党员不?""我入党还是我要出差前,你作为党委委员,跑到我家里找我谈的话。""共产党员应该怎么做?""服从组织安排。"张总工的这句话让金龙没有找理由的余地了。他知道,张总工对他是不错的。入党的时候,最后他以党委委员的身份找要求入党人员谈话。那天晚上,他来到金龙的家里谈话,这让金龙非常感动。一直到一九八一年,金龙才成为共产党员,他是一个因为"拖延症"迟到的党员。一九五八年的时候,他就已经帮着双喜的同事写入党申请书了。高二时,当发展第一批学生党员的时候,已经讨论了他的入党问题,却没有找到他的入党申请书。等他想写的时候,已经错过了这批入党的时机。紧接着他遭遇了操行降级的心理危机。

高中时遭遇的心理危机一直影响到他的大学时代。大一他就已经是班里的团支部书记,但到了大二,他和原来的组织委员王秋尘的职务交换了。直到秋尘到西安,他才知道是因为党支部已经在讨论秋尘的入党问题。如果说大学时代已经和同学组建了研读党章小组的他,因为"过于自信"等待被发展,而不是主动去向党组织靠拢;那么到了工作以后,他便在"技术流"的路径上走了下去,而家事也让他一度心灰意冷。如果不是张总工对他的支持,他这个从内心深处早已认定自己是一个党员的人，还不知道何时才能真正入党呢。

中央理化室是计量理化科下属的科室，有五十多人的队伍。金龙到了以后，先将理化室分为六个组，加强了对外联系与合作，其中机械加工组承担了一些项目，小挣到了一笔钱。有年轻人撺掇着要去游华山，金龙嘴上说可以考虑，心里却不想组织，春天多雨，华山又险。

他连着拖了两天没松口，就有人找到高工等老同志来劝。金龙这才松了口，在全室大会上他说："你们愿意去，可以自己去，请注意安全。路费室里可以拿。去华山半程火车费往返三元七角四分，不管你去华山、兴庆公园，还是在家里转一圈也好，每个人都发路费三元七角四分。如果去危险地方，大家千万注意安全。"

室里的年轻人开始自己统计去华山的人数。到了六月的一个周六，保管工小陈把名单给金龙看，第一条领队的名字上，就写着他的名字。金龙看后，拿出笔来，把自己的名字圈掉了。小陈鼻子哼了一声，把名单拿走了。

周六下班前，小南来到办公室给金龙打招呼，临走时，金龙特别嘱咐："南师傅，注意安全啊。"小南举了举拳头，"没问题，华山抢险。"华山抢险就发生在一年前的五月一日，四医大学生们在华山奋力抢救负伤的游人。

去华山的人数不到二十人，周六晚上快十二点时，已经入睡的金龙听见楼下有人呼喊他的名字，他下楼见是计量理化科的王科长。王科长说："老谢，出事了，去华山的同志可能有人受伤了，咱现在就过去。"

厂里派出一辆中巴，两人与医院的副院长和大夫一起出发，金龙一路上不停在想各种可能：害怕出事还是出事了。最好别出大事。

天快亮时，他们来到华山脚下的华山镇。在村子的十字路口，理化室的两个同志站在那里。几人走进旁边一个大院，院内放着两个担架，担架已经用白布盖了起来。金龙不由叫了一声："两个人呀？"他感觉自己头一下就大了，这两人正是小南和小陈。

出了这么严重的事故，出乎所有人的意料。金龙和王科长分工，王科长找当地邮电所向厂里报告；他带着车到现场，把别的同志带到镇上休息。等金龙来到山口，不仅有理化室的人，还有厂里其他科室、外单位的几十个人，都坐在那里。小枣和小南是要好的朋友，紧张一夜了，她上车后一放松，病情发作，手抽着。金龙想帮她把手拉直。旁边的徐大夫提醒他："不敢使劲，慢慢揉揉就行。"徐大夫掐着小枣的人中，又换换按摩，到镇上她的情况才缓解下来。

除了两人丧生，还有小松胳膊受伤导致骨折。王科长跑去供销社买了白布，把逝者裹起来，再去找医院联系，把逝者送进简陋的停尸间。金龙去附近的化工三厂，要了些冰过来，放在逝者的身边。

几个人忙了一上午，中午厂领导与死者家属、交警赶到了。金龙与张总工一起去化工三厂借车，化工厂的副厂长很爽快地答应了，把滞留一夜的几十人送回西安。

送逝者回西安需要再借车，正是麦收季节，没有司机也没有车，找车成了大难题。金龙想到这里距离国家靶场距离较近，他在那里做过试验，认识那里的钟军官。他和王科长坐着小中巴前往靶场，当筋疲力竭的金龙见到老钟，就如同见到亲人一样，止不住地泪流。老钟也够朋友，马上到司令部联系，部队派了一辆有帐篷的卡车。

等车到了院子，派谁跟车又是难题。金龙想到室里小婷和小南的关系好，他刚张嘴说"小婷……"，小婷已经说："主任，我身体不好，有病。"金龙没辙，说我来跟车，再找一位同志吧，现场没有一个人吭声。他想只有找个"软柿子"了，点了刚顶替父亲进厂还不到一年的小史，说："小史，你和我一起押车吧。"小史答应了。

把担架抬上车后，金龙和小史连脚都没有地方放，只能放在担架下面。车外刮风下雨，小史坐在金龙旁边，突然拿手使劲拍他的腿。问咋了，他不敢说话，脸朝向一边，却用手指着另一边。原来是风一吹，把盖在逝者脸上的白布吹开了。小史不敢看，只敢用手指。金龙想别把孩子吓坏了，他慢慢站起来，把脸遮好，用冰块压住。小史才安下心来。

到了临潼，天已经全黑了。司机问接下来咋走，你们来个人到驾驶室指路。金龙问小史知道路不。小史说不知道。"那咋弄呢，我要是坐到前面去，你一个人在这害怕不？"

"我害怕。"

金龙把去四医大的路线，给小史交代了两遍，让他去驾驶室。自己一个人坐在后面。

等到了四医大，把逝者送进太平间，卡车司机也是解放军战士，连饭都没吃，就往回返。直到回家，金龙才想起来，自己这一天都没有吃饭，也没有喝水。春茵给他换下了湿透后又被体温蒸干的衣裤。稍稍放松下来的他，没有感到饥饿，而是开始呕吐，从干呕，一直到吐出了绿色的胆汁。

回来后，金龙通过调查，才了解了事故发生的经过。

当天晚上一行人乘西安到华山的专用客车，到华山站后，他们应该先离开铁路向北走几十米，然后再走一里多路，开始登山。

而他们没出站，选择顺着铁路线往山口走。进山的山口桥上，看不到拐弯处的火车。等火车转过来，车灯照耀，鸣笛时已在眼前了，造成躲闪不及的三人两死一伤。

厂里先找铁路方面联系，对方说是在站外出的事，车站不负责任，但愿意给每人一百五的安葬费。

小陈的家人迟迟不愿安葬，听说金龙发了三元七角四分的旅游费。来找他商量，希望他承担责任，看厂里是否能给抚恤。金龙说："要是一开头你说这句话，还可以考虑，现在你说这句话已经晚了。"对方不太明白，问啥意思。"我确实给他们发了旅游费，但是这个费不仅仅是去华山的人发了，没去的人也有份。如果一开始你提醒我，我可以承担责任。现在厂里已经调查了，我一直是不支持的，当着全室的面也说了，让我当领队的时候，我也不当。厂里把结论都已经下了，你才来说。你早说，厂里也不至于费这么大劲调查了。"

家属这才作罢。

当主任不到半年，就出了这件大事，对金龙打击比较大，这个事情确实自己提示了所有风险，还是有同事伤亡，作为管理者，他感到自责，他没有直接说出那个"不"字。他把全室人召集来，说出了自己的感受："他们两人去世，大家都很伤心，但是一旦分心，在工作中也容易出事。大家要把思想集中起来，不管哪个岗位，千万不敢再出什么事了。"

金龙找到张总工，"你让我当理化室主任，我当时就说干不了。你现在赶紧把我撤了得了。"张总工没有接他的话茬，递给了他一支烟，两人默默地抽完。

"生命真是脆弱。"这个话题，在金龙和春茵之间很少讨论。他们都知道彼此内心中的痛，不愿去触碰。"你知道吗，厂招待所出了凶杀案。"春茵说。"哦？咱们厂招待所？"金龙这阵子的注意力都在事故的处理上，厂招待所就距离厂区不远，"招待所人来人往的，这事是怎么发生的？"

春茵说，是北京的两个青年男女谈恋爱，家里不支持，便逃婚离家出走。男方认识厂里的一个职工，职工就以家属探亲为由，在招待所要了一间房。车间主任也没有调查,就签了字。两人住在招待所,身上的钱已经花完,竟然生了谋财杀人的念头,以卖收录机为名,把买家引入招待所中杀死,却被门口路过的人听到声响,到公安处报案。公安处在他们所住的房子门口和窗口都安排了人,把门撬开冲了进去时,两人已把尸体放在床底,正在打扫房间。

金龙感慨:"现在正在严打,这两个人难逃一死。"

"两个人都二十几岁,完全没考虑这么做的后果,而且在招待所杀人,怎么可能不被发现呢?"

"他们太年轻,只想到了眼前,哪里顾得了以后呢?"

金龙想起单位里的同事老王也找到自己,去劝他喜欢惹事的儿子。

他想,这才是件麻烦事呢。

老王的儿子小斌是街坊里出了名的"小霸王",在学校时,父母就已管不住他。高中毕业后无业在家,每天晚上都在家里和父母闹着要钱,不给钱就整晚不睡,在家里又吵又闹,邻里都不得安宁。

劝这样的太岁,可真是需要一番勇气。金龙作为同事的领导,受人之托,也没有推脱。

来到老王家里,见到小斌,在他眼前的却是一个满脸带笑的青年。

金龙说:"你父母说你总是和他们闹,他们在厂里很辛苦,有意见可以好好说的,你这么闹可不对啊。"

小斌不停地点头,"叔叔说得对,我确实错了,要改正。"

不管金龙提出什么意见,小斌都表示接受,他的态度,让金龙颇为意外,他又劝了一阵子,才告辞。

他见到满脸疲惫的老王,"没休息好?"

老王点头,"一夜没睡,你一走就又开始闹了。我把他锁在屋里,他能把门都砸开了闹。"

"他不是承认了错误,当你们两口子的面说要改吗?"

"他说:'我不承认错误行吗,不承认他还要说,他不走我咋办,他算老几?'"

金龙感慨:"你家这小子挺灵的。"

"被他奶奶宠坏了,从小就有求必应,现在管不住了。"

金龙摇头,又劝了两句,"还是给他找点事干吧。"

"唉,他现在能干什么事呢?何况他又什么事都不愿意去做。"

金龙知道自己能做的有限,等他再听到小斌的消息,是一年多后,同事老孔告诉他的。那时的小斌因为提着菜刀打劫,被抓住了,严打期间,被判了死刑。老孔去参加了宣判会,他对金龙说:"再横的人,这个时候也横不起来了。一宣判是死刑,要执行的时候,明显能看出他以前的霸道劲头都没了,裤子都尿湿了。"金龙想到两人此前的会面,叹了口气,"这么聪明的小子,就是不听劝啊。"

这天,春茵正在厂里上班,接到电话说有亲戚到门口。在厂的大门口,她看到一个浑身上下"黑"透了的人蹲在地上。春茵仔细一看,这人脸上身上都是煤渣子。那人见到春茵,张口说道:"我是你二舅啊。"原来,来的人正是大彪,他在王庄总是偷鸡摸狗,真是人人嫌弃。这次是想偷砍村里别家的树木被发现,他干脆跑出来躲两天,想着金龙在西安,自己也没有钱,就扒上煤车。虽然第一次来西安,大彪见人就问,竟然被他找到了厂里。金龙外出办事,这才找到了春茵。春茵请了假,带着大彪回家。路上人见她领着一个"黑人",难免好奇,问这是谁。春茵回答:"这是俺舅。"看着大彪,感觉真是不忍见人。大彪却满脸的不在乎,到了家里,他拿出带的糖包,自己吃一个,还让春茵吃。春茵哪里敢吃,她烧了水,让大彪洗手洗脸,脸盆里顿时就落了一层的煤灰。

271

金龙回来看到二舅，却没有好脸色。他此前回家时听说，大彪因为想卖沙子给拖拉机站，被双喜拒绝。恼羞成怒的他竟然在大庭广众之下，指着双喜的鼻子破口大骂。金龙把他安排在邻居的空房住下，他的冷淡，大彪也能感受到，觉得没意思的他只住了几天就要回河南。金龙也没留，他拿出五块钱给了大彪，说："你咋来，还咋走吧。"

　　不久后，他收到了父亲的来信，"大彪来张完集告你的状，说你只给了他五块钱，让他'咋来咋走'。他说五块钱连买火车票都不够。我也知道他在王庄偷了东西，特意嘱咐他，不要晚上回去，因为他怕村里人抓他，村里人也怕哩，我请大舅爷大白天陪着他回了村。"看着父亲的信，金龙忍不住笑了，对二舅的气也消了。

三十三

分房

"这是在欺负我这个老实人啊"

一九八五年,在工作了二十年后,金龙住进了单间单元。他们住的四十八号楼被称为"熊猫楼",有两种人入住:一种是高龄老人;其他人都是按照年龄分配的独生子女家庭。孩子岁数尚小,职工年龄却已经大了,原本按照条件是分不了单元房的,住进了"熊猫楼"。

分房的时候,有些同事已经知道自己分到哪一层,拿到钥匙开始打扫卫生了,金龙还不知道。他到了厂里的房产组去问。房产组的人都不说,房产组长说,管这事的人不在,只说等公布就知道了。见打听不出来,金龙就出来了。正准备走,突然想问一句话,他转回房产组时,只见房产组的组长正拿着图纸看分配的位置,见到他进来,面色惊慌地又把图纸放回抽屉里。金龙心想:这是在欺负我这个老实人啊。

等分房位置正式公布时,金龙被分到了一楼,这一户一室一厅的房子四季见不到阳光,可以说是全楼位置最差的一户。他后来才知道,房产组的工作人员负责本次分配,他本人这次也要分到"熊猫楼"里。金龙计算了相关年限,自己这一户原本就该是房产组的那位老兄住的。

拿到钥匙,他和春茵去房间打扫,这间房被作为全楼内部施工时的仓库,房间里地面上洒着油漆。因为房间里阴湿,洗手池下面不时就生长出一丛丛的蘑菇。最让金龙恶心的是,刚入住没多久,下水道就被堵住,水从一旁的洗手池向外冒。一家人原本在吃饭,春茵上楼告诉邻居不要用水,她去厂里找水电组,结果一上午都没有请来人,回来气得直哭。

金龙到了水电组,看到几个人在烤火聊天,也没人理他。他没说话,进去找地方坐下,掏出烟抽着,给离得近的师傅让了一根。过了一会儿,师傅问他:"你啥事?"他才说屋里堵了。水电组派了工人带着电动通条,从管道里抽出一条抹布来。

过了两天,隔壁的汪老师傅家也堵住了,他是楼里年纪最大的,被称为"五朝元老",出生在东北的时候还是清朝,经过民国、洪宪、伪满与新中国。老人家被堵,正好是周日,金龙去帮忙,几个邻居一起疏通管道,整整忙了一天,这次从管道里抽出一条儿童穿的秋裤。

楼长赵老太拿着秋裤,让金龙写点东西贴在楼里。他尽量用和缓的、温暖的语气写了一页纸的《告邻居书》,贴在楼门口。赵老太把秋裤挂在旁边。第二天早晨,秋裤不见了,《告邻居书》也被撕掉了。从此,下水道再也没有堵过。

一九八六年,年轻的新厂长决定进行一次内部改革。新厂长姓邱,有虎气也有魄力,是整个兵器工业部最年轻的厂长,他的改革也是东郊的大厂里推进最早的。他除了推动厂里的架构调整、上马民品合作项目之外,还将大量中青年大学生提拔为中层。金龙被提拔成为基础技术处副处长,基础技术处是由计量理化科与综合技术科合并而成,综合技术科原来的曹科长改任处长，另一位副处长王修比金龙小六岁，马上四十，原来是厂部的秘书。三人分工，金龙主抓计量理化室。

省上正在抓计量工作定级，从各厂抽调十几人组成考察队伍评审，把金龙抽过去作为组员。他一边抓厂里工作，一边不停前往各厂参加考评。一开始曹主任有一些意见，一年后，847厂进入计量二级单位，金龙才感到压力稍轻。王修被厂派到美国学无线电，临走前，他告诉金龙，为了考托福，每天十二点以前没有睡过觉，几年来一切业余时间都用在学习英语上，现在英语已基本可以口语对话了。听他这么说，金龙也颇为感慨，同事在四十岁仍然有这样的锐气和勇气，此前他从没想过出国的事情，他陷入自身的困境中。如今家里的欠债已经还清，还有了部分存款，厂里还给自己分了一室一厅的单元房。对于现状他本已经感到很是满意，他没有想过，如王修这样，寻找人生的另一种可能。

出国的机会不期而至，一九八八年春天，厂里通知金龙，作为代表团成员，前往日本访问。邀请方是日本盐井株式会社，厂里引进的民品易拉罐生产线，就是与他们签的合同。厂总会计师丁总告诉金龙，在后勤岗位上多想想，出国回来后，就要调整工作。

出国访问，国家补助五百元做服装，金龙来到北院门一家裁缝店，一听他是847厂的，裁缝师傅说："熟悉，你们厂的人都来我这里做西服。"他拉着丁总一起去灞桥买了小礼物，要便宜又要有面子。选了一些碑帖，还买了一堆的清凉油，据说外国人都喜欢。按照规定，回国后他可以买三大件与三小件，并免除关税，可这次出国前他已经借了几百元。买电器花的都是美元，依政策，他可以按官方3.6：1的比价兑换五十美元，加上出差期间每天一美元的补助。春茵在他出国前，找朋友以6：1的比例，又换了一些美元。相比于七十年代，这次借钱他心里几乎没有任何压力。这个时候，国内的家电都被卖断货了，去日本前，就有厂里的同事找他商量，想让他帮忙从日本买辆本田摩托车，"如果帮了我这个忙，你买冰箱和彩电的钱我也出了。"金龙没犹豫就拒绝了，他觉得这是投机倒把，这个便宜他不愿意占。

代表团从北京出发，丁总与金龙到了北京，负责手续的人说还没办好。金龙看团里无事，便去找大学同学李良英，李良英见他很高兴，说李四卯正好来京开会，同学们一起聚一下。

再见李四卯，与当年分别时又有不同，此时的他已经是聊城内燃机厂的厂长，厂里在一九八四年和一九八五年盈利都过百万。四卯介绍了自己的情况，为了家庭，他从部属的潍柴辗转调回聊城内燃机厂。"在大学，我曾卖血，是最穷的学生；在潍柴，我每餐只吃三分钱的菜，是最穷的职工；到了聊城后，我为父亲看病欠了厂里的钱每月还要扣二十元，仍是最穷的家庭。我回到了家乡，也到了最底层，再也没有退路了，应该有所作为。就是在这种置之死地而后生的心态下，对于领导安排的一切任务，我都积极完成。"一九七九年，山东省机械厅把聊城内燃机厂推入市场，在厂的生死存亡之际，四卯担任了销售科科长，他敏锐地发现乡镇市场的机会，从柴油机配件着手，送货上门，当年就盈利了六十多万。他也被厂里职工称为"常胜将军"。

山东省机械厅原本在柴油机生产上只保留了"莱动"一种机型。张厅长在听取他们汇报时说："你们那是落后产品，省厅不予考虑。"他抓住了这句话，在厅长面前毫不怯阵，反问："莱动生产的二代'195'那么先进，连个部优产品都不是，难道国家只奖励落后产品，而不奖励先进产品吗？"张厅长无言以对，后来给了厂里三千台柴油机的计划。"聊城机械局的王局长开我的玩笑，说：'你这个李四卯真大胆，敢将厅长的军。'"

重新生产柴油机，此时聊城内燃机厂小件车间没有了，大件也不全。李四卯更加大胆地前往比他们厂规模大得多的菏泽柴油机厂买件。买件时，抓住菏泽急于卖货的心态，砍价百分之三十，买光了荷柴的仓库。接着，他们又席卷了济宁柴油机厂和潍坊动力机厂，让聊城内燃机厂起死回生。

金龙感叹："没想到当年的老通宝，转身一跃成了霸气的改革先锋。"他说，"'文革'时，我在西安见到了秋尘，他正被批斗，也不知现在怎样了。你是他最好的朋友，有他的消息吗？"

四卯说："我和他这些年一直保持通信，他在一九七八年已经平反，留在'二汽'工作，我们之间往来信件有一百来封了吧，可是二十多年了，也没有机会见面。真是'人生不相见，动如参与商'啊。咱们这些老同学，又有几个有机会再见面呢？"

听到秋尘已经平反，金龙替老同学欢喜，四卯叹了口气，"咱们同学毕业后，命运起伏，孙永章在大学是人人艳羡的翩翩佳公子，毕业后，他父母在'文革'中被打成'反动学术权威'，他被下放农村劳改十几年。"孙永章毕业时曾送金龙一条毛围巾，他很珍惜，听到同学的遭遇，他的眼前浮现出在全班开会时，孙永章用他标志性的大鼻子顶鸡毛掸子的样子。他说："我曾给秋尘留言：出函关。希望不负这个时代，如今看来，个人的努力，还是要和时代共振，才能有所作为。四卯你现在的成就，就是抓住了时代的机遇啊。"

代表团在驻京办等了十几天，看还没有消息，便决定先回西安。

等北京通知办好时，代表团增加了一个成员"小北方"，小北方是个日本通，他的签证上盖满了去日本的印章。金龙思忖：是不是为了增加这个组员，耽误了大家这么多天啊。不过有人懂日语，总是好事。

代表团一行六人抵达东京后，盐井派人在机场把他们接到市内，安排在旅社中,六个人住三间房。旅社的房间很小,屋里只有两把椅子,一张床和一台电视。电视只有一个频道,播放的都是少儿不宜的节目。出来吃饭时,以前没看过的金龙给另一个房间的丁总说:"这旅馆里怎么都放的是黄片。"丁总笑了,"我们都到你们屋看去。"看电视需要投币,半小时投一次,六个人一起看能省点钱。小北方说这里硬币很多,他抱起电视又拍又摇。果然,几枚硬币从投币处滚了出来。

他们乘坐新干线前往易拉罐生产线所在的富山县。上车后,陪同人员买了饮料,一人身边放了两罐。金龙感觉新鲜,对丁总说:"咱们在国内坐火车,都是用水壶接水,这罐子,就是咱们准备引进的吗?"他觉得这种新鲜事物,在国内未来也会有前景。

会谈现场日方参与谈判的人多,另一边坐着代表团的六个人。日方的翻译原来也是厂里的职工,他是日本遗弃在中国的孩子,这次易拉罐生产线引进时,接触到日本方面,便办理了日本国籍,回到了日本。他的翻译水准相当一般,把日本老板的一句话翻译成了:"他们会社和贵厂的关系很亲密,就像是老子和儿子关系一样。"金龙听到后想,"谁是老子,谁是儿子啊?"小北方当即纠正,"亲得像兄弟姐妹一样。"

此前这位老板来到厂里访问,还与邱厂长一起栽下了友谊树。参观了生产线后,代表团回来时已经更换了酒店。团长对此前的小酒店不满,新酒店就在皇宫旁边,出了门就是护城河。酒店里正好有南朝鲜的商人,知道是中国代表团,便主动联系,希望能沟通。因为与南朝鲜还没有建交,丁总召集团员开会,探讨是否安排见面。讨论后决定丁总一人去见面,就安排在酒店的大堂。南朝鲜商人是想做生意,却没有官方渠道,见到丁总后表达了合作的想法。

金龙在日本买了21寸的松下直角平面电视、东芝冰箱和吸尘器,他去北京提货时,是由厂里驻京办的王处长帮着参谋并提货的。当新的家电搬入了新房时，他的内心是满足的。上一次出现这种满足感还是在一九八一年，家里欠债还清后。正好知道华山厂有五百台电视的内部购买指标，他便委托华山厂的好友老曹，以本人的名义买入了一台台湾声宝黑白电视。在家里调出了画面后，正好在放动画片《铁臂阿童木》，看着儿子雀跃的样子，他觉得自己这个家终于从困境的深海中浮出，他深深地吸了一口新鲜的空气。

从日本回来后，金龙手里还剩下三千日元，他到银行去存钱，日元的存款利息极低，但他舍不得将日元换回人民币，觉得有纪念价值。而当年的人民币五年期的存款利息将近百分之十一。

一九八九年，金龙分到了两室一厅的房子，按照当时厂里规定的条件，他是不够资格分房的，曹处长找到邱厂长，以厂长干预的方式，让他进入名单。上榜名单公布时，在他的名字后有专门的备注：第一条是职称是高级工程师；第二条是岁数大了；第三条是孩子岁数小。就在年初，他才拿到了高级工程师的证书。住进了两房朝南的房子中，他对两位领导都心存感激。

曹处长明年就到退休年龄了，金龙心里也在想，自己得为接手基础技术处做好准备。正好，兵工部举办继续教育工程，看到其中有标准化管理和抽验检查两门课和自己从事的工作有关，金龙就报名了。抽验检查这门课涉及高数，但是课程却没有辅导老师，报名的二十多名同学都找金龙咨询。金龙想：我来原本是当学生的，结果成了没有报酬的辅导老师了。考试时也没有监考，这下大家又都来抄答卷了。让金龙没有想到的是，厂里把他作为模范教师，保送到了西北兵工局。证书发到手里那刻，金龙有点怀疑自己的角色定位。从小学六年级开始，他就开始给学弟们上课，后来的初中、高中时代，他已经开始判卷，监考。虽然自己一直不想当老师，可是这些年在厂里，他除了在电视大学教授物理之外，高等数学又带了三年，学生反响都很好。他想：也许当年我应该考虑一下老师这个职业。

相比于教学，金龙在中层的岗位上已经五年多了，最让他不适应的，还是如何处理复杂的人际关系。最近，他收到了人劳处关处长的通知，说夫妻不在一起工作的人，可以解决一个名额，把处里老鲁的妻子调动进厂。这个通知让他有些困惑，显然通知是为了解决老鲁妻子的调动问题。可是处里不止老鲁一个人面临着夫妻不在一起工作的困境。如果要解决，正常的解决方式应该是按照次序，先解决困难比较大、年纪也比较大的同志的问题。金龙想，这个指定人选的指标明显背后有猫腻，就是给自己挖的一个坑，他没办法直接回绝。考虑再三，他请示了曹处长以后，召开了职工代表会议，召集职工代表研究如何处理这个指标。在会上，他说明了人劳处的指标和建议。会上代表的意见是，指标处里还是要，选择由处里定。

金龙去人劳处，找到关处长，"感谢对我们处里职工的关心啊，但是处里有这方面问题的同志太多，我们准备从最困难的入手，一个个解决，你给我们的指标，准备先解决老陈的问题，她年纪要比老鲁大得多，一个人带着孩子，职工代表会议共同决定，把她的丈夫先调入厂里。"关处长满脸的不高兴，可是没法反驳他的意见，只好同意了金龙的建议。

没过几天，人劳处关处长又通知金龙，"这次再给你们一个指标，这个指标就是解决老鲁的问题。"金龙一想，这个指标是纯赚的，大家应该都没有意见了，他满口答应，"那行那行，这次没问题。"

虽说事情解决了，但他心里纳闷了，老鲁在处里平时也不张扬，人际交往不多，为何人事处非要解决他的问题。他想不出理由，他也不愿去想这些理由，只是总被这些事情所困扰。

基础技术处归厂副总工程师分管，分管的穆副总找到金龙，希望他帮忙，把岳母朋友的孩子从渭南调进厂里。穆副总特意找到午饭时间，和金龙单独一桌吃饭，"这孩子学的专业不太对口，但事就拜托你了，这是我岳母几十年的朋友，要是一般人我也就不给你说了。"金龙想了想，自己的理化室、测量室和仪表室都没法安排，感觉这事没法安排，就说考虑一下。过两天，穆副总又来找他，金龙说难安排。穆副总脸色就不好看，"那么好的一个朋友，这事办不成，这让我和岳母没法交代。"金龙还是没松口。他觉得自己要坚持住这个原则。

春茵最了解金龙身上的优点和缺点，她只想把这个几年前还千疮百孔的小家照顾好。金龙身上有股子不管不顾的劲头，他不怕担责，也愿意接受挑战。在研究所时，她为丈夫钻研的能力而骄傲，当金龙成为中层后，她一直劝他不要太较真，她也想拉住金龙，让他不要脱缰，去关注太多他必然无力的选项。可她又哪里拉得住呢？

年底，金龙参加厂党校学习，同期学员中提建议，说改革开放应该取经考察。一开始大家都当笑话听，没想到年底的时候，竟然实现了，但要求路费自付。学员班长老孔采用募捐的办法，从各单位那里化缘，最终也解决了。去之前的分工，金龙负责写考察报告。

因为邱厂长说要在深圳为厂建立一个窗口，就与台湾老板合作，开办了玩具制造厂。一行二十多人的目的地就是深圳，吃住都在玩具厂。

年底买回程火车票本就是个难题，厂里原职工小李调到广东铁路系统，帮忙买了卧铺票。小李来看大家时，说自己正忙着装修。大家问装修多少钱时，他说花了十来万。听到这个数字，金龙直咂舌："乖乖，有这么多钱，什么事都可以办了，还用装修吗？"这也是他第一次听说住房还要装修，正如这次来深圳一样，在窗口开了眼界。他更理解为什么老郭要来这里闯荡了。老郭在厂里原本是他处里面的小组组长,他要求调去深圳,就是找金龙签的字。当时他说:"谢哥你看,你交给我的任务,我完成得比较好,我还有两个'光葫芦',我要不挣点钱,儿子都没法养。你让我去深圳干几年,解决儿子的问题。"见他说得诚恳,金龙就同意了。老郭到了深圳,受到合作方的重用。这次金龙特意去找了他,想让河南的侄子来深圳打工。老郭很痛快就答应了,"让他来,我安排。"

三十四
宿命

"奋斗半生，又无奈地进入求生的状态"

金龙没有和大家一起回西安，而是在漯河下车，回家去看双喜。自从母亲去世，他不放心老父亲一人在家，每一年都回来探望。

但今年和去年不太一样，张完集拖拉机站又多了一个人。

从仲兰去世的第一年，双喜就对儿子说："乡党委开全乡干部会的时候，书记在大会上说：'拖拉机站谢书记这事，希望大家都关心一下。碰到有合适的帮帮忙。'上门找来的很多。""你咋处理呢？""碰不到合适的，就这样了，不再找了。"金龙当时就表了态，"铁牛、春茵和我都劝你去西安，你坚决不去，一个人在家让人挂心，我没法在家伺候你，如果碰到正直合适的，也可以再找个老伴，千万别凑合。"听见儿子表态，双喜说："也好。"这事被兴云和媳妇知道后，都反对金龙的想法，但他没有改变对父亲选择的支持。兴云说："你这种态度，我以前见过，但是太少，解放初期张湾集石区长母亲去世后，他支持父亲找了老伴,你是我知道的第二个人。"每一年回家,双喜都给儿子说这一年谁又给介绍了哪家的老太太。那几个老太太给他做的鞋,都在墙上挂着。还有比较主动的,直接跑到站上来找他说话。双喜说太主动了就感觉不太合适。一直到仲兰去世的第八年,双喜见到了唐桥的左老太,她父亲左老明一九四九年前是当地的开明绅士,曾帮助彭雪枫东进支队转移保存药品。丈夫去世了,人也利索。双喜和她已经领了结婚证。

金龙一回家里,就看到屋内的大堂,摆着一口新的楸木棺材,这是双喜在邻近村子到处寻找,又买了楸树打制的,他告诉金龙,看着这口棺材,他就觉得安心。金龙理解父亲对于归处的重视,如今又有了老伴,他也不再想父亲去西安的事情了。

金龙见到左老太,闲聊了几句后,问她:"以后怎么称呼您?"

她笑了,"咋称呼都行啊。"

"那这样吧,我称呼你为婶子。"

"好好好。"

金龙在深圳的中英街买了两卷布,一卷送给了左老太,另一卷回谢楼送给了兴云媳妇。如今兴云已经离世,几年前他病重时,双喜特别发电报,让金龙回来。金龙到家时,兴云已经失去了意识,他似乎吊着一口气等着自己最看重的兄弟。他的离去,对家庭带来的直接影响,就是原本正在复读高中的老四玉西,放弃了复读,回到家里务农。老五玉魁在一九八八年毕业时,在全县考试成绩靠前,报考沈丘师范时,名列第一,但在身体复查时,却因为心跳快的理由被淘汰了。

这是一个怎样的无羁的由头啊!玉魁从小学习就不用家人操心,兴云给自己的老五起的小名就是"西安"。金龙知道,这是一种期望,一种从谢楼向西安的遥望。而"西安"就如同在谢楼长大的另一个自己。当这个"西安"没有被考试阻挡,而是因莫须有的"心跳快"失去了跃龙门的机会时,他也在想,多少年来笃定的高考,对于自己命运的影响,是不是也是一种偶然?老四特意给他来信,希望他主持公道,这一重大的期望,让他不知该如何回复,他甚至不忍心暴露自己的无力。

他很心疼这个侄子,在深圳时,就给老郭确定了玉魁去深圳打工的事,回来告诉嫂子,让她与玉魁准备去深圳需要办理的各种手续,特别是要去县公安局开具边防证。

在深圳,金龙算着兴云家的小孩,按人数都在玩具厂买了玩具。他把玩具给兴云媳妇时,却看到嫂子数了一下玩具数量,面露难色。

"嫂子,这是咋了?"

"建密已经成家有了孩子,分家住了,这玩具少了一个,可咋分啊?"

建密是兴云老大家的大儿子,前几年和小学同学兴建的侄子来西安找工作,在金龙家里住了二十来天。金龙先是到厂里工程处去问是否需要人,又去火车站四叔那里看有招工的机会没有。四叔的朋友那里,有人介绍了送蜂窝煤的活儿,他觉得这活儿没有发展。建密在西安找不到机会,只能返回家里。在谢楼人心里,金龙是大城市里有本事的希望。可金龙知道,他自己在城市里也只是一个内心有着隔膜的异乡人。想起当时建密回家时,他把自己和春茵的旧衣服包了一包,让他带给嫂子,他顺嘴说道:"对了,上次建密从西安回来时,我让他带一包衣服给你。"嫂子先是一脸茫然,继而恍然大悟,"我就说呢,老大家那阵子突然穿出来许多新衣服,原来……"金龙也不禁失笑,这哪里是他能都想周全的呢,"嫂子,玩具这事就交给你了。"这个难题,还是留给嫂子作难去吧。

兴建听说了消息，也来找金龙，"哥，你看玉魁也没出过门，到深圳不好弄，让我娃玉文和他一起去，他们哥俩能彼此照应点。"

一开始，金龙说，两人去了安排不了怎么办，没法答应。

兴建在谢楼没有说成，当天晚上他们夫妻二人又找到张完集的拖拉机站。当着父亲的面，金龙不好再回绝了，"兴建这样，我不能答应你，但我可以和朋友联系一下，看看能否安排两人，如果不能我也没办法。如果可以我通知你。"这话一说，兴建千恩万谢。和兴建聊起小学的同学，兴建说玉臻和兴语都不在了。他这话一出，让金龙吃了一惊，忙问怎么回事，"前些年，玉臻不是还准备承包砖窑吗？"兴建说："他就是在砖窑这事上吃了亏，他对别村的砖窑承包后进行了改造，还贷款添了机械设备。队上看他赚了钱，说砖窑是大队的，两边打官司，他输了，此前的投资都搭了进去。他上诉，又输了，砖窑也荒了。生意垮了不说，他还欠着贷款。"兴建叹了口气，"他就此开始上访，从县上到市里，再到北京，结果在北京人病了没救过来，还是他的弟弟去把骨灰接了回来。"两个同学眼睛里都有了泪。"他欠着银行的账，也欠着私人的账，有人来要钱，他就说'我没钱，我承认借了，是他们把我坑了'。玉臻养着一条毛驴，他看着要账的人光瞟着毛驴，就说'我这头毛驴，你要是能牵出谢楼算你本事大'。"金龙忍不住笑了一声，眼前仿佛又现出了玉臻那喜欢说笑的样子。"他每次去上告的词，都是他自己写的大鼓书，他就是唱着去为自己鸣不平的。他说接待的人都对他印象深刻。"金龙说："是啊，谁能忘了玉臻呢？兴语是怎么了？"兴建还是习惯叫兴语小时候的绰号："'伙夫'和咱们村的兴佳结伴去上海要饭，他胆子小，又不认识路，在一条街上，两个人走散了，就再也没找到他。"两位同学的遭际，让金龙不由得叹息。两人正说着，谢富斌和谢兴发走了进来，谢兴发如今是大队的林场场长，他提着半篮子桃儿,招呼兴建和金龙吃桃。金龙知道这桃儿肯定是从林场摘的,说道:"你这么做不对啊。"兴发笑着说:"取之于民,用之于民。"他这么一说,稍稍驱散了此前萦绕在金龙和兴建心中的伤感。富斌说:"小时候我就不爱学习,我也不愿意走远。咱们村如'伙夫'这样出去要饭,死在外面的人不止一个。学旺他哥去江浙要饭,回来的汽车过太和县时,他看到有人偷东西,就喊了出来。后来就没有回家,尸首现在都没找到。"兴发接着说:"咱村还有一个,我就不说名字了,去广州要饭时也去行窃,结果被人追着,自己跳到河里淹死了。"金龙感慨着:"咱这里真是穷,有去深圳打工这样的选择前,很多人都只能在农闲时要饭。我表姐就一直在要饭,这也是她们家重要的经济来源,甚至靠着要饭盖起了新房。她这一盖房,同村也就有更多人出门到南方去要饭了。不过这样的风气可不一定好,你看兴荣,当年被我动员才上的小学,初中毕业后回村当会计,后来又被招工到了洛阳铜厂,现在去了沈阳铜厂,还偶尔和我有通信。对了,学旺现在怎么样?"富斌说:"他也不在了。"金龙"啊"了一声。富斌说:"就是前些年,他在菜园子里看见一只兔子,追着追着突然就倒下了。"兴建说:"人都有命数,咱这个年纪觉得自己还年轻,可都不敢太逞能了。"他看着金龙说:"你二舅大彪,不也是在外地要饭时突然中了风?"见金龙"呀"了一声,兴建问:"你不知道啊?"金龙一直没听人提起过此事,他回家后,在兜里揣了五百元钱,便前往王庄。大彪躺在床上,行动已经不方便,看到金龙来了,本已暗淡的眼中又放出了光来。听金龙讲自己去日本的经历,他用含糊的声音说:"谢楼估计也就咱俩出过国,你去了日本,我去的是缅甸。"两人正聊着,仲翔进了屋,"到处找你都找不到,原来是来了大彪这儿,快点快点,大家都等着你吃饭呢!"说着就拉着金龙往外走,金龙被拽着出了门,急忙间忘了把已经准备好的五百元留给二舅。

回到西安,金龙给老郭去信,老郭还是答应了。玉魁到了深圳,给金龙来信,他在那边干塑料压模,每天工作十五六个小时,天天都加班。不过工资能有七百多,要知道,这个时候,金龙自己的工资还不到一百元。玉魁去了不久,就给家里寄钱了。兴云媳妇把玉魁的房子盖了围墙。这事在当地可以说是影响巨大。人们都在议论,"你看谢楼的玉魁没去多长时间,把墙都打起来了。"玉魁还给金龙寄了钱来,说是铁牛上学用,金龙很不高兴,回信说:"这是你的血汗钱,我不能用,也还没穷到需要你帮助的时候。"

刚刚回到西安两天,金龙晚上起夜,起身后突然天旋地转,倒在厕所。春茵听见声响去看时,只见金龙满地吐如酱油般的陈血,马桶里也是一样的酱色。他躺在沙发上,待到早晨,还想着骑自行车去厂医院,却发现自己连从沙发上起身都没有了气力。春茵去街坊里找来厂里的司机小吴把他拉到厂医院。

在厂医院躺了三天,一起去深圳的党校校长天天来看金龙,来了光是问病情,待着寒暄一会儿就走。金龙想到自己负责的考察报告还没写呢,"别让老同志再跑了。"这么想着,他趴在床头,把考察报告写了。第二天,校长又来探望,金龙把报告交给他。收到报告后,校长就没在医院出现过。

外科大夫雷医生是从西京医院调来的,号称昆仑医院一把刀,他看着报告说,"老谢啊,要是做手术的话,我把西京医院的大夫请过来,一起来做你的手术。"厂医院的院长老梁是中医大学毕业的,他问金龙:"你这个病要用外科手术治疗,好处是啥?还是中医调养效果好。"两位大夫争论不休。

厂医院没有胃镜,春茵又找人介绍了中心医院做胃镜的医生进行活检，检查结果出来后医生表情很严肃，要求金龙两到三个月就要复查一次。把结果拿回厂医院，梁院长看到报告后，不再提内科调养了，"你这个病，还是适合外科手术。"雷医生态度同样一百八十度的转弯，"你从贲门到幽门，从胃到十二指肠，都有问题啊。"他对金龙说，"手术往哪儿下手呢，还是内科保养为好。"

金龙一开始从病房到厕所，借了同房病友的拐杖拄着去，路上还需要歇半天。休养了这阵子，觉得身体好了一些，也已经止住出血，他不想做手术，便开了药出院回家。

金龙住院后，厂里宣布了基础技术处新任的处长，却不是他接班，而是工艺处的处长。张总工找他谈话，要把他调动到新技术推广站。推广站在名义上直属兵工局领导，人员却是厂里派遣，独立核算，业务范围广泛，是厂里很多中层干部都盯着的地方。张总工说："推广站要与兵工局所辖各厂所都有联系，没有高级职称，怎么服众？"

原来的站长老杨要退二线了，其他想去的中层职称都不是高级，张总工认为镇不住台面。金龙对于去推广站心里不是很情愿，在他看来，虽说名叫新技术推广，实际上做的是宣传和管理的工作，距离技术工作其实更远了。他在推广站的好朋友平安听到消息，来到家里做动员，"你来吧，推广站有经济实力，有专车，每月能发几十元补贴呢，比在厂里好。"

这次金龙没有再"抗旨"，他知道这是张总工对自己的信任。何况，自己的身体已经在抗议了。

张总工也到了退休的时候。不久，厂领导做了较大的调整，原来的副总工程师中，刘副总提成了新的总工，穆副总也升职成了副厂级领导，他原来的副总工程师由军研所一位副所长老常升任。穆副总兼管推广站，来找金龙聊天时他说："这次副总工程师的提拔，你也具备条件，选择老常，是厂领导的意思，觉得他比你年轻，未来晋升空间也大。"原本金龙根本没有多想这个职位，毕竟自己刚刚从副处升职到正处，而副总工的位置要比正处高半级，穆副总这话出口，金龙倒是反应了过来，心说这不就是"此地无银三百两"吗？他也知道，穆副总对这事，只有建议权，没有决定权，真正有决策权的是刘总工。

金龙收到家里来信，双喜在信中告诉他，大彪喝农药自杀了。金龙想到自己回去时，匆忙间没有将钱留给二舅。想到也许是对自己寄予太多的期望，自己探望时却没有留钱，让他对世界失去希望。金龙感到很内疚，这个自己从小就看不上的舅舅，却很早就对自己充满着期待。金龙想到大学时他为了送自己，在半夜起来一起上路；想到同学聚会时，曾把大彪叫来坐到上首，他因受到尊重而流露出的满足感，就无法原谅自己对大彪的疏忽。

在推广站的工作，金龙还是提不起兴趣。一天晚上他在万年饭店接待客户，正好后勤副厂长老郭在隔壁包间，他来敬酒时，已经喝得有些高的金龙忍不住发了牢骚，"一封朝奏九重天，夕贬潮阳路八千。"

两天后，上班路上，刘总工从身后骑车和金龙并驾而行。"听说你对我有意见？"听他这话，金龙就知道是老郭说的。他没有回避，"是啊，是有意见。"

"那咱俩好好谈谈，你看咱啥时候交换一下意见？"

"随便，什么时间都行。"

"要不咱俩现在就谈。"

两个人一边骑车，一边聊着。

刘总工说："我知道，你对我有两条意见。你这两条意见，一条我百分之百接受，一条我百分之百不接受。"

"那好，没事了。"这场谈话结束了，金龙对那两条意见没有问题，他觉得这是心照不宣的，但他反而有点佩服刘总工的坦率。

推广站人不多，自主性也比较大。金龙觉得自己是一个积极的消极者。他仍然在拓展着业务，这不是他的热爱，却是他收入最高的时候。跳出来再看厂里的情况，他知道危机已经在酝酿之中，大厂的冗员已是肉眼可见了，产品却没有突破。

两年后，金龙又一次消化道出血，这次犯病要比上次还要严重。他又一次住进了厂医院。春茵忙前忙后，做饭让还在上高中的铁牛送过来。想到自己的儿子还在读高中，他甚至在病床上写下了遗书。因为失血量大，他住院了一个多月，又在家休养了一个多月，才恢复了上班。在他病重期间，厂里任命了新的主任老李，他转任副主任，级别还是正处。老李是竞争厂工会主席失意后，坚决要来推广站当主任的，看中的就是推广站的自有用车。

人在病中时，意志难免消磨，金龙对于职务的变迁，心也淡了。可能是一个月的住院生活保暖较好，困扰了他多年的肩周炎竟然好了。他想，这也是失之东隅，收之桑榆吧。前半生勇猛精进，这次连续生病，他知道春茵背地里哭了很多次。他想起小时候学的《老子》中说"出生入死，生之徒，十有三；死之徒，十有三；人之生，动之于死地，亦十有三。夫何故，以其生生之厚。"这两年，自己总是这么"出生入死"，恐怕还是因为自己"生生之厚"。身体似乎是在告诉他，解决之道就在于"和其光，同其尘"。这六个字，是他这辈子原本最不愿意，也难以去做的事。他把工作放下，安心调养，在家里也种花养鱼，身体竟然慢慢恢复，没有再犯病。他对春茵感慨，"河南人来陕，大都是为了求生，而我当年出函关来陕，自认为是为了求道，奋斗半生，又无奈地进入求生的状态，这大概就是'道可道，非常道'吧。"

这天下午，屋子的门铃响了，金龙去开门，一个背着假阿迪旅行包的小伙子站在他的面前,"金龙叔,我是大周庄周殿志的儿子小坤,从河南来的,我爸让我来西安,看有没有工作的机会。"

金龙知道,走出去,仍是后来者的宿命。

(完)